Buena Honda
Eine Motorradreise von Feuerland nach Alaska

Buena Honda

**Eine Motorradreise
von Feuerland nach Alaska**

41.500 km • Sieben Monate unterwegs auf der Panamerikana
Ein Reisebericht von Michael Packebusch

Dreieich 2003
© Michael Packebusch
Fotos: Michael Packebusch

Satz und Layout:
VORHANG AUF Verlag
Landskronstr. 74
64285 Darmstadt

Alle Rechte liegen beim Autor.
Die Verbreitung in jeglicher Form und Technik,
auch auszugsweise, nur mit
schriftlicher Genehmigung des Autors.

Printed in Germany

ISBN 3-8334-0288-1

Inhaltsverzeichnis

Inhaltsverzeichnis	**5**
Vorwort	**6**
Die Ausgangssituation	**7**
Südamerika	**13**
• Argentinien	13
• Chile	22
• Bolivien	47
• Peru	60
• Ecuador	70
Mittelamerika	**75**
• Panama	75
• Costa Rica	82
• Nicaragua	88
• Honduras	90
• Guatemala	93
• Belize	101
• Mexiko	108
Nordamerika	**131**
• USA	131
• Kanada	166
• Alaska/USA	176
Kleiner Leitfaden oder **Die praktische Seite der Fahrt**	**185**
Epilog	**191**

Vorwort

Michael im Glück

Manche Menschen sind außergewöhnlich. Michael Packebusch ist so einer. Es braucht schon eine gehörige Portion an Mut und gesundem Sebstvertrauen, den amerikanischen Doppelkontinent mit seinem Motorrad alleine von Feuerland bis Alaska zu durchqueren. Von Dezember 2001 bis Juli 2002 war er unterwegs, um die Vielfalt des Lebens in Amerika auf mehr als 40 000 km zu erfahren. Dabei hat er – wie er sagt und wie man beim Lesen selbst feststellen kann – eine Menge Glück gehabt.

Er meint mit Glück vor allem: Aus brenzligen Situationen unversehrt heraus gekommen zu sein, oft zum richten Zeitpunkt an der richtigen Stelle gewesen zu sein, auch, die richtige Maschine genommen zu haben. Ich denke, es war viel mehr als das.

Ganz mit sich zu sein, jede Entscheidung auf einer so langen Wegstrecke und über mehr als ein halbes Jahr nur für sich zu fällen. Beim – natürlich klaren – Endziel Alaska, den täglichen Weg oft der eigenen Intuition, dem momentanen Gefühl unbeeinflusst von Partnern zu überlassen, ist ein Stück von kaum vorstellbarer Freiheit und eben Glück. Ich beneide ihn!

Michael Packebusch ist kein Literat im traditionellen Sinne. Aber gerade sein direktes, unprätentiöses, also auch unverkrampftes Schreiben lässt ein unbändiges Gefühl des Miterlebens aufkommen, gibt der Fantasie des Lesers freien Raum. Ein Stück der Freiheit, die Michael Packebusch immer wieder empfunden hat.

So gesehen hat jeder Leser, der jetzt das Buch in die Hand nimmt bei Lesen ein Stück Freiheit vor sich, wie es in der heutigen Zeit selten erlebbar ist. Ich habe das Manuskript ja schon gelesen. Darum: Beneide ich alle neuen Leser!

Viel Spaß beim Lesen,
Giuseppe Pippo Russo

Giuseppe Pippo Russo ist Chefredakteur und Herausgeber des **VORHANG AUF**, dem Veranstaltungs- und Kulturmagazin für den Großraum Darmstadt und Südhessen, in dem Auszüge des Manuskriptes vorab veröffentlicht wurden. Er „entdeckte" den studierten Diplom-Kaufmann Michael Packebusch in einer Fernseh-Quiz-Show, als er versuchte, die durch die Reise angelaufenen Kosten etwas zu reduzieren. Was ihm auch ganz gut gelungen ist.

Die Ausgangssituation

An Fernreisen bin ich per Zufall geraten: 1994 wurde mir ein Motorrad gestohlen und als die Versicherung mir das Geld dafür auszahlte, verfügte ich plötzlich über etwas Geld. Da man Geld ja grundsätzlich ausgeben soll, suchte ich nach einem Verwendungszweck. Mein Freund Matthias hatte die ausgezeichnete Idee, eine ausgedehnte USA-Reise zu unternehmen und das taten wir dann auch. Wir buchten einen Flug nach und von New York und sonst nichts. Für mich, der vorher maximal zwei Wochen in Südfrankreich zelten war, ein ungeheures Wagnis! Ab New York fuhren wir mit Mietwagen und einem Drive-Away-Car („Autoüberführung") in fünf Wochen von Ost nach

West und von Süd nach Nord, insgesamt 11.000 km, schliefen jede Nacht an anderen Plätzen, teils im Auto, teils im Zelt, teils in billigen Motels oder Hostels. Entgegen meinen Befürchtungen fand ich diese Art des Reisens prima und mein Bedürfnis nach improvisierten Reisen war geweckt. Es folgten 1995 vier Wochen Südafrika am Kap der guten Hoffnung samt der Garden Route (phantastischer Urlaub!). 1997 auf Vorschlag meines Freundes Klaus das erste Mal Südamerika: Vier Wochen aufgeteilt in etwa zwei Wochen Südchile (hauptsächlich im Nationalpark Torres del Paine) und zwei Wochen Rio de Janeiro. Ein perfekter Urlaub, der meine anhaltende Begeisterung für Südamerika begründete. Südamerika war bei dieser Reise ein eher zufällig gewähltes Ziel, eigentlich wollten wir mit Fahrrädern am Nil entlang fahren, aber einen Tag nachdem wir die Flugtickets nach Kairo gebucht hatten, gab es das grauenhafte Massaker (ich glaube vor dem Hatschepsut-Tempel im Tal der Könige), bei dem über 20 Touristen getötet wurden. So suchten wir schleunigst ein neues Ziel und das war Chile!
Nach Abschluss meines Studiums bereiste ich von Dezember 1998 bis Februar 1999 in elf Wochen Ecuador, Kolumbien, Peru und

Argentinien. Diese Reise mit Rucksack und Bus war noch etwas abenteuerlicher als meine vorausgegangenen Reisen, ich erlebte aber großartige Dinge in diesem unglaublichen Kontinent und mein Beschluss ein weiteres Mal wiederzukommen, war schnell gefasst. Zurück in Deutschland fiel mir ein Buch über die Panamerikana („der" Klassiker von Hans Domnick) in die Hände, ich verschlang es und entschied: Eines Tages werde ich eine Fahrt über die Panamerikana unternehmen!

In meinen Augen eines der klassischen großen Reisevorhaben wie die Weltumsegelung oder die Fahrt mit der Transsibirischen Eisenbahn. Dabei wollte ich mich nicht sklavisch an die Panamerikana halten, aber doch weite Teile dieser Traumstraße befahren.

Als begeisterter Motorradfahrer war das Transportmittel schnell festgelegt, es sollte ein Motorrad sein. Obwohl ich seit dem 18. Lebensjahr fast immer ein Motorrad hatte, war meine Motorradtourerfahrung doch sehr bescheiden. Ein einziges Mal war ich weiter als 150 km mit dem Motorrad länger als ein Wochenende von zuhause fort: 1991 tourte ich mit einer Harley-Davidson Sportster, die mit Müllbeuteln bepackt wurde, von Frankfurt nach Korsika. Eine Tortour allererster Güte, nach der ich beschloss, nie wieder mit einem Motorrad eine Reise zu unternehmen. Nun, glücklicherweise verklärt sich mit der Zeit der Blick auf die Vergangenheit und die Schmerzen, die ich auf dieser Reise erlitt, verschwanden aus meiner Erinnerung. Als Termin für die Panamerikanatour legte ich einen Zeitraum von einem Jahr irgendwann vor meinem vierzigsten Geburtstag fest. Die Idee war, meinen Job zu kündigen, ein Jahr zu touren, und danach wieder in den Beruf einzusteigen. Zu diesem Zeitpunkt war ich 30 und konkretere Planungen stellte ich erst mal nicht an.

Ernst wurde es im Jahr 2001, als die große Unternehmensberatung, in der ich tätig war, von den Wirrungen und dem Abschwung der Wirtschaft nicht verschont blieb und nach Möglichkeiten suchte, die Personalkosten zu senken. Neben einigen notwendigen Entlassungen entwickelte man das Modell eines befristeten Ausscheidens aus dem Unternehmen. Als Mitarbeiter, den die Firma mittel- und langfristig behalten wollte, konnte man sich für vier bis zwölf Monate beurlauben lassen. Als Anreiz bot die Firma eine Fortzahlung von ca. 25 Prozent der Bezüge an, so dass man z.B. seine Fixkosten damit tragen konnte. Eine solche Gelegenheit ungenutzt verstreichen lassen wäre fahrlässig, und so bewarb ich mich für das Programm im Oktober, wurde akzeptiert und ab November war ich überraschend schnell mitten in der konkreten „Planung" für meine Reise. Was man so konkret nennt. Erst mal hieß es, mein Auto zu veräußern (meinen geliebten alten Carrera, ein echtes Opfer) und ein Motorrad sowie die fehlenden Ausrüstungsgegenstände zu kaufen. Und – meine Freundin davon zu überzeugen, dass diese Reise nicht notwendigerweise das Ende unserer Beziehung sein muss.

Das Flugticket war schnell gekauft, hin nach Rio de Janeiro am 11.12.01 und zurück von New York City am 15.08.2002.

Der Rückreisetermin war dabei eine wilde Schätzung, deswegen stellte ich sicher, dass eine Umbuchung gegen Gebühr möglich war. Wie lange ich tatsächlich brauchen würde, war mir nicht klar.

Von Rio sollte die Fahrt zum Startpunkt der Panamerikana nach Brasilia gehen. Der Weg von Fairbanks, dem Endpunkt der Panamerikana, nach New York war zu diesem Zeitpunkt noch kein Thema.

Nach Buchung meines Fluges fand ich leider heraus, dass es extrem schwierig bis unmöglich ist, ein Motorrad auch nur für eine kurze Zeit nach Brasilien einzuführen. Speditionen rieten mir davon ab und ich las im Internet glaubwürdige Berichte, dass Motorräder bis zu einem halben Jahr beim Zoll in Brasilien festsaßen. Das wollte ich nicht riskieren, also änderte ich kurzerhand den Panamerikana-Plan in den Feuerland – Alaska-Plan um. Man ist ja flexibel! Der Transport des Motorrades nach Buenos Aires (von Rio nach Buenos Aires würde ich anderweitig reisen …) war schnell organisiert. Luftfracht war das Mittel der Wahl, da die viel billigere Verschiffung aus zeitlichen Gründen nicht in Frage kam. Nun musste ich mich nur noch dem kleinen Detail widmen, dass ich überhaupt kein Motorrad besaß!

Hier kam mir (wie so oft) ein glücklicher Zufall zu Hilfe: In meinem Fitnessstudio empfahl mir ein dort Trainierender einen guten unabhängigen Händler. Dieser hatte binnen zwei Tagen eine Honda Transalp aus zweiter Hand, mit 13.000 km, einem Koffersatz sowie einem Scottoiler (eine kleine Einrichtung, die automatisch die Kette ölt und so deren Lebensdauer deutlich verlängert) im Angebot. Da es bereits Ende November war, kaufte ich das Motorrad ungesehen am Telefon, nachdem der Händler mir versichert hat, dass es ein exzellentes Motorrad ist. Er versprach eine Revision, damit ich mir vorerst keine Sorgen machen müsste. Der Preis lag bei 9800,– DM, was verglichen mit BMW GS, KTM Adventure oder Honda Africa Twin, den anderen potentiellen Reisegefährten, die deutlich günstigste Variante darstellte. Für 1100,– DM nahm ich Ersatzteile mit (Kettensatz, Zündkerzen, je einen Schlauch für vorn und hinten, je drei Öl- und Luftfilter, Flickzeug, Reifenfix-Set, Bremsbeläge vorn und hinten usw.). Keine Reifenmontiereisen und keine weitere Reifendecke, was viele als etwas leichtsinnig und schlecht vorbereitet eingestuft haben. Was vermutlich auch stimmt!

Die einzigen Fahrten, die ich mit dem Motorrad vor der eigentlichen Reise unternommen habe, war die Fahrt vom Händler zur Zulassungsstelle und nach Hause und von dort zum Flughafen, um die Transalp auf die Transportpalette zu schnallen!

Weitere Vorbereitung für das Motorrad fand ich unnötig. Die bekannte Honda-Zuverlässigkeit sollte genügen. Mein Mut (oder Leichtsinn) wurde belohnt: auf den kompletten 41.500 km (laut Kilometerzähler, geringe Abweichungen sind also möglich) hatte ich keinen einzigen Ausfall und keinen einzigen Schaden. Außer drei Plattfüßen, einer verbrauchten Batterie und einem zur Vorsicht gewechselten Kupplungszug gab es rein gar nichts zu reparieren! Selbst drei Stürze konnten der Transalp nichts anhaben. Der Scheinwerfer lässt sich heute zwar nicht mehr einstellen und weil der Verkleidungsträger verbogen ist, stimmt die Einstellung nicht mehr, ansonsten gibt es nichts, was nicht funktioniert. Für ein absolut serienmäßiges Motorrad ohne irgendwelche Spezialteile ist das nach meinem Dafürhalten recht überzeugend. Vor allem wenn man bedenkt, mit welch speziell vorbereiteten Motorrädern die meisten sonst so unterwegs sind!

Die Plastikkoffer würde ich heute nicht mehr verwenden, Alukoffer sind nach Stürzen einfacher wieder zu reparieren und deren Topbeladung ist Klassen besser als die seitliche Öffnung der Plastikkoffer, die ich als sehr unpraktisch empfunden habe. Ansonsten würde ich nichts ändern, nur weniger mitnehmen. Eine Erkenntnis, zu der ich nach jeder Reise gelange, sie aber für jede neue Reise nie umzusetzen vermag.

Die Transalp hat sich als sehr leicht beherrschbares und extrem gutmütiges Motorrad erwiesen. Für mich als Geländeneuling ist das geringe Fahrzeuggewicht ein echter Vorteil gewesen. Einige Einzylinder sind zwar noch leichter, aber der Zweizylinder hat sich auf den langen, öden Straßen, die manchmal mehr als 100 km einfach geradeaus führten, als wesentlich komfortabler erwiesen. Somit ist die Transalp für mich ein perfekter Kompromiss zwischen Fahrzeuggewicht und Komfort. Nur ein bißchen Leistung fehlt. So, genug der Lobeshymne auf die Honda, jetzt zur Reise!

Südamerika

Die ersten Stationen: Rio de Janeiro, Foz do Iguacu, Puerto Iguacu und Ciudad del Este

Am 11.12.2001 lande ich in Rio, leider ohne mein Gepäck. Die Fluggesellschaft entschädigt mich mit umgerechnet 50 USD (US-Dollar), damit ich mir etwas zum Anziehen kaufen kann, was bei 35° Celsius auch irgendwie angebracht ist. Nach zwei Tagen kommen aber glücklicherweise alle Gepäckstücke an. Hätte ich meine Motorradkleidung ersetzen müssen, wäre mich das teuer zu stehen gekommen! Meine Tage in Rio sind schön, bieten aber insgesamt doch wenig neues für mich. Ausnahme: Die überraschend schöne Gondelfahrt auf den Zuckerhut, die ich bei meinem ersten Besuch 1997 ausgelassen hatte und der Besuch des Museums für moderne Kunst, vom Architekten Niemayer in spektakulärer Lage in Niteroy eine riesige Bucht überblickend realisiert. Schon toll!

Museum für moderne Kunst

Von Rio fliege ich nach Foz do Iguacu, um mir die Iguacu-Wasserfälle im Drei-Länder-Dreieck Paraguay–Brasilien–Argentinien anzuschauen. Diese sind tatsächlich gewaltig in Ausmaß und Schönheit! Ein kleiner Ausflug in die Ciudad del Este auf paraguayanischer Seite ist extrem interessant, auch wenn mein geplanter Besuch des Itaipu Staudammes wegen der Öffnungszeiten scheitert. Allein das Laufen über die Brücke zwischen Brasilien und Paraguay ist ein Abenteuer. Ich werde das Gefühl nicht los, dass irgendeiner der zahlreichen Brückenüberquerer gleich meinen Rucksack greift und mich gleichzeitig über das völlig ungesicherte Brückengeländer in den über 50 m tiefer liegenden Fluss stößt. Die Ciudad del Este wird von vielen als Hölle bezeichnet und ich kann mich diesem Urteil nur anschließen! Kilometerlange Staus auf beiden Seiten der Grenzbrücke, die rund um die Uhr verstopft ist. Es ist laut, schmutzig, es stinkt und unzählige sehr dubiose Gestalten betreiben absolut offensichtlichen Schmuggel: Die Schmuggelware wird dabei von der neutralen Brücke auf brasilianischen Boden ca. 30m fallen gelassen. Das soll ein Zaun verhindern, der sich auf der Seite, auf der die Brücke in Richtung Brasilien überquert wird, ein gutes Stück Richtung Brückenmitte erstreckt, aber die Schmuggler schneiden ihn kurzerhand auf und drücken ihre Pakete durch die entstehenden Löcher. Die Zollbeamten kommen mit dem Flicken dabei nicht nach und haben es, glaube ich, auch aufgegeben. Ich bin froh, nach meiner Visite in Paraguay wieder auf brasilianischen Boden zu sein! Dann wechsle ich mein Lager für eine Nacht ins argentinische Puerto Iguacu. Diese eine Nacht wird die Hölle sein! Ich lerne nämlich, was Bettwanzen so anstellen können, wenn sie zahlreich im gleichen Bett wohnen wie ich. Die Pusteln halten sich aber nur zwei Tage, dann ist alles wieder gut.

In Puerto Iguacu finde ich eine private Einrichtung, die sich der Vogelaufzucht widmet: Das Casa de los Pajaros. Außer von Wilderern verletzten Vögeln werden dort auch seltene, vom Aussterben bedrohte Vögel gepflegt und aufgezogen. Auch das Auswildern wird dort vorbereitet. Eine Tochter der Betreiberfamilie gibt für mich eine ausgedehnte Führung, bei der ich als einziger Besucher beim Training für einen jungen Adler, der noch an einer Leine fliegend, das Beute schlagen lernen sollte, beiwohnen darf. Die Beute ist eine tote Echse, die an einer zweiten Leine über den Bogen gezogen wird. Bei jedem Versuch des Adlers, die Beute zu fassen, wird er gleichzeitig von zwei am Trainingsplatz residierenden Habichten angegriffen, die ihr Revier verteidigen wollen. Der junge Adler lässt sich davon aber nicht sichtlich beeindrucken. Ein imposantes Spektakel. Die geduldigen und ausführlichen Erklärungen zu der gesamten Anlage sind ein toller Abschluss für meinen Aufenthalt im Dreiländereck an den Iguazu-Fällen! Von dort geht es per Bus (15 Stunden!) nach Buenos-Aires, um mein Motorrad einzusammeln.

Ankunft in Buenos Aires (19.12.2001)

Nach Auskunft der Spedition soll das Motorrad am 18. oder 19.12.2001 dort ankommen, leider klappt das nicht so ganz. Das Motorrad kommt erst später am 24.12., sozusagen als Weihnachtsgeschenk, an. Ich habe also ein paar Tage in Buenos Aires, das ich schon von zwei Reisen vorher kenne und sehr mag. Leider kommt es just am 19.12., dem Tag meiner Ankunft, zu den bis Donnerstag dauernden, durch wirtschaftliche Turbulenzen bedingten Ausschreitungen, bei denen mehr als 20 Menschen

sterben. Die Krise eskaliert am Plaza de Mayo, unweit der von mir bezogenen Jugendherberge in der Viamonte 887 (übrigens ein sehr empfehlenswertes Hostal). Nachdem die Ausschreitungen langsam abklingen, steht Buenos Aires still! Für Donnerstag Abend bin ich bei einem US-Amerikaner, einem Freund meines Freundes Christian aus Deutschland, eingeladen. Auf dem Weg dorthin sehe ich noch einige brennende Autos, dort wo auch die letzten Demonstranten versammelt sind, sonst ist niemand auf der Straße, fast alle Bars und Restaurants sind geschlossen, Busse und Bahnen fahren nicht. Die argentinische Freundin meines Gastgebers aus gutem Hause ist ob der Eskalation sehr besorgt. Ihre Familie, wie auch die meisten anderen Familien, fürchteten um Ersparnisse und Kapitalanlagen und damit um die persönliche Zukunft wie auch die des Landes. Die rasante Entwertung des Pesos ist eine reale und fürchterliche Bedrohung. Argentinien scheint wie in einem Schockzustand. Als Ausländer bin ich davon kaum betroffen, einzig US-Dollar kann man an keinem Geldautomaten mehr abheben, nur Pesos, was für mich aber kein Problem darstellt.

Schon am Freitag ist an der Oberfläche aber fast alles wieder normal und Weihnachten, ein paar Tage später, verbringe ich ausgesprochen nett in einem schönen Restaurant mit allerbester House-Musik. Auch die Argentinier machen wieder einen ausgelassenen Eindruck. Das nette Restaurant, in dem wir gemeinsam feiern, kenne ich von vor drei Jahren, per Zufall hatte ich es wieder gefunden und mich entschieden, dort auch Weihnachten zu verbringen. Das Essen bestreite ich mit Wolfgang, einem Deutschen, den ich am Weihnachtsmorgen auf dem Flughafen in Buenos Aires getroffen hatte, als ich mein Motorrad endlich abholen konnte. Auch er wird mit dem Motorrad Südamerika erkunden, aber auch sein Motorrad wird mit Verspätung eintreffen (wir hatten der gleichen Spedition vertraut). Zu den Zollformalitäten ist zu erwähnen, dass sie trotz fehlendem Carnet de Passage (der deutsche Fahrzeugschein ist ausreichend, was für alle weiteren Grenzen gilt!) recht problemlos ablaufen (nur 50 USD „Weihnachtsgeld" für den Sachbearbeiter, ohne Quittung, versteht sich) und das Motorrad ist völlig unversehrt.

Abfahrt aus Buenos Aires (25.12.2001)

Dann ist meine Zeit in Buenos Aires vorüber, am 25.12. starte ich in meine erste Etappe! Zuerst gilt es für mich, zum ersten Mal das Motorrad mit allem was ich habe zu beladen. In Deutschland hatte ich das nicht mehr ausprobieren können, weil ich noch gar nicht alles hatte (z.B. weder Zelt noch Isomatte), bevor ich das Motorrad zum Flughafen brachte. Glücklicherweise konnte ich die Transportriemen, mit denen das Motorrad auf der Palette fixiert war, vom Flughafen mitnehmen, so habe ich etwas, um meinen Rucksack und die Zelt/Isomatten-Rolle auf dem Heck zu befestigen. An die Befestigung des Gepäcks auf dem Motorrad hatte ich nämlich nicht mal gedacht. Prima vorbereitet! Nachdem alles auf dem Motorrad balanciert ist, fahre ich mit Wolfgang zum Obelisken, dem weltberühmten Wahrzeichen von Buenos Aires, um das Startfoto zu machen, und mache mich auf den Weg. Eine halbe Stunde später bin ich schon wieder zurück am Obelisk, ich habe nämlich die Auffahrt auf die Autobahn Richtung Süden verpasst. Ich verirre mich also sofort beim Losfahren und muss zum Ausgangspunkt zurückkehren. Man soll sich von so was aber nicht entmutigen lassen!

Irgendwann finde ich aus der Stadt heraus und der erste Tag führte mich über die Routa 3 durch die Pampa südlich von Buenos Aires. Eine schöne, aber sehr flache Landschaft, die ich zu diesem Zeitpunkt als extrem einsam und abgelegen empfinde. Später wird mir klar, dass allein das Vorhandensein einer geteerten Straße schon mit hochentwickelter Zivilisation gleichzusetzen ist. Auch wenn weit und breit keine sonstige Infrastruktur auszumachen ist! Nach einem ereignislosen Tag, an dem ich schon gleich meinen Ersatzkanister benutzen muss (der Tank der Transalp fasst nur 18 l, das einzige Manko!), erreiche ich mit der Abenddämmerung Bahia Blanca. Eine wenig sympathische Industriestadt, die einen recht kriminellen Ruf hat und von hoher Arbeitslosigkeit betroffen ist. Etwa zwei Minuten, nachdem ich die Stadtgrenze überfahre, „zwingen" mich zwei Jungs auf einer Kawasaki ZZR 600 älteren Baujahres zum Anhalten. Sie führen gutes im Schilde, es sind die jungen Argentinier Claudio Wagner, ein Gelegenheitsarbeiter, und sein Freund Arik, der plant, mit seiner Familie nach Spanien auszuwandern, um der schlechten wirtschaftlichen Lage zu entfliehen. Sie beschließen, mich zu beherbergen, um meine Geschichte zu hören. Es wird ein schöner Abend, sie besorgen Empanadas und spät geht es zu Bett. In der Nacht schließe ich kein Auge, da mich hunderte Moskitos attackieren und ich mich tief in meinem Schlafsack verschanzen muss. Bei über 30 Grad Celsius mitten in der Nacht ist an Schlaf nicht zu denken, nur an Schwitzen! Nach der sehr kurzen Nacht geleitet mich Claudio an die Stadtgrenze und verabschiedet sich. So erwies sich Bahia Blanca durch das Treffen

Start am 25.12.2001: Obelisk, Buenos Aires

mit Claudio und Arik für mich als gutes Pflaster. Eine schöne Begegnung, die die erste von vielen ist, die noch folgen sollen. Beim Abschied gibt mir Claudio die Adresse von einem Motorrad-Club in Puerto Madryn, meinem nächsten Etappenziel, das ich nach ereignisloser Fahrt der Routa 3 folgend ohne Probleme erreiche. Als erste Amtshandlung verliere ich in Puerto Madryn meine Sommerhandschuhe, die ich nach einem Stopp auf einer Packtasche liegen lasse. Unschlüssig, ob ich den Club wirklich belästigen kann, entschließe ich mich, lieber erst ein Hostal zu suchen. Bevor ich eins finde, fangen mich just die Mitglieder des von Claudio genannten Clubs auf der Straße ab. Die „Huellas del Sur" können mich leider nicht unterbringen, geleiten mich aber zu einem schönen Campingplatz, direkt am Meer. Zwei Tage verbringe ich in Puerto Madryn, werde rund um die Uhr umsorgt und schließe Freundschaft mit Miguel, Martin, Karl aus Deutschland, Jaime und deren Familien. Die Warmherzigkeit dieser Menschen ist für mich ohne Beispiel und ich hoffe, ein wenig von diesen Menschen zu lernen!

Puerto Madryn ist bekanntes Walbeobachtungsgebiet, leider hat einen Tag vor meiner Ankunft der letzte Wal das Revier Richtung Antarktis verlassen. Mit Walen habe ich kein rechtes Glück, immer, wenn ich in Walrevieren bin, verstecken sich die Tiere gründlich. Ich hoffe, eines Tages wird das anders sein!

Nächster Anlaufpunkt ist Bariloche oder Esquel, je nachdem, wie weit ich es schaffen werde. Miguel überzeugt mich, eine Strecke zu wählen, bei der auch meine ersten 300 km Schotter zu passieren sein würden. Abseits der Straßen bin ich noch nie gefahren, so

Pampa, Argentinien

beginnt für mich der abenteuerliche Teil meiner Reise. Von Routa 3 nach Westen abbiegend, geht es auf der Routa 25 bis nach Paso des Indios auf geteerter Straße. Von dort führt eine geschotterte Provinzstraße nach Norden und später nach Westen. Am frühen Nachmittag beginne ich mit meiner ersten Fahrt abseits des Asphalts. Zu diesem Zeitpunkt möchte ich immer noch nach Esquel, 300 km entfernt. Erst langsam mit ca. 60 km/h fahrend, werde ich auf der guten Schotterstrasse immer sicherer und steigere die Geschwindigkeit bis auf 80 oder 90 km/h. Die Straße, die viele Kilometer einem Flusslauf folgt, ist trotz der langweilig braunen, zerklüfteten Felsen abwechslungsreich und interessant. Ich scheuche mehrmals Nandus auf, die in Gruppen vor mir davonlaufen, sie nutzen dafür die Straße, so fahre ich hunderte Meter hinter den Nandus her, bis sie dann von der Straße in die Pampa abbiegen. Diese glückliche Begegnung werde ich im südlichen Chile und Argentinien noch einige Male haben!

Die Kurven und Biegungen der Piste sind sanft, ich fühle mich gut, werde übermütig und werde dann bei schon ca. 100 km/h überrascht von einer stärkeren Biegung, bei der sich im Scheitel ein ausgetrocknetes Flussbett mit ordentlich viel weichem Sand befindet. Beim Versuch, die voll beladene Fuhre abzubremsen, verliere ich die Kontrolle, stürze mitten im Flussbett auf die linke Seite und gelange dabei mit dem Bein unter das Motorrad. Ich habe Glück: Ich lande im weichem Sand auf der Seite, auf der der Auspuff nicht ist. Mein Bein ist zwar eingeklemmt, ich kann mich aber ohne Hilfe, die ohnehin nicht verfügbar wäre, Paso des Indios ist ca. 80 km zurück, befreien und bin unverletzt. Der linke Koffer (der beim Aufprall mein Bein gerettet hat) ist aus seiner Halterung gerissen. Mit den vom Flughafen in Buenos Aires mitgenommenen Transportbändern drei und vier kann ich den Koffer provisorisch befestigen (sprich festbinden) und die Fahrt fortsetzen. Der Koffer ist jetzt zwar am Motorrad nicht mehr zu öffnen, da die Klappe mit verbunden ist, aber dieses „Provisorium" überlebt bis zum Schluss meiner Reise in Alaska! Etwas weniger übermütig setze ich die Fahrt fort, stürze ein weiteres Mal, diesmal ohne Folgen, erreiche aber mein geplantes Ziel nicht mehr und übernachte in Paso del Sapo, einem sehr kleinen Ort, der immerhin über eine Tankstelle und einen kleinen Laden verfügt. Alles was ich brauche! Nach erholsamer Nacht in völliger Stille mache ich mich, immer noch von den Stürzen des Vortags

verunsichert, wieder auf den Weg, um die nächsten ca. 150 km Schotter anzugehen. Ich finde meine Sicherheit zurück und mit jedem Kilometer beherrsche ich das Motorrad auch wirklich besser. Irgendwo unterwegs halte ich an, um ein Gürteltier zu beobachten, das vor mir über die Piste gelaufen ist. Als ich absteige, um es aus der Nähe zu beobachten, sucht es Schutz unter meinem Motorrad. Es ist mein erstes Gürteltier in freier Wildbahn und ich bin sehr angetan. Bei der Gelegenheit fällt mir auf, dass ich meinen Ersatzkanister und mein dickes Schloss vom Motorrad verloren habe. Die mangelnde Packerfahrung rächt sich dann halt doch! Ein Check in den Tank sagt mir, dass es bis Esquel mit dem Sprit knapp werden kann, aber da ich keine Wahl habe, fahre ich einfach weiter. Unterwegs mache ich eine seltsame Erfahrung: In einem Ort frage ich verschiedene Einwohner nach dem Weg. Ohne zu antworten laufen die Leute rasch davon. Das wird mir bis Mexiko noch einige Male passieren und ich weiß nicht wieso. Ein paar Jungs werden später vermuten, dass es an meiner komplett schwarzen Fahrerausstattung liegt. Ob das stimmt, kann ich nicht sagen, jedenfalls kommt mir das seltsam vor, da ich ganz freundlich frage!
Nicht viel später erreiche ich Asphalt und mutiere zu einem der glücklicheren Menschen auf diesem Planeten. Erstens kann ich wieder ohne hohe Konzentration fahren, zweitens gibt es hier zumindest ab und an ein Auto, dem ich vielleicht etwas Benzin abkaufen kann. Auf der Schotterpiste ist mir nämlich während der ganzen Zeit nur eines entgegengekommen, da hätte ich lange auf Benzin warten können! Dass die Schotterpiste, die mich doch vor große Probleme stellte, im Übrigen eine der besseren war, sollte ich erst später herausfinden. In Esquel, welches sehr nett in den Bergen gelegen ist, höre ich beim Essen vom Futaleufu-Fluss auf chilenischer Seite, der eines der besten Rafting-Reviere der Welt sein soll. Zu diesem Zeitpunkt mache ich den Umweg nicht, da ich am Abend in Bariloche sein will (warum, kann ich nicht mehr nachvollziehen, es war wohl der Durst nach Zivilisaton!?). Irgendwo zwischen Esquel und Bariloche wird die Natur grün, was für die Sinne einfach schön ist, das Braun der Pampadurchquerung ist schnell verdrängt und die Seen, an deren Ufer ich bald fahre, sind berauschend schön. Ich werde Zeuge einer Waldbrandbekämpfung durch einen großen Hubschrauber, der mit einem riesigen, angehängten Behälter Wasser aus einem See

schöpft und es dann auf das Feuer ablädt. Ein imposantes Spektakel mit traurigem Anlass.

Die weitere Fahrt in angenehmen Temperaturen bleibt aber ein Genuss! Ich erreiche Bariloche, den berühmten Ferienort der Argentinier in den Anden. Dieser ist weniger schön als gedacht, dafür finde ich aber eine nette, allerdings 12 km außerorts liegende Jugendherberge (treffenderweise mit Namen „Alaska"), deren Manko nur eine große Menge kläffender Köter in der Nachbarschaft ist, die die ganze Nacht ihre lautstarken Rangeleien austragen. Mein Schlaf wird davon empfindlich gestört (diese Hundebelästigung ist in ganz Lateinamerika verbreitet und da ich Hunde sowieso nicht besonders mag, bin ich davon bis Mexiko immer wieder sehr genervt). Nach Bezug der Jugendherberge fahre ich zurück in die Innenstadt, um mir am Samstag abend noch etwas zu essen zu besorgen und habe mittendrin um 23 Uhr einen Plattfuß am vorderen Reifen. Demoralisiert, da ich von den letzten Tagen Fahrt erschöpft und müde bin, schleppe ich mich mit dem Motorrad zu einer Tankstelle, finde den Nagel, der im Reifen steckt und schaue mir das Dilemma rat-, hilf- und tatenlos an. Ich hege wohl die Hoffnung, dass sich der Reifen von selbst repariert. An der Tankstelle besteht keine Reparaturmöglichkeit. Zur Rettung kommt der junge Argentinier Alejandro, der meine Not erkennt. Er kennt eine „Gomeria" (ein Reifenreparaturbetrieb), die vielleicht noch aufhat, nur 2 km entfernt, und macht sich auf den Weg, um das zu überprüfen. Kurz darauf ist er schon wieder da, wir pumpen meinen Reifen notdürftig noch einmal auf, fahren zur Werkstatt, die extra für mich geöffnet wird und um 23.30 Uhr ist der Reifen geflickt! Dabei ist erstaunlich, dass der ältere Herr, der die Reparatur vornimmt, mit übel aussehenden Reifenmontierhebeln die Felge absolut nicht verkratzt oder beschädigt! Das ganze kostet vier USD (oder Pesos). Ich gebe acht und ziehe verwundert und glücklich mit Alejandro von dannen. Wäre mir das 80 km zurück im Niemandsland passiert, so wäre ich wahrscheinlich verdurstet, so aber war die Sache in dreißig Minuten so unspektakulär erledigt, wie es nur geht. Wieder Glück gehabt!

Die weiteren Tage inklusive Silvester, von dem ich mir deutlich mehr Spaß versprochen habe, verlaufen ereignislos und am 1.1.2002 fahre ich über die Straße der sieben Seen Richtung Norden, um dann durch den Lanin-Nationalpark nach Chile einzufahren. Beim Verlassen von Bariloche treffe ich zufällig auf Wolfgang, der einen anderen Weg dorthin gewählt hat als ich. Er muss noch in die Stadt, um Nachricht nach Hause zu schicken und für danach verabreden wir uns in San Martin de los Andes weiter nördlich. Dort soll ich auf ihn warten. Auf dem Weg dorthin komme ich durch den sehr netten Ort Villa la Angostura, wo ein sensationell schöner offener alter Ferrari mit argentinischer Zulassung am Straßenrand parkt (ich habe ein Faible für klassische Automobile). Vor San Martin de los Andes gerate ich wieder auf eine Schotterpiste und zum ersten Mal in leichten Regen. Den Regen führe ich darauf zurück, dass ich am Vortag meine Lederjacke eingefettet habe! Aber sowohl Schotter als auch Regen können der tollen Natur und den wunderschönen Seen nichts anhaben, außerdem ist der Regenguss schnell vorbei! Das Treffen mit Wolfgang fällt ins Wasser, er taucht nicht auf und ich werde ihn erst wieder in Puerto Montt in Chile treffen. Über Junin de los Andes, einer Forellenangel-Hochburg, ansonsten nicht weiter bemerkenswert, fahre ich in den Lanin-Nationalpark ein.

Chile zum Ersten (1.1.2002)

Im Park ist meine erste zu überquerende Grenze. Die Zollformalitäten auf argentinischer und chilenischer Seite gehen völlig ohne Probleme und total kostenlos vonstatten. Zwischen den Grenzposten liegen viele Kilometer „Niemandsland", die Fahrt geht vorbei am wunderschönen Lanin-Vulkan, der eine sehr ebenmäßige Form aufweist und dessen Gipfel von Schnee bedeckt ist. Eine Menge Leute behaupten, dass er einer der schönsten Berge überhaupt ist, ich kann dazu nichts sagen, mir gefallen fast alle Berge! Im Park stehen viele der seltenen Araukarienbäume, ich sehe sie zum ersten Mal, interessante Gewächse!
Etwa ab der chilenischen Grenzstation geht es steil und stetig bergab, man merkt, auf welcher Höhe sich die Fahrt auf argentinischer Seite abgespielt hat. An der Grenze bemerke ich, dass der Benzinkanister, den ich mir als Ersatz für den von mir verlorenen in Bariloche besorgt hatte, leckt und mich komplett mit Benzin eingesaut hat. Durch ein kleines Loch tritt das Benzin in einer regelrechten Fontäne aus. Spitzensache, aber nach ein paar Tagen verfliegt der Benzingeruch in meiner Jacke. Den Rest, der sich noch im Kanister befindet, fülle ich in meinen Tank und schmeiße den defekten Behälter weg. Die Grenzer, die gesehen haben, wie

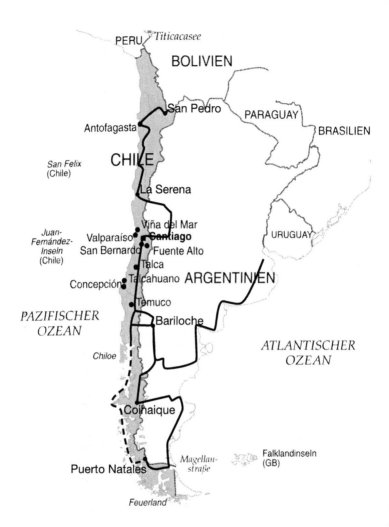

ich vom undichten Benzinkanister eingesaut wurde, amüsieren sich während meines gesamten Grenzaufenthalts ordentlich auf meine Kosten. Schön, dass wenigstens sie Spaß hatten!

Am Abend komme ich bis Villarica, das am Fuße des gleichnamigen Vulkanes liegt. Ein eher unaufregender Ort, in dem ich aber immerhin chilenisches Geld bekomme. In diesem Teil von Chile fällt auf, dass man sich leicht wie im Schwarzwald oder Teilen der

Schweiz fühlen könnte. Wären die Häuser nicht so viel schlichter und die Bewohner nicht so offensichtlich keine Mitteleuropäer, könnte man den Unterschied kaum feststellen.
Bis auf die riesigen Vulkane natürlich, die hier und da herumstehen. Auf alle Fälle ist die Landschaft wunderschön! In Villarica benutze ich zum ersten Mal mein Zelt, nur um es einmal auszuprobieren. Der preisliche Unterschied zur Hostalübernachtung von etwa 1 USD spielt dabei keine Rolle, nur der Wunsch, das Zelt zum allerersten Mal überhaupt auszuprobieren, schließlich war ich dazu in Deutschland auch nicht mehr gekommen. Ein wenig Mühe machte mir das Aufstellen schon, somit hat das Ausprobieren sich ausgezahlt, denn das nächste Mal muss ich das Zelt in Eile aufstellen.
Von Villarica geht es am nächsten Tag nach Puerto Montt, um gleich einen Platz auf der nächstmöglichen Fähre nach Puerto Natales zu buchen. 1997, auf meiner ersten Reise in Chile, hatte ich schon mit dieser Fähre fahren wollen, damals fuhr sie aber nur einmal die Woche und wir hatten sie um einen Tag verpasst, so konnten wir nicht auf die nächste Fahrt warten. Diesmal gibt es zwei Verbindungen die Woche und ich kann schon für zwei Tage später einen Platz ergattern. Auch für Wolfgang ordere ich prophylaktisch einen Platz und tatsächlich wird er rechtzeitig auftauchen und mitfahren!
Da die Hostals in Puerto Montt auf mich keinen besonders anregenden Eindruck machen, fahre ich ins nahe gelegene Puerto Varas, wo ich zwar auch kein Hostal finde, dafür ein günstiges Hotel, das von einer deutschstämmigen alten Dame geführt wurde, deren Ahnen Mitte des 19. Jahrhunderts nach Chile gekommen sind. Sie selbst war noch nie in Deutschland, spricht aber dennoch akzentfrei Deutsch. Für mich schon erstaunlich! Die Familie (wie auch viele andere Familien dort) hält viel auf ihre deutsche Herkunft und so soll auch der Enkel einmal in Deutschland studieren. Schon bei meinem ersten Besuch vor 5 Jahren fiel auf, dass recht viele Schüler nach Deutschland geschickt werden, um die deutsche Kultur und Sprache kennenzulernen. Es ist schon befremdlich, dass man eher mit Deutsch als mit Englisch in dieser Region voran kommt.
Zwei kurzweilige Tage verbringe ich mit Kurzausflügen in der Gegend um Puerto Varas. Der so genannte Lake District ist einfach überwältigend schön, der Osorno und weitere Vulkane sind stets

im Blick und selbst die nervigen Tabanos, seltsame Riesenfliegen, die gerne Mensch und Tier stechen, können den Genuss kaum trüben. Dann ist es Zeit, auf die Fähre nach Süden zu gehen. Die Fahrt nach Puerto Natales soll wunderschön sein, wahrscheinlich ist sie es auch, wir Fahrgäste haben aber nur einen ungetrübten Blick auf eine niedrige Wolkendecke, so kann ich darüber nichts sagen. Immerhin war eine illustre Gesellschaft an Bord, so wird es bei dümmlichen Kartenspielen und ein wenig Schach in den vier Tagen nie langweilig und wir alle haben eine Menge Spaß.

Auf der Fähre lerne ich unter anderen auch zwei US-Amerikaner kennen, die mich nach Kalifornien zu sich nach Hause einladen. Den Gefallen werde ich ihnen und mir tun!

Die Ankunft per Schiff in Puerto Natales ist ein ganz besonderes Spektakel. Der Ort liegt schon fast lächerlich schön am Wasser vor einem grandiosen Bergpanorama. Die Atmosphäre ist sehr rauh, da das Klima recht rauh ist und es herrschen auch im Januar, dem Hochsommer, sehr bescheidene Temperaturen. Bei unserer Ankunft – fast noch im Morgengrauen – haben wir einen beinahe komplett klaren Himmel und der Gesamteindruck ist schlicht überwältigend.

Meine Stimmung ist entsprechend gelöst, zumal ich mich sehr nahe dem südlichsten Punkt meiner Reise nähere. Dies sehe ich lustigerweise als großen Meilenstein an, obwohl ich gerade mal 3000 km absolviert habe. Nicht besonders schlau!

Erste Amtshandlung in Puerto Natales ist der Kauf eines knapp 12 l fassenden Benzinkanisters. Dieser Kanister wird mich immerhin bis irgendwo in Kanada begleiten, bevor ich ihn verliere. Das weiß

Torres del Peine Nationalpark

ich zu diesem Zeitpunkt aber natürlich noch nicht! Wolfgang und ich beschließen, für eine kurze Weile zusammen zu fahren, dazu musste ich Wolfgang aber erst von der Notwendigkeit überzeugen, in den Torres del Peine Nationalpark zu fahren. Wenn man schon mal so nah an einem der schönsten Gebirgsareale der Welt ist, muss man da hin! Gemeinsam machen wir uns auf den Weg, stellen aber schon nach wenigen Metern fest, dass wir sehr unterschiedliche Tempi bevorzugen und vereinbaren einen Treffpunkt im Park. Wolfgang fotografiert nämlich etwa alle hundert Meter, während ich mehr so an ein Bild alle hundert Kilometer denke. Wobei ich leider die Lust am Fotografieren fast gänzlich verlieren und insgesamt nur 150 Bilder machen werde. Was mich aus heutiger Sicht kolossal ärgert!

Der Park, den ich wie erwähnt 1997 schon besuchte und in sensationeller Erinnerung hatte, ist nur über eine etwa 120 km lange Schotterpiste zu erreichen, was mich nicht freudig stimmte, aber ich will oder besser muss, einen weiteren Blick auf die Torres und die grandiosen türkisfarbenen Seen werfen. Die Piste erweist sich als in bestem Zustand befindlich, leider weht ein brutaler Wind, der das Fahren sehr, sehr anstrengend macht.

Der Wind wird mich die ganze nächste Zeit begleiten und sehr nerven, glücklicherweise weiß ich das zu diesem Zeitpunkt nicht, wer kann sagen, was ich gemacht hätte!? Ich hoffe, dass der Park mich für die Strapazen entlohnen wird, zweifele insgeheim jedoch stark daran und verwünsche meine Entscheidung dorthin zu fahren. Bei allen möglichen am Horizont auftauchenden Bergformationen frage ich mich, ob das jetzt der Park ist oder nicht, dann erschlägt mich irgendwann der Anblick des tatsächlichen Parks und lässt jede Anstrengung augenblicklich vergessen!

In voller Pracht und unvergleichlich schön (meines Erachtens gilt dieser Park zu Recht als einer der schönsten der Welt!) liegt das Bergmassiv vor mir und sofort wird mir klar, dass jede Strapaze gerechtfertig ist, um dorthin zu gelangen. Mit offenem Mund nähere ich mich den Torres und den Cuernos und bin glücklich.

Noch außerhalb des Parks begegne ich zwei Schweizern, die mit einem VW Bus ohne echten Zeit- und Routenplan unterwegs sind. Sie sind Zimmermänner und praktisch auf der Walz, nur halt im Ausland. Wir verabreden uns ebenfalls an der mit Wolfgang vereinbarten Stelle im Park und tatsächlich treffen wir uns dort alle vier. Wir suchen gemeinsam einen Schlafplatz und die Jungs gehen daran, einen Fisch für das Abendessen zu fangen. Sofort geht ein Fisch an die Angel, leider wird es der einzige bleiben, aber er langt für uns vier. Wir verbringen einen wildromantischen Abend am Lagerfeuer, sprechen über Gott und die Welt und es wird regelrecht philosophiert. Fast schon kitschig, aber einfach prima! Den nächsten Tag verbringen wir alle gemeinsam im Park und nachdem wir genug gesehen haben (bzw. nachdem der Wind uns völlig mürbe gemacht hat), fahren wir gemeinsam zum Parkausgang, wo sich unsere Wege trennen sollen.

An der Hütte der Parkwächter treffen wir vier auf Jason, Marcel und Beat, drei Motorradfahrer, die gerade erst auf den Weg in den Park sind. Jason ist schon seit zwei Jahren unterwegs und hat auf dem Kilometerzähler seiner erst ein Jahr alten BMW schon über 40.000 km stehen. Respekt! Alle drei sind super nett und ich finde es sehr schade, dass wir in unterschiedlicher Richtung unterwegs sind.

Nach einem sehr lustigen, leider sehr kurzem, Geplauder gilt es, dem noch stärker gewordenen Wind zu trotzen und den Weg zurück nach Puerto Natales zu finden. Wolfgang treffe ich dort nicht mehr, dafür Werner, einen weiteren deutschen BMW-Fahrer, der aber schon länger unterwegs ist. Ich muss feststellen, dass eine ganze Menge Menschen viel abenteuerlichere Sachen unternehmen als ich. Und fast alle sind tolle Zeitgenossen, die interessante Geschichten zu erzählen haben. Ich bin etwas stolz, zumindest zeitweise ein Teil dieser Gemeinde zu sein!

Puerto Natales hat sich in der Atmosphäre nicht groß verändert im Vergleich zu vor vier Jahren. Es hat immer noch diesen Ende-der-Welt-Hauch, den ich so sehr mag. Mehr noch als Usuhaia auf Feuerland, was noch weiter südlich liegt und das ich im Jahr zuvor kennenlernte.

Den folgenden Tag richte ich mein Motorrad gen Punta Arenas im Süden, komme dort jedoch nicht an, da mir kalt ist, mir der Wind auf die Nerven geht und außerdem die Fähre nach Feuerland dort eine unkalkulierbare Größe darstellt. Sie verkehrt laut Reiseführer nur einmal am Tag und man muss vorher einen Platz reservieren; Vorausplanen liegt mir aber so gar nicht, also habe ich natürlich auch nicht reserviert.

So wähle ich etwa 60 km vor Punta Arenas eine Abzweigung nach Osten und setze später am Punta Delgada nach Feuerland über. Auf dieser Strecke habe ich eine Begegnung mit einem Stinktier,

das an mir hochinteressiert ist, als ich anhalte, um es zu begutachten. Es kann mich wegen der Windverhältnisse nicht gleich riechen. Etappenweise kommt es näher und macht, als es auch aus knapp 1,5 m Entfernung keine Witterung aufnehmen kann, einen großen Bogen um mich. Als es mich endlich wahrnehmen kann, flüchtet es schnurstracks. Mein erstes und letztes, für mich höchst amüsantes, Treffen mit einem Stinktier in freier Natur. Nandus sehe ich auch weitere auf dieser Etappe, was wiederum für mächtig Erheiterung auf meiner Seite sorgt.
Am Punta Delgada angekommen, setze ich, wie erwähnt, nach Feuerland über, mache das Beweisfoto und fahre 20 Minuten später mit der gleichen Fähre zurück.
Vermutlich habe ich so einen der kürzesten Feuerland Ausflüge aller Zeiten hingelegt! Feuerland kenne ich vom Vorjahr recht gut, so entschied ich, die Zeit hier zu sparen, um später an für mich neuen, unbekannten Orten mehr davon zur Verfügung zu haben. In Ermangelung einer Zeitplanung habe ich nämlich nach wie vor nicht den Hauch einer Idee, wie sich das ganze Abenteuer in der zeitlichen Abfolge darstellt.

Der Fährmann findet mein sehr kurzes Verweilen jedenfalls sehr heiter und spendierte mir die Rückfahrt gratis. Das hat er wohl noch nicht erlebt und wahrscheinlich wird er das auch nie wieder. Bei der Überfahrt schwimmen mir ein paar Delphine ins Blickfeld, so hat sich der Tag für mich gelohnt und ich bin zufrieden.

Erste kurze Rückkehr nach Argentinien (9.1.2002)

Am Abend erreiche ich wieder über die legendäre Routa 3, die hier teilweise noch aus Schotter ist, Rio Gallegos, eine weitere gesichtslose Ortschaft auf argentinischem Boden. Der Folgetag wiederum endet nach langer, öder Fahrt über Routa 3 in Puerto San Julian, einem windigen gottverlassenen Nest an der Küste. Den steten, starken Wind bekämpfend habe ich an diesem Tag nur knapp über 400 km zurückgelegt, dann war ich fix und fertig.

Angesichts der vielen Stunden im Sattel ein bescheidenes Ergebnis! Mehr oder weniger lustig bei der Fahrerei ist, dass der sehr starke Wind von der Seite kommt und man sich kontinuierlich in ihn hineinlegen muss, um nicht abgetrieben zu werden. Man fährt also in Schräglage geradeaus, was auf Dauer eine recht extreme Belastung darstellt.

Bei einer eher zufällig eingestreuten Ölkontrolle (meiner ersten überhaupt) bemerke ich, dass am Ölmessstab überhaupt kein Öl zu sehen ist, also heißt es dringend Öl nachfüllen. Da ich natürlich keines dabei habe, kaufe ich welches, was in dieser Gegend gar nicht so einfach ist. Fündig werde ich bei einer kleinen Werkstatt, die unter anderem Motorradzubehör vertreibt. Der Liter Öl kostet dort bescheiden kalkulierte 28 USD! Da ich keine Alternative sehe, füge ich mich und erwerbe das sündhaft teure Zeug, immerhin soll mich der Motor noch ein paar Tausend Kilometer befördern.

Der nächste langweilige Gegen-den-Wind-Kampftag endet in Caleta Olivia, welches ein wenig Zivilisation (also einen Geldautomaten) im herkömmlichen Sinne bietet. Unterwegs mache ich einen 100 km Abstecher zu einem beindruckenden Nationalpark mit riesigen versteinerten Bäumen, einem von zwei „Bosques Petrificados" in dieser Gegend. Der Hinweg verläuft exakt in die Richtung, aus der der Wind kommt. Jetzt muss ich nicht mehr „am Wind segeln" und darf aufrecht fahren. Die Turbulenzen hinter der Verkleidung sind zwar enorm, aber alles ist besser als Wind von der Seite. Zurück ist die Fahrt göttlich. Der Wind kommt genau von hinten und dementsprechend ist es auf dem Motorrad, das sich mit fast der gleichen Geschwindigkeit bewegt, wie der Wind, windstill. Unter meinem Helm ist es so gut wie lautlos, was zu diesem Zeitpunkt für mich der allergrößte Luxus ist! So leise ist es später nie wieder geworden.

Der Umweg zu den Bäumen kostet mich aufgrund des Spritverbrauchs fast die Ankunft in Caleta Olivia. Eine Tankstelle in Fitz Roy, 95 km südlich von Caleta Olivia, hatte meine Kreditkarte nicht akzeptiert und da ich, wie so oft, ohne Bargeld unterwegs bin, konnte ich kein Benzin kaufen. Glücklicherweise reicht das

Benzin doch, es kann aber nur noch ein winziger Tropfen Sprit im Tank übrig gewesen sein.

Einen Zeltplatz finde ich in Strandnähe, der Untergrund besteht aber aus ungemütlichem, grobem Kies, was es schwer macht, das Zelt ordentlich zu verankern. Schließlich binde ich es an der Honda fest, damit es nicht vom Wind davon getragen wird. Nachdem ich mein Zelt aufgebaut habe, bekomme ich einen Telefonanruf auf dem Zeltplatz! Meine Verwunderung ist groß, der Anrufer entpuppt sich als die Besitzerin eines kleinen Kiosks, in dem ich meine Mütze verloren hatte, als ich ein Eis kaufte. Die Dame hat auf gut Glück den Zeltplatz angerufen, weil sie das Zelt auf meinem Motorrad gesehen hat. Großes Glück für mich, die Mütze ist für mich unersetzlich, ohne Haare ist es nämlich sehr frisch!

Die Nacht im Zelt an der Strandpromenade verläuft sehr unruhig, Caleta Olivia ist so etwas wie ein Ferienort (abgesehen von der wichtigen Ölindustrie) und es herrscht die ganze Nacht reger und lauter Verkehr auf der Straße, die unmittelbar hinter der Mauer des Zeltplatzes verläuft. So komme ich kaum zu Schlaf und breche früh wieder nach Norden auf. Südlich von Comodo Rivadivia nehme ich Routa 26 nach Westen, durch die komplett eintönige argentinische Mitte. Wieder Windbegleitung, komplette Einöde und eine Menge Ölindustrie; Argentinien in diesem Bereich ist wirklich nicht erwähnenswert! In Rio Mayo hört die geteerte Straße auf und eine weitere, schrecklich einsame Schotterstrecke strapaziert in Verbindung mit mehr Wind (der hört hier scheinbar nie auf) weiter meine Nerven. Meine Lust weiterzufahren geht gegen Null, bis ich mich endlich der Grenze nähere. Etwa zwei Kilometer vor dem argentinischen Grenzposten wird die Landschaft schlagartig wunderschön. Die Umgebung wechselt vom öden braun und grau in sattes grün, die Berge sind üppig bewachsen, es gibt kleine und große Seen und der Wind wird ordentlich abgeschirmt. Da ist das Fahren gleich wieder ein Genuss!

Zweite
Einreise nach Chile (12.1.2002)

Nach Passieren des Grenzpostens erwische ich dank glücklichem Zufall die kürzeste von mehreren möglichen Routen nach Coihaique. Nach einem erneut steilen und steten Abstieg über übelste Schotterstrecke, durch superschöne Vegetation und an

kleinen Bergseen vorbei, liegt Coihaique vor mir am Horizont! Genau darüber ist die dichte Wolkendecke aufgerissen und so liegt es in der prallen Sonne eingerahmt von fantastischen Bergen. Ich passiere saftige Weiden, ein Sägewerk, das nach frisch bearbeitetem Holz riecht, und erreiche wieder Asphalt. Jetzt ist alles perfekt, ich habe das Paradies gefunden!
Eigentlich will ich nur kurz bleiben, aber knapp außerhalb des Stadtzentrums der 40.000 Seelen Gemeinde finde ich das Hostal Las Salamandras von Santi und Chus, einem Paar aus Madrid, das dieses Hostal vor ein paar Jahren gebaut hat. Dieses Hostal, komplett aus Holz gezimmert in einem wunderschönen Wald gelegen, unweit eines klaren Bergflusses, ist vermutlich das schönste der Welt. Hier könnte ich sehr lange verweilen, zumal Coihaique einfach ein wahnsinnig nettes, prosperierendes, gesundes Städtchen ist, in dem es scheinbar jedem gut geht.
Am Tag meiner Ankunft habe ich ein wenig Pech, das sich aber später als großes Glück herausstellen soll. Ich habe einen Plattfuß am Hinterrad. Der Reifen stirbt den Alterstod, da die Lauffläche völlig abgefahren ist. Eigentlich hatte ich gehofft mit dem Reifen noch Santiago zu erreichen, aber es sollte nicht sein. In einem der zwei Reifenläden in Coihaique kann ich einen Reifen auftreiben. Es ist der einzige 17 Zoll Hinterradreifen, der in Coihaique verfügbar ist! Es ist ein Pirelli Geländereifen aus brasilianischer Produktion, nicht das, was ich möchte, aber das Beschaffen eines Dualreifens (für Straße und Gelände geeignet) kann ein paar Tage oder Wochen dauern, so bleibt mir nichts anderes übrig, als den Reifen zu nehmen. Er kostet unschlagbar günstige 54 USD, so denke ich mir, dass er sich trotz der geringen zu erwartenden Laufleistung (weil es eben ein Geländereifen ist) rentiert. Der Reifen soll aber ein Glücksfall sein, weil er erstens fast 7000 km bis Lima hält (also 2000 km weiter als der miserable Bridgestone, der original aufgezogen war), zweitens, weil das Bezwingen der Carretera Austral damit ein Kinderspiel und drittens, die Durchquerung des Altiplano im Süden von Bolivien überhaupt erst möglich wird. Ein Dualreifen hätte mich da schlicht im Stich gelassen.
Am zweiten Tag treffen im Las Salamandras Jason, Marcel und Beat (die drei aus dem Torres del Peine Nationalpark) ein, außerdem noch Chris und Erin, ein Paar aus New York, das zu diesem

Zeitpunkt knapp über drei Jahre unterwegs ist. Die waren auch schon überall (nachzulesen unter www.ultimatejourney.com).
Jason verrät mir bei der Gelegenheit, was er dachte, als er mein Motorrad zum ersten Mal sah: Da ich meinen täglichen Essensbedarf, feuchte Wäsche oder meinen persönlichen Müll in Plastiktüten an das Gepäcknetz binde, erweckten diese in Verbindung mit meiner unorthodoxen Packtechnik bei Jason den Eindruck, dass ich unterwegs Müll aufsammele. Von soviel Edelmut war er ganz beeindruckt. Meine Erklärung, dass dieses Chaos schlicht und ergreifend meine komplette Packkompetenz repräsentiert, verursachte verständlicherweise ein gehöriges Maß an Gelächter auf meine Kosten. Aber auch ansonsten haben wir genug erbauliche Reisegeschichten zum besten zu geben und so verlebt der komplette Haufen eine tolle Zeit und nach vier Tagen fällt es mir mehr als schwer, mich von Coihaique zu verabschieden.

Chris und Erin

Aber ich habe beschlossen, nirgendwo länger als vier Tage zu bleiben, schließlich ist die Reise noch weit und die Zeit begrenzt! Gerade als ich Coihaique verlasse, kommt mir Wolfgang entgegen. Wir tauschen uns kurz aus, dann verabschieden wir uns nicht zum letzten Mal. Weiter geht es auf der Carretera Austral, der legendären Straße Pinochets, Richtung Norden bis zum Nationalpark Qeuelat, in dem man per einstündigem Marsch einen hängenden Gletscher erreichen kann. Die Fahrt bis dahin ist strapaziös, die Schotterpiste erfordert hohe Konzentration, aber wieder einmal überwältigend schön. Prinzipiell ist die Carretera einfach eine Schotterstraße vorbei an ein paar Wäldern, Seen und Bergen. In der Kombination ist die Landschaft aber so sensationell, dass es fast schon nicht mehr wahr ist. Das Genießen nimmt kein Ende! Als ich in der Dämmerung fix und fertig im Nationalpark ankomme, muss ich herausfinden, dass der Campingplatz komplett belegt ist. Der Parkwächter schickt mich deshalb zu einem über 20 km zurückliegenden Campingplatz an einem See. Im Dunkeln keine Strecke, die ich auf Schotter mit groben Schlaglöchern fahren möchte! Wieder kommt mir mein Glück zu Hilfe, zwei Israelis bieten mir (auf meine Bitte hin) an, den Zeltplatz zu

Motorräder von Jason (England), Chris und Erin (USA), Beat (CH) und mir

Hängende Gletscher, Parque National Qeuelat

teilen. Ich nehme dankbar an und übernehme dafür die Kosten des Zeltplatzes auch für die beiden. Die beiden Jungs bekochen mich, dafür schenke ich ihnen einen meiner Töpfe, den sie gut gebrauchen können. Am morgen verlassen sie den Park, ich dagegen wandere durch üppige Vegetation zum Aussichtspunkt für den Gletscher und bin ein weiteres Mal überwältigt. Da gibt es nichts zu meckern!

Noch am gleichen Tag fahre ich weiter nach Norden und verlasse nach weiter wunderschöner Fahrt, auf der mir interessanterweise ein ganzer Pulk deutscher Bundeswehr-LKWs begegnet, die Carretera Richtung Osten, um den Ort Futaleufu zu besuchen. Dort treffe ich auf Jose und Jaime, zwei Madrilenos, die mit ihren Motorrädern von Alaska gekommen sind. Sie sind also schon nahe dem Ende ihrer Tour. Wir drei sind alle darauf aus, auf dem Futaleufu-Fluss mit dem Schlauchboot zu fahren. Also treffe ich mich mit beiden auf dem Gelände des Raftingtouranbieters Bio-Bio-Expeditions, geleitet von Laurence Alvarez, einem Kalifornier mit mexikanischem Vater, der uns schon am nächsten Tag mit auf dem Fluss nimmt. Der Futaleufu ist eines der härtesten Wildwasser-Reviere der Welt, mit den speziellen Booten von Bio-Bio aber auch für Laien befahrbar.

Es wird ein sagenhafter Tag auf dem Wasser! Wetter und Fluss sind exzellent, die Sonne scheint, das Boot fahren ist eine Sensation und wir sind alle traurig, als es vorbei ist. Für den Abend lädt Laurence uns alle überraschend zum Essen in die Hütte von Bio-Bio ein, es gibt Chorizos, Kartoffeln, Bier und so einiges mehr, alles improvisiert, da das Essen nicht geplant war. Sehr nett!

Der Abend ist milde und die Dämmerung an diesem Fleck der Erde, eingebettet in die grandiosen Felsformationen der umstehenden Berge, ist einfach schön. Spät kriechen wir in unsere Zelte und fallen erschöpft in einen tiefen Schlaf. Am Morgen dusche ich im Freien, mit Blick auf die Berge, einige Hühner laufen mir um die Beine und der nahende Abschied von dort stimmt mich melancholisch. Aber sicher ist, dass ich eines Tages dorthin zurückkehren werde!

Laurence, der den chilenischen Winter in Kalifornien als Raftingführer verbringt, lädt mich ein, ihn in Truckee in Kalifornien zu besuchen. Natürlich nehme ich die Einladung an und mache mich auf den Weg weiter nach Norden.

Ein paar Stunden Argentinien (19.1.2002)

Nach dem Wildwasserfahren mit José, Jaime und Laurence

Es folgt die längste Etappe meiner Reise, 890 km von Futaleufu bis nach Pucon in Chile. Dabei muss ich zurück in argentinisches Gebiet, fahre wieder über Esquel, El Bolson, Bariloche, Villa La Angostura (diesmal ohne Ferrari) und stelle fest, dass die Landschaft, die mich beim ersten Mal noch so begeistert hat, dem Vergleich zur Schönheit der chilenischen Seite der Anden nicht standhalten kann. Es ist schon noch nett, aber die Schönheit Südchiles relativiert die Landschaft Argentiniens. Südchile wird auf die Reise rückblickend der Teil sein, der am begeistertsten war. Es ist einfach fantastisch!

Dritte Einreise nach Chile (19.1.2002)

In Pucon, einem chilenischen Ferienort der trotz seiner touristischen Ausrichtung immer noch sehr charmant ist, angekommen, niste ich mich für vier Tage ein. Zufällig treffe ich wieder auf Wolfgang, der nach hier eine gänzlich andere Route gewählt hat. Von hier starte ich zur Besteigung des Vulkan Villarica, den ich zu Beginn meiner Reise schon vom Ort Villarica aus bewundert habe. Zum ersten Mal in meinem Leben schaue ich vom Rand eines Vulkanes in dessen aktiven Krater, ein grandioses Schauspiel. Ebenso kann ich von dort oben den Vulkan Lanin sehen, an dem ich auch schon vorbeifuhr, als ich zu Beginn der Reise durch den Lanin-Nationalpark nach Chile gefahren bin. Von Pucon aus kann man in der Nacht einen rotglühenden Schein über dem Vulkan ausmachen, was am deutlichsten ist, wenn der Villarica Dämpfe ausstößt. So kann man leicht erkennen, dass er ein noch sehr aktiver Vulkan ist! Ansonsten ist Pucon einfach zum Entspannen sehr schön, es liegt an einem kleinen See, der einen Badestrand aus schwarzem Sand hat und einen Nachmittag lege ich mich auch dorthin, um ein wenig Farbe zu tanken.

Zu guter letzt führe ich in Pucon eine kleine Tradition weiter, die sich in meinen Reisen immer wieder findet: ich absolviere Gewichtstraining in einem Sportstudio! Da ich viel Wert darauf lege, körperlich in Form zu bleiben (abgesehen von meinem krummen Rücken, der ein Training schon aus gesundheitlichen Gründen erfordert), habe ich es mir angewöhnt, auf längeren Reisen mindestens einmal in der Woche ein Studio zu finden. Als Nebeneffekt kommen dabei fast immer hochinteressante Begegnungen zustande und man lernt Leute außerhalb der Hostals oder der üblichen touristischen Pfade kennen. Bis Pucon hatte ich anstelle eines Hanteltrainings täglich Liegestütze gemacht, was, wie ich nach meiner Heimkehr feststellen konnte, ausgezeichnet geeignet ist, sich fit zu halten. Das habe ich, genau wie die Studiobesuche, bis zum Ende meiner Reise in Anchorage beibehalten. Bis Mendoza gehört auch noch Seilspringen zu meinem Programm, dann stelle ich es wieder ein, es ist für mich doch eine Spur zu heftig.

Nach vier angenehmen Tagen mache ich mich erholt auf den Weg, Wolfgang bleibt noch etwas länger. Über Routa 5 geht es nach Curico, von wo ich nach Osten abbiege, um den „Parque National de las siete Tazas" zu besuchen, einen hauptsächlich von Einheimischen besuchten Park, in dem ein kleiner Fluss sich in einen Fels hineingegraben hat und dabei sieben Becken (die Tassen) und einen schönen Wasserfall gebildet hat. Das Erheiternde an diesem Besuch ist, dass der Reiseführer beschreibt, dass das Erreichen des Parks leicht ist, da die Straße komplett geteert ist. Tatsächlich führt dorthin eine der schlechtesten und staubigsten Pisten, teilweise mit tiefstem Sand, auf die ich während meiner ganzen Reise gestoßen bin! Zu allem Überfluss wird sie bis zu einem bestimmten Punkt auch von großen LKWs befahren, die ihre Geschwindigkeit nicht wirklich verringern, als sie mir begegnen. Teilweise kommt es dabei zu hahnebüchen knappen Situationen! Aber ich überlebe und habe nach Zeltübernachtung in der Baustelle eines Hostals einen netten Tagesbeginn bei der Besichtigung des Flüsschens. Wenig später, von dort ist es nicht mehr gar so weit, erreiche ich Santiago de Chile. Vor vier Jahren verbrachte ich bei meinem ersten Besuch in Santiago eine Nacht in einer schäbigen Herberge in einer wenig berauschenden Gegend dieser Stadt. Da Klaus und ich damals gleich bei unserer ersten Taxifahrt in Südamerika von dem Taxifahrer betrogen wurden, hatte ich kein gutes Bild von Santiago und wollte nur eine Nacht dort zubringen, um dann gleich weiterzufahren. Nun, dieses Mal war alles anders; ich erliege dem Charme dieser Stadt und bleibe vier Tage in der Herberge „Scotts Habitat" des US-Amerikaners Scott, der seit ca. 5 Jahren in Santiago lebt. Scott behauptet, den besten Fruchtsalat der Welt jeden Morgen zum Frühstück frisch zuzubereiten. Ich bin der Meinung, dass er dieses Prädikat seinem Fruchtsalat durchaus zu Recht verleiht! Sehr, sehr wohlschmeckend und im sowieso günstigen Preis für die Übernachtung (5 USD) auch noch eingeschlossen. Diese Herberge habe ich noch vielfach weiterempfohlen (so wie übrigens auch das Hostal Las Salamandras in Coihaique!)! Im Hostal treffe ich auf ein Pärchen, einen Neuseeländer und eine US-Amerikanerin, das in La Paz lebt und dort eine Agentur betreibt, die Fahrradtouren anbietet. Sie sind zu einem Radwettkampf in den Bergen nahe Santiago gekommen und laden mich ein, in La Paz bei Ihnen vorbei zu schauen. Das werde ich tun!

Ein besonderes Erlebnis in Santiago ist für mich das Besteigen eines Aussichtsturms, der auf einem der Hügel, die in Santiago fast im Zentrum liegen, und Beamten dazu dienen, nach Feuer in der Umgebung Ausschau zu halten, um die Feuerwehr frühzeitig einschalten zu können. Der Turm ist eigentlich nicht öffentlich, aber ich frage die Beamten vor Ort, ob ich hochklettern darf und überfreundlich laden sie mich ein, auf die Kanzel zu steigen. Der Turm ist 35m hoch und besteht aus einem Metallgerüst mit kleiner Kabine obenauf und wankt für meine Begriffe sehr ordentlich im Wind. Die Aussicht ist allerdings phänomenal: Santiago erstreckt sich in alle Richtungen bis zum Horizont und einer der beiden Beamten erklärt mir, welche Stadtteile von wem bewohnt sind, wie also die sozialen Strukturen in der Stadt aussehen. Zum Beobachten der Stadt benutzen die Beamten übrigens Ferngläser von Carl Zeiss Jena, deutsche Spuren allenthalben! Nach der Besichtigung des Turmes werde ich in die Rangerstation zum Essen eingeladen und danach fahre ich „meinen" Beamten dann auf dem Motorrad nach Hause. Eine ungeplante, aber sehr lehrreiche und hochinteressante Begegnung endet damit. Den Namen meines Lehrers habe ich leider verloren, von dieser Stelle aus möchte ich aber noch einmal meinen Dank ausdrücken! Verpasst habe ich leider den Besuch des Freibades, das gleich neben den Turm auf dem „Gipfel" des Hügels gebaut wurde. Eine schöne Anlage, bei der man sozusagen über den Dächern von Santiago mit Blick auf die Stadt baden kann. Für mich als begeisterten Schwimmer natürlich eine ganz besondere Geschichte. Da ich aber erst nach Ende der Öffnungszeit des Schwimmbades auf dem Hügel ankomme, ist nichts mit schwimmen. Aber deswegen komme ich ja erst auf die Idee mit dem Turm, so bin ich nicht allzu enttäuscht!

Am gleichen Abend, auf dem Nachhauseweg, komme ich an der riesigen Pferderennbahn von Santiago vorbei, dem Hippodrom, welches nicht ganz so schön ist, wie das, das ich aus Buenos Aires kenne, aber doch immer noch sehr ansehnlich mit altehrwürdiger Architektur. Netterweise ist Renntag und es herrscht reger Betrieb, obwohl es schon recht spät ist. Ein Rennen findet noch statt, dann ist der Tag gelaufen. Natürlich bleibe ich, um mir das Rennen anzuschauen, ohne allerdings zu wetten. Das wäre dann doch leicht gewagt. Mir genügt es, die großartige Rennatmosphäre unter Flutlicht aufzusaugen!

Einen meiner Abende in Santiago gehe ich mit einigen Leuten aus dem Hostal los, um das Nachtleben von Santiago kennen zu lernen. Das ist recht vielfältig, leider finde ich keinen Club, in dem mir die Musik gefällt, insofern bin ich etwas enttäuscht, immerhin ist nur in größeren Städten zu erwarten, dass ich Musik nach meinem Geschmack finde. Ansonsten fahre ich einfach nur in der riesigen Stadt herum, um die verschiedenen Stadtteile zu erkunden. Dabei halte ich ab und zu an, um bestimmte Plätze einfach auf mich wirken zu lassen. Das mache ich meistens so. In der Regel bin ich dabei ohne die detaillierte Information eines Reise- oder Stadtführers über den jeweiligen Ort unterwegs und verpasse sicherlich die ein oder andere historisch oder kulturell wertvolle Attraktion, ich bilde mir aber ein, dennoch ein recht gutes Bild einer Stadt zu erhalten.

Bei einer meiner Rundfahrten stoße ich in der Nähe des Bahnhofs auf den Pavillon, der anlässlich der Weltausstellung in Paris neben dem Eiffelturm als chilenischer Beitrag aufgebaut war. Er ist wunderschön restauriert und beherbergt ein Kunstmuseum, das sich speziell an Kinder wendet. Der Pavillon ist eine zerlegbare Stahlkonstruktion, die nach dem Ende der Weltausstellung zurück nach Chile transportiert und damals an dem Fleck wieder aufgebaut wurde, an dem er heute noch steht. Ein Teil des Holzes, das z.B. für den Boden verwendet wurde, ist heute noch das originale Holz, das 1889 (?) verbaut war. Geschichte zum Anfassen! Gleich nebenan ist ein Eisenbahnmuseum, in dem eine ganze Reihe historisch wertvoller Lokomotiven und Waggons in einem netten Park präsentiert werden. Und noch einige Museen mehr, aber die lasse ich aus, um mehr von der Sonne zu genießen.

Dann ist es wieder an der Zeit, zufällig Wolfgang zu begegnen! Mitten in der Stadt steht er einfach so auf der gegenüberliegenden Straßenseite an einer Ampel. Ich dirigiere ihn in Scotts Hostal, er will aber außerhalb in den Hügeln zelten, so sehe ich ihn erst mal nicht wieder, da meine Zeit in der Stadt zu Ende ist.

Vom großartigen Santiago führt die nächste Etappe wieder über die Anden nach Mendoza. Der Paso de la Cumbre führt nördlich von Santiago in östlicher Richtung am Aconcagua, Amerikas höchstem Berg, vorbei. Die Straße ist in sehr guten Zustand und windet sich steil bis auf fast 4000 m. Das erste Mal, das ich in diese Höhe vorstoße. Ich merke, wie der Honda im Leerlauf die Luft ausgeht und sie abstirbt, aber auf Drehzahl gehalten, hält sie sich tapfer und macht alles mit. Sie verliert stark an Leistung und verbraucht sehr viel mehr als üblich, aber sie macht keine echten Probleme! Oben am Aconcagua treffe ich auf Wolfgang, der wieder Mal überraschend aufgetaucht ist. Wir verabreden uns für den Abend in Mendoza, allerdings wird Wolfgang zum wiederholten Male unsere Verabredung nicht einhalten und wir treffen uns nicht. Das ist das letzte Mal, dass ich Wolfgang sehe.

Ein letztes Mal Argentinien (27.1.2002)

Die Fahrt über den Pass ist berauschend, der Grenzübertritt ein weiteres Mal problemlos und am Abend komme ich in Mendoza an. Mendoza entpuppt sich als wunderschöne, warme, grüne, entspannte Stadt. Am Abend spielt sich ein reiches kulturelles Leben auf den Plätzen ab. Leider bleibe ich nur eine Nacht, da ich wieder Mal der Meinung bin, Zeit sparen zu müssen. Unsinnig wie sich am Ende der Reise herausstellt. Mendoza ist Weinanbaugebiet und auf meiner Fahrt ins nördlich gelegene San Juan komme ich an großen Rebenpflanzungen vorbei. Die Fahrt geht, glaube ich, durch das zweiheißeste Gebiet, dass ich auf meiner Reise kennenlerne (nach dem Death Valley in den USA) und die

Temperatur gepaart mit hoher Luftfeuchte verlangt mir alles ab. Noch fahre ich immer in meiner kompletten Schutzmontur, die nicht wirklich atmungsaktiv ist. Ich bade in meinem Schweiß und konsumiere sehr viel Wasser, um den Flüssigkeitsverlust auszugleichen. Für die knapp 160 km von Mendoza nach San Juan benötige ich über drei Stunden und viele Pausen.

Am frühen Nachmittag komme ich völlig erschöpft dort an. San Juan ist ein beschauliches, ruhiges, sauberes und angenehmes Örtchen, das gerne als Ausgangsbasis für das nahegelegene Valle de la Luna genutzt wird. Eigentlich möchte ich dort auch hin, aber 300 km mit dem Motorrad in dieser Hitze will ich mir nicht antun, also beschließe ich, eine geführte Tour zu machen. Leider finde ich heraus, dass ich an diesem Tag der absolut einzige Tourist in San Juan bin. Für eine Person rentiert sich für keinen Anbieter die Fahrt ins Valle, so muss ich auf den Besuch dort verzichten. Schade!

Stattdessen gehe ich ins lokale Museum, welches sehr malerisch in einem alten Bahnhofsgebäude untergebracht ist und eine Menge Fossilien ausstellt, die im Valle de la Luna gefunden wurden. Für den späteren Nachmittag beschließe ich, einen Ölwechsel zu machen und bei der Gelegenheit auch die Ventile einstellen zu lassen. Ich finde einen kleinen Motorradladen, der nur Ersatzteile und Schmierstoffe verkauft, aber keine Werkstatt betreibt. Er vermittelt mich aber an einen freien Mechaniker, der sehr gut sein soll. Ich kaufe Öl und einen Plastikschutzüberzug für den Tank der Honda und suche die Werkstatt. Gegen 17 Uhr kommt der Betreiber von seiner ausgedehnten Mittagspause zurück (bei der Hitze kann mittags niemand arbeiten!) und nimmt sich direkt meines Problems an. Der Service wird gut erledigt und während ich zuschaue, muss ich von meinen Erlebnissen bis dahin berichten. Es kommen Freunde des Mechanikers hinzu und irgendwann gegen 22 Uhr, nachdem die Werkstatt geschlossen wird, sitzen wir im Garten mit Getränken (ich trinke Cola, keinen Alkohol) und plaudern über Gott und die Welt. So gegen 2.30 Uhr gehen dann alle schlafen und ich verabschiede mich, da ich am nächsten Tag zurück nach Chile fahren möchte. Am Morgen, nach dem Ausschlafen, beschließe ich, mich gebührend zu verabschieden und lasse mich überreden, noch einen Tag zu bleiben. Die Gruppe zeigt mir die Gegend, wir besichtigen einen Staudamm (der bei irgendeinem Hollywoodfilm gefilmt wurde, habe leider vergessen, welcher), auf den die Bewohner von San Juan ganz stolz sind und an dem sie oft schwimmen gehen und für den Abend wird ein Asado, ein argentinischer Grillabend, geplant.

Als es dann Abend wird, sitzen wir auf der Terrasse eines Rechtsanwalts, der der Vater von zwei Freundinnen des Mechanikers ist (ich habe leider alle Namen vergessen). Nach und nach verabschieden sich die Leute und ich denke mir, na gut, das Asado wird wohl ausfallen, aber auf meine Nachfrage ernte ich nur Gelächter: Es ist doch erst kurz vor Mitternacht, da macht doch kein Mensch was zu Essen!

Nun, ab 2 Uhr kommen die Leute wieder zurück und gegen 3 Uhr am Morgen wird der Grill angeworfen, 3.30 Uhr wird das Essen serviert! Es ist köstlich, die Temperaturen in der Nacht sind sensationell angenehm und die Runde von vielleicht 20 Personen sitzt bei angeregter Unterhaltung völlig munter im Garten und amüsiert sich prächtig. In Deutschland ist das undenkbar, hier ist es völlig normal und jeder macht es so. Kaum vorstellbar für mich als Mitteleuropäer.

Ich amüsiere mich prächtig und gegen 6 Uhr verziehe ich mich in mein Zelt, schließlich will ich am nächsten Tag weiterfahren! San Juan werde ich, wie auch Bahia Blanca, Puerto Madryn und einige weitere Orte, in einer speziellen Erinnerung behalten, die Herzlichkeit, mit der die Leute mich aufgenommen haben, ist für mich einfach ungewohnt. Einmal mehr beschließe ich, von diesen Menschen zu lernen, ich hoffe, ich kann es auch!

Die Etappe für den nächsten Tag soll mich nach La Serena an der chilenischen Pazifikküste führen! Die Strecke ist weit, über 500 km, und wird über weite Teile über Schotter und einen Pass (Paso del Agua Negra) von 4780 m Höhe führen. Nach nur 2,5 Stunden Schlaf mache ich mich auf den Weg.

Die erste Strecke führt bei immer noch sehr hohen Temperaturen durch karges Land, vorbei an alten, nicht mehr benutzten Thermalquellen und einigen verlassenen Ruinen, wo einst in dieser Einöde Leute lebten. Etwa 80 km nördlich von San Juan verlasse ich die recht gut ausgebaute Routa 40, um eine Abkürzung nach Las Flores zu nehmen. Die Straße ist immer noch geteert, aber sehr schmal. Die Oberfläche ist brüchig und an einigen Stellen ist viel Sand auf der Strecke. Es sieht so aus, als ob zu Zeiten der Schneeschmelze auch ein recht großer Fluss den Weg der Straße kreuzt. In jedem Fall fühlt es sich recht abgelegen an und ich hoffe, nicht Opfer eines Defekts zu werden.

Dann steigt die Straße ein wenig und windet sich die ersten Andenausläufer hoch. Am Horizont türmen sich bald wieder richtig hohe, schneebedeckte Anden auf, der Anblick lässt jede Müdigkeit vergessen. Ich nähere mich der Grenze, die nicht den ganzen Tag geöffnet ist und höre von einem Tankwart, dass vor 30 Minuten zwei weitere Motorradfahrer bei ihm tanken waren. Ich freue mich, da es immer wieder schön ist, andere Motorradfahrer zu treffen und hoffe, die Jungs einzuholen. An der argentinischen Grenzstation, die wieder schnell und unproblematisch arbeitet, höre ich mit, wie nach zwei Frauen gesucht wird, die an der argentinischen Station am Vortag abgefertigt wurden, die aber nie an der sage und schreibe 160 km (wenn ich mich richtig erinnere) entfernten chilenischen Grenzstation angekommen sind. Da die Straße nicht einfach zu befahren ist und eben bis auf fast 4800 m geht, befürchtet man einen Defekt oder einen Unfall. Leider weiß ich nicht, was aus den Damen geworden ist. Die Grenzer sagen mir, dass die Motorradreisenden vor ca. 10 Minuten da waren. Aha, denke ich, gleich habe ich sie! Ein paar Kilometer weiter ist dann die übliche letzte Kontrolle der Argentinier (das ist in ganz Lateinamerika so: Erst eine Einfahrkontrolle, bei der man einen Kontrollabschnitt erhält, der Kontrollabschnitt wird nach Absolvieren aller Formalitäten gestempelt und muss dann bei einer Ausfahrkontrolle abgegeben werden), der Beamte dort sagt mir auf meine Nachfrage, dass die Jungs vor ca. 1 Stunde vorbeigekommen sind. Die unterschiedlichen Zeitangaben verwirren mich und ich frage mich, ob überhaupt jemand da war!?

Chile zum vierten und letzen Mal (30.1.2002)

Unverdrossen starte ich in den Pass, die Straße ist schlechter Schotter mit einigen Teerflecken und schönen Schlaglöchern, sie steigt langsam und allmählich werden die Temperaturen erträglicher. Dann steigt sie deutlich steiler und es wird schnell sehr kalt. Der Wind ist, wie eigentlich fast immer, recht kräftig und nervt gewaltig. Aber die Landschaft ist schön und entschädigt für die Strapazen. Vorbei geht es an Schnee- und Eisformationen, die aussehen wie zahllose kleine Stalagmiten in weiß und Felsen in vielerlei Farben. Hier müssen viele Erzvorkommen sein. Die Luft wird dünn und dünner, ich atme schwer und der Kopfschmerz wird mit jedem Höhenmeter stärker. Die Honda atmet auch schwer und büßt wieder viel an Leistung ein, schafft es jedoch auf die zusammen mit Bolivien höchste Stelle auf dieser Reise und überzeugt mich ein weiteres Mal von ihren Qualitäten. Auf der Passhöhe ist kein Schild mit der Höhenangabe, keine Linie, die den höchsten Punkt angibt, nur ein Denkmal für eine Dichterin (oder so etwas). Da ich völlig erschöpft bin, spare ich mir ein Foto (was mich jetzt – klar – ärgert) und fahre einfach weiter. Ich will zurück in die sauerstoffhaltige Zone und die Wärme. Es geht zügig bergab durch atemberaubende Landschaft, die Abschnitte sind dabei stellenweise sehr steil! An verschiedenen Punkten teilt sich die Straße in Wege für leichte und schwere Fahrzeuge. Ich wähle die steileren, deutlich kürzeren Stücke für die leichten Fahrzeuge und frage mich, wie hier ein PKW herunterkommen soll!? Mit blockiertem Hinterrad rutsche ich teilweise um die engen Kurven, mache mir aber nur kurz Gedanken, schließlich muss ich mich konzentrieren.

Irgendwo auf diesen Abschnitten überhole ich die beiden anderen, die die längere, weniger Steile Straße gefahren sind. Dementsprechend holen sie mich ein, als ich eine Pause mache. Es sind ein Österreicher auf einer KTM Adventure (wie es sich gehört) und ein Darmstädter auf einer BMW (mal wieder). Sonnenklar, dass sich der Darmstädter fernab der Heimat über mein Offenbacher Kennzeichen lustig macht, darauf habe ich gewartet! Sie sind älteren Semesters und nur ein paar Wochen unterwegs. Wir schließen uns zusammen und fahren an diesem Tag noch gemeinsam bis nach La Serena. Die Straße folgt einem Fluss und es geht vorbei an einigen wunderschönen Seen und immer noch atemberaubenden Felsen und bald ist es wieder richtig heiß.

Die chilenische Grenze ist trotz des für Lateinamerika typischen bürokratischen Aufwands schnell absolviert und Asphalt ist auch bald erreicht. Wir fahren hintereinander, zuerst die KTM, dann die BMW und meine Honda folgt am Schluss. Wir fahren etwa 110 km/h auf einer Landstraße, als sich der dicke Aluminium-Motorschutz der KTM losvibriert und abfällt. Das KTM-Hinterrad schleudert das Alu-Teil hoch und dieses verfehlt den Fahrer der dicht dahinter fahrenden BMW nur knapp. Ich war nicht im Gefahrenbereich, drehe und sammle das Teil ein. Uns allen steht ein gewaltiger Schock ins Gesicht geschrieben, das hätte sehr böse enden können!

Ohne weitere Probleme erreichen wir La Serena, wo wir uns trennen. La Serena ist ein historischer Ort, der recht gut erhalten und ein touristisches Zentrum ist. Entsprechend gibt es neben der Historie auch viele Einrichtungen, die chilenische Touristen, die über etwas Wohlstand verfügen, schätzen: Riesige Einkaufszentren nach amerikanischen Vorbild, ultramoderne Kinos und eine Menge neuer und teurer Hotels. Zwischen La Serena und dem nahe gelegenen Coquimbo zieht sich ein kilometerlanger Strand, der so auch am Mittelmeer oder an einer US-Küste sein könnte. Dutzende Diskotheken und Bars säumen die Promenade. Es ist noch Ferienzeit für die Chilenen, so ist der Strand voll mit jungen Leuten, die kostenlosen Konzerten und allerlei sonstigen sportlichen Attraktionen wie einem Fußball-Turnier beiwohnen. Mir ist das zu hektisch, also erkunde ich die Gegend und fahre bis nach Coquimbo, wo an einem riesigen Betonkreuz gebaut wird (vielleicht 60 m hoch), dass auf einem Hügel mitten in einem Armenviertel steht.

Das Viertel soll nach Fertigstellung des Kreuzes in einen Park mit Grünflächen und auch ein paar Wohnungen umgewandelt werden. Damit möchte Coquimbo die Armut beseitigen und stattdessen eine touristische Attraktion erschaffen. Wohin die armen Leute sollen ist dabei noch nicht klar! Das Kreuz ist auf alle Fälle entsetzlich hässlich und die Planer sollten aus dem Land gejagt werden!

Von La Serena fahre ich ein Stück zurück des Weges nach Vicuna, wo die Stadt ein kleines Teleskop betreibt, durch das Touristen und Interessierte einen Blick auf die Sterne werfen könne. Mamalluca ist der Name des Observatoriums, für dessen Besichtigung ich eine Eintrittskarte erwerbe. Leider bin ich der einzige in der Gruppe, der nicht fließend spanisch spricht, so bekomme ich von der Führung, die so einiges über die Sterne erklärt, nur Teile mit. Der Blick durch die Teleskope ist trotzdem sehr schön. Das erste Mal in meinem Leben kann ich die Ringe des Saturns nicht nur als Abbildung sehen. Schon bemerkenswert! Leider scheint der Vollmond, so dass viele Sterne und Erscheinungen des Himmels in dessen Licht untergehen, sonst hätte man noch viel mehr sehen können. Dafür ist der Blick auf den Mond möglich, was ein wenig entschädigt. Sehr spät geht es ins Bett und da ich wieder früh auschecken muss, starte ich übermüdet in den Tag.

Westlich von Vicuna liegt ein weiteres Observatorium namens El Tololo (zwischen La Serena im Süden und Antofagasta im Norden sind viele Observatorien angesiedelt, die Gegend ist prädestiniert für das Sternegucken, da die Luftfeuchtigkeit und -verschmutzung sehr niedrig sind und damit die Atmosphäre sehr klar ist). Es ist weltweit eines der größeren Observatorien, das Teleskop samt der Mechanik, mit der man es bewegen kann, wiegt etwa 700 t. Mit diesem Teleskop wurden schon einige bemerkenswerte Objekte am Himmel entdeckt, so dass es eine gewisse Berühmtheit erlangt hat. Hat man mir zumindest gesagt.

Um El Tololo besichtigen zu können, muss man sich in La Serena bei den Behörden melden und einen Termin ausmachen. Der Besuch ist kostenlos, aber üblicherweise bekommt man einen Termin für ein paar Wochen nach Anfrage zugewiesen. Diese Möglichkeit hatte ich nicht, da ich nicht wusste, wann ich in La Serena ankommen würde, so fahre ich einfach zum Tor, das 12 km vom Observatorium entfernt ist, um zu sehen, ob ich so reinkomme. Der Wachmann weist mich freundlich aber bestimmt zurück und sagt mir, dass er leider nichts für mich tun kann. Erstens habe ich die Genehmigung nicht und zweitens dürfen Motorräder gar nicht auf das Gelände! Enttäuscht bereite ich mich auf meine Weiterfahrt vor, als ein paar chilenische Autos ankommen. Vielleicht kann ich mich denen anschließen und warte!?

Es ergibt sich folgender glücklicher Umstand: Der Vater einer vierköpfigen Familie aus Santiago, der den Besuch seit Monaten geplant hat, darf nicht auf das Gelände fahren, weil sein Führerschein abgelaufen ist. So werde ich als Fahrer engagiert und kutsche die Familie zum Observatorium. Eigentlich hätte

ich nicht mitgedurft, aber für diese Konstellation, da man der Familie den angemeldeten Besuch nicht verwehren wollte, hat man ein Auge zugedrückt. Das Auto der Familie ist alt und müde und mit der beträchtlichen Steigung hat es immense Probleme und überhitzt andauernd, so kommen wir mit Verspätung zur

Führung. Der Besuch ist dennoch hochinteressant und das Teleskop ist wirklich gewaltig. Der Blick in die umgebende Berglandschaft, auf deren höchsten Punkt wir uns befinden, ist ebenfalls berauschend, so schätze ich mich sehr glücklich, dass es mir die Umstände erlaubt haben, hier oben zu sein. Die Abfahrt gestaltet sich einfacher als die Auffahrt und sehr herzlich verabschiedet sich die Familie von mir. Wieder einmal ein sehr warmherziger Kontakt zu wildfremden Menschen.

Es ist schon spät am Nachmittag als ich zurück nach La Serena und am gleichen Abend noch bis nach Copiapo fahre. Dort kann man auf dem Universitätsgelände Südamerikas erste und älteste Eisenbahn bewundern, was nicht besonders aufregend ist.

Genauso unspektakulär ist die Durchquerung der Atacama Wüste, sie ist dort landschaftlich wenig reizvoll. Wie Copiapo sind auch der Ferienort Caldera, in dem gerade die „Raid Atacama", eine Wüstenrally, ausgetragen wird, und die Industriestadt Antofagasta, durch das ich einen Tag später fahre, ziemlich uninteressant, so ist die Fahrt eher eintönig.

Bemerkenswert ist jedoch der Sternenhimmel bei Nacht! Dies sind die einzigen Tage während meiner ganzen Reise, die ich auch bis in die Dunkelheit unterwegs bin. Die völlige Abwesenheit von irgendwelchen Lichtquellen und spärlicher Verkehr lassen völlige Dunkelheit zu, bevor der Mond aufgeht. Man kann die Hand nicht zwei Zentimeter vor den Augen sehen! Das „Sternenzelt" in dieser fast völlig ungetrübten Schönheit ist eine der unglaublichsten Ansichten, die ich je genießen durfte. Das Kreuz des Südens finde ich dabei jedes Mal aufs Neue einfach schön!

Nach Übernachtung im ebenfalls öden Calama besuche ich in einer geführten Gruppe die Kupfermine Chuquicamata, welche die größte offene Kupfermine der Welt ist. Wir sehen in das riesige Loch, in dem riesenhafte LKWs unterwegs sind, werden dann aber vom Rest der Tour ausgeschlossen, da die Gruppe nicht auf die Leitung hört und sich nicht an die Regeln hält. So sehen wir das Schmelzwerk nicht, was ich verschmerzen kann.

Einen Tag früher als gedacht erreiche ich so San Pedro de Atacama, einen Ort, dem sein Ruf weit vorauseilt und von dem man entsprechend eine gewisse Vorstellung auch von der Größe hat. Er entpuppt sich als extrem kleines Nest ohne feste Straßen, Straßenbeleuchtung oder Bank (weswegen ich noch einmal die 100 km nach Calama zurückfahren muss). Es scheint nur für Touristen zu existieren und ist trotzdem unglaublich charmant! Und glücklicherweise wird dort, wenn auch teuer, Benzin verkauft. Zu meiner freudigen Überraschung finde ich eine kleine Bar, in der den ganzen Tag entspannte elektronische Musik läuft, meine Musik! Ich verbringe ordentlich viel Zeit in dem Laden, man kann nämlich auch ganz lecker darin essen.

Von San Pedro kann man kleine Touren in die Umgebung machen, mit denen man sich die Schönheit der Atacama an dieser Stelle erschließen kann. So besuche ich mit einer Gruppe Chilenen einen Salzsee, der an einigen Stellen noch Wasserstellen hat, in denen man baden kann. Der Rand des Sees ist mit rasierklingenscharfen Salzkristallen bewachsen, so dass man sich bei Berührung mit bloßer Haut diese tief aufschneidet. Wie ich am eigenen Leib erfahren darf! Das Wasser ist aber warm, der Salzgehalt pflegt gleich die Wunden und der Blick in die Umgebung ist fantastisch schön, so leide ich nicht all zu sehr unter den blutenden Wunden. Die Ebene, in der San Pedro und auch der Salzsee liegen, ist nach Norden und Osten von wunderschönen, von Schnee bedeckten 6000ern begrenzt. San Pedro liegt dabei nur auf knapp über 2000 m, der Höhenunterschied ist also gewaltig! Die Berge sind teils auf argentinischen (nach Osten), teils auf bolivianischem (nach Norden) Gebiet. Leider hängen über Bolivien, da, wo ich hinwill, sehr dunkle Schlechtwetterwolken, so dass ich nicht weiß, ob ich da lang fahren kann. Lust umzudrehen und die Küste hoch nach Peru zu fahren, habe ich allerdings keine! Von San Pedro gibt es die Möglichkeit quer durch das südliche bolivianische Altiplano bis nach Uyuni zu fahren. Diese Tour wird von verschiedenen Anbietern in San Pedro angeboten und dauert drei Tage. Ich möchte mich mit dem Motorrad einer solchen Tour anschließen, kann mich aber mit keiner Agentur auf einen Preis einigen und beschließe, die Tour auf eigene Faust zu unternehmen. So fahre ich am Abend meines dritten Tages in San Pedro, wo ich eine tolle, entspannte Zeit verbracht habe, über die bolivianische Grenze an die Laguna Blanca.

Bolivien (6.-15.2.2002)

Es sind knapp 50 km, die mich von etwa 2000 m auf 4300 m bringen. Der Temperaturunterschied sowie das sehr schlechte Wetter mit Regen und Schnee fordern dabei mich und die Honda auf ein Neues. Die Grenzer sind sensationell nett und freuen sich über den Besuch eines Motorrades in der völligen Einöde, in der sie arbeiten. Sie zeigen mir stolz ihr Motorrad, eine Java 350 (dieser Typ ist in Bolivien sehr verbreitet) und beschreiben mir den Weg an die nahe gelegene Laguna Blanca, wo sich ein Refugio befindet, in dem ich mir ein Nachtlager erhoffe. Wieder bekomme ich starke

Kopfschmerzen, gepaart mit Übelkeit und einfach einer insgesamt miesen Stimmung, die Höhe ist einfach nichts für mich, speziell dieses Mal, wo ich mich einige Tage lang dieser Höhe stellen muss! Ich verliere die Lust an allem und erlebe, wie schnell sich meine Stimmung von Himmelhochjauchzend in San Pedro zu Unter-aller-Kanone an der Laguna Blanca verändern kann. Die Nacht schlafe ich kaum, übergebe mich ein paar mal und am Morgen, als ich sehe, dass das Wetter sich nicht gebessert hat und es abwechselnd schneit und regnet, überlege ich, doch umzudrehen. Außerdem, entscheidender noch als mein schlechtes Befinden

und das Wetter, treffe ich einen Deutschen aus Erfurt, der seit 6 Jahren in San Pedro wohnt, Bergführer ist, der die Gegend sehr gut kennt und mir davon abrät, die Tour auf eigene Faust zu unternehmen. Selbst mit GPS und vernünftigem Kartenmaterial würde er nicht auf die Begleitung durch einen Bolivianer, der dort zuhause ist, verzichten. Ich nehme mir seinen Rat glücklicherweise zu Herzen und entscheide, dass ich mich doch einer Tour anschließe, wenn ich es überhaupt wage.

Gegen 10 Uhr kommt der erste von zwei Geländewagen, die an diesem Tag in die dreitägige Tour starten. Zu diesem Zeitpunkt habe ich beschlossen, einen Tag dort zu warten, um mich zu akklimatisieren und am nächsten Tag zu entscheiden, ob ich überhaupt fahre. Um 10.30 Uhr reißt aber der bedeckte Himmel auf und meine Laune steigt sofort. Ich frage den Fahrer, ob ich mich anschließen kann und er willigt ein. Hektisch packe ich meine Sachen und kurz darauf, trotz immer noch starker Kopfschmerzen, folge ich leicht euphorisiert einem Nissan in die unbekannte, aufregend schöne Landschaft vor mir.

Es gibt dort keine Straßen oder Pisten, nur die Spuren der Geländewagen, die diese Tour regelmäßig machen. Diese Tracks ändern sich dauernd, je nach dem, wo es sich zu einem bestimmten Zeitpunkt eben am besten fährt. Das Altiplano ist eine weite geschwungene Ebene, umgeben von den 6000ern. Ab und zu begegnet man Lamas und deren Verwandten und sonst nichts, keine Sträucher oder Bäume. Ich weiß nicht, wovon die Tiere dort leben.

Es ist atemberaubend schön (viel strapazierter Ausdruck, ich weiß, aber Südbolivien gehört wirklich zu den schönsten Flecken meiner Reise!), weitläufig und ich komme mir vor wie ein richtiger Abenteurer. Mit etwas Abstand folge ich dem Nissan und fühle mich manchmal wie ein Wasserskiläufer hinter einem Motorboot, manchmal links, manchmal rechts vom Wagen und ganz selten auch mal vorne dran. Es folgt ein zweiter Geländewagen, der auch mal vorne weg fährt und manchmal hinterher. Man trifft sich immer wieder an einigen Sehenswürdigkeiten unterwegs, an denen man stoppt.

Dazu gehören die Laguna Colorada, ein „Hot Spot", wo heißer Schlamm aus dem Boden geworfen wird und es stark nach Schwefel und irgendwelchen irdischen Gasen riecht, ein versteinerter Baum, Flamingos usw. Nach zwei Nächten erreichen wir einen kleinen Ort namens San Juan am südlichen Ende der Salzwüste von Uyuni. Dort geht mir der Sprit aus!

Für die eigentlich kurze Strecke von San Pedro bis dort (ca. 240 km, wenn ich mich richtig entsinne), hat die Honda all mein Benzin (etwa 40 l) verbraucht, Tribut an die Höhe, die immer zwischen 4000 m und 4800 m betragen hat. In San Juan gibt es natürlich keine Tankstelle, aber die Betreiber des Hostals, in dem wir alle unterkommen, die auch irgendwie zum Anbieter der Geländewagentour gehören, verkaufen mir zu natürlich horrenden Preis ein paar Liter minderwertiges Benzin. Es soll mich ja auch nur bis Uyuni bringen! Als Höhepunkt hat die Herberge eine Dusche zu bieten. Und diese ist sogar warm! Nach drei wirklich kalten Tagen im Altiplano ganz ohne fließendes Wasser ist das eine Sensation. Auch wenn das Wasser, wie in Südamerika üblich, mit einer abenteuerlichen Version von Durchlauferhitzer im Duschkopf erhitzt wird. Wenn man groß genug ist, kann man sich dann einen sauberen Schlag abholen, was Stephan aus Österreich auch gelingt. Trotz dieser kleinen Unzulänglichkeit kommen wir überein, dass Gott eine Dusche ist („God is a shower"), unsere Ungläubigkeit mal ignorierend. Diese geflügelten Worte werden mir im Verlauf der Reise immer wieder einfallen und mich innerlich Schmunzeln lassen.

Erste Nacht in Bolivien

In der Herberge, wo die Insassen beider Geländewagen und ich absteigen, lernen wir uns alle etwas besser kennen und man beschließt, da alle Richtung Norden unterwegs sind, zusammen weiterzureisen. Allerdings kann ich der Gruppe in die Salzwüste leider nicht folgen, da am Rand immer noch Wasser steht, das zu tief ist, als das ich mit dem Motorrad noch durchfahren könnte.

Es geht also außen herum. Angesichts der fehlenden Führung durch die Autos, mache ich mir große Sorgen wegen der Route. Wie soll ich den richtigen Weg finden? Die Tourorganisatoren finden eine schöne Lösung, die es einem Bewohner von San Juan ermöglicht, kostenlos nach Uyuni zum Karneval zu gelangen: Ich nehme ihn als Passagier anstelle meines Rucksack mit. Der wiederum fährt auf einem der Geländewagen mit.

Mein Passagier weist mir den Weg und hilft mir, die Honda an diversen Stellen sicher durch Flüsse zu steuern und sie ein paar Mal auch aus tiefstem dicken Schlamm, in dem wir Steckenbleiben, auszugraben. Wasser steht nämlich nicht nur im Salzsee, sondern hat auch noch viele Kilometer der „Straße" in Schlammgruben verwandelt. Immer wieder müssen wir in Gelände ohne Spuren ausweichen, das aber im Prinzip auch aus riesigen Schlammflächen besteht. Nur noch nicht so aufgegraben wie die Straße. Unterwegs treffen wir auf weitere Motorradfahrer, Bolivianer  mit ihren Java 350, die die gleichen Probleme haben wie wir, nur ihre Motorräder reagieren empfindlicher auf den roten Schlamm, der sich überall am Motorrad festsetzt. So sitzen sie verloren in völliger Einöde, der nächste Ort ist immer 50 km entfernt, neben den Java, stochern mit Schraubenziehern im Schlamm herum und sehen dennoch völlig optimistisch aus, schließlich ist Karneval und sie wissen, am Ende schaffen sie es sowieso.

Irgendwann sind wir durch die schlimmen Passagen durch, durchqueren noch ein paar Flüsse und nähern uns Uyuni. Die Flussdurchquerungen sind hochinteressant. Fast immer waren an den „Furten" früher richtige Brücken. Diese sind irgendwann gebrochen oder weggespült worden. Die Fahrbahndecke liegt jedoch

zumeist noch im Fluss, so dass die Fahrt durch das Wasser problemlos ist und man nicht im Schlick der Flüsse steckenbleibt.
Uyuni selbst ist ein gräßlicher Ort, er ist schmutzig, stinkt an vielen Stellen ganz erbärmlich und ist an diesem Tag völlig überlaufen von betrunken Bolivianern, die dort Karneval feiern. Ich verabschiede meinen Fahrgast, drücke ihm ein paar Bolivianos als Dankeschön in die Hand und organisiere für mich eine Geländewagenfahrt in die Salzwüste. Mangels anderer Interessenten muss ich einen Wagen ganz für mich alleine mieten, was mich entsetzlich teure 80 USD kostet. Eine der Attraktionen in der Salzwüste ist ein Hotel ganz aus Salz erbaut. Ich schaue mich dort um, hineingehen kann man zu diesem Zeitpunkt leider nicht, als am Horizont schon die beiden mir bekannten Geländewagen auftauchen.

Wir begrüßen uns herzlich, freuen uns darüber, es lebend hierher geschafft zu haben und verabreden uns für den Abend in der „Stadt". Für mich geht es noch zur Isla des Pescados, einer Insel mitten in der Salar, die recht imposant aus der weißen Ebene herausragt. Auf dem höchsten Punkt der Insel hat man einen fantastischen Blick über die Salzwüste, die sich weiß bis zum Horizont erstreckt. Man hat sogar den Eindruck, die Biegung der Erdoberfläche sehen zu können, vielleicht ist das sogar so!?

An der nördlichen Begrenzung der Salzwüste stehen einige malerische hohe Berge, unter anderem ein Vulkan, um den sich eine schöne Sage dreht, die ich aber leider vergessen habe.

Die Salzwüste ist auf jeden Fall ein Spektakel und mein Ärger, wegen des Wassers nicht in die Wüste einfahren zu können, verfliegt, da das Wasser in der Ebene einen riesigen Spiegel bildet, in dem sich der knallblaue Himmel, die Berge und auch ein paar kleine Wolken perfekt spiegeln. Hätte ich so nicht gesehen, wäre die Wüste komplett trocken gewesen. An den trockenen Stellen hat man eine fast perfekt glatte weiße endlos wirkende Fläche. Ich bekomme beides zu sehen, da kann man die 80 USD schon mal vergessen!

Viele Reisende sagen, dass die Salzwüste ein magischer Ort ist, und der Ort, den sie aussuchen würden, müssten sie den aufregendsten Punkt ihrer Reise wählen. Ich könnte diese Wahl nicht guten Gewissens treffen, es gibt zu viele einzigartige Flecken auf dieser Welt, aber sie ist auf jeden Fall ganz oben dabei!

Zurück in Uyuni treffe ich mit den acht anderen wie abgesprochen wieder zusammen und wir gehen gemeinsam essen, um den Plan für die nächsten Tage zu entwickeln. Zunächst sieht dieser vor, den  Nachtzug von Uyuni nach Oruro zu nehmen, um dort am nächsten Morgen anzukommen und dem dortigen Karneval beizuwohnen. Oruro ist die Karnevalshochburg in Bolivien, in der es an diesem Sonntag hoch hergehen wird. Ich möchte mich samt Motorrad auch in den Nachtzug retten, da ich echte Angst vor der Fahrt ohne Führer in diesem Bereich von Bolivien habe. Mir wird gesagt, dass die Straße nach Norden genauso aussieht wie die von Süden nach Uyuni, und das traue ich mir ohne GPS, ordentliches Kartenmaterial und ohne Führer nicht zu!

Der Zug soll gegen 23 Uhr am Bahnhof ankommen, dann werde ich herausfinden können, ob das Motorrad mitkommen kann. Nach bangem Warten erfahre ich, dass das Gepäckabteil des Zuges schon komplett voll ist, das Motorrad passt nicht mehr hinein. Ich bin am Boden zerstört und ziehe mich in das eine passable Hotel am Ort zurück, es gehört dem Eigner der Agentur, der die Geländewagen gehören. Es ist sehr ordentlich und trotz meiner Nervosität schlafe ich gut.

Am Morgen bin ich aber doch sehr nervös und die Angst vor der anstehenden Aufgabe kehrt zurück. Der für einen Bolivianer bestimmt selbstverständliche Hinweis, ich solle einfach der am meisten genutzten Spur folgen, gibt mir jedenfalls angesichts der Tage vorher kein sicheres Gefühl. Als Orientierungshilfe dienen mir etwa alle 50 Kilometer Ortschaften, die ich passieren muss und einige Male soll ich die Bahnlinie zwischen Uyuni und Oruro überqueren. Mehr weiß ich nicht, als ich losfahre. Die Landschaft bleibt wunderschön und die Straße bleibt ein Unsicherheitsfaktor. An einigen Stellen ist für mich nicht ersichtlich, ob ich links oder rechts fahren soll, aber wie meist habe ich Glück und verfahre mich nicht. Jeder Ort, an dem ich vorbeikommen soll und den ich auch tatsächlich nach der richtigen Anzahl km finde, erleichtert mich kolossal. Schließlich würde ein Verfahren mit den entspre-

chenden Zusatzkilometern wahrscheinlich dazu führen, dass ich ohne Sprit im Nirgendwo liegen bleibe. In der Gegend bestimmt nichts, was ich mir wünsche!
Schlussendlich erreiche ich lebend die geteerte Straße, die nach Oruro führt. Natürlich weist kein Straßenschild darauf hin, aber mein Nachfragen bei Passanten funktioniert dieses Mal. Etwa 40 Kilometer die Straße hinunter steht dann mein erstes bolivianisches Straßenschild, darauf steht tatsächlich Oruro und eine Kilometerangabe. Ich bin geneigt es zu fotografieren, lasse es aber (wie üblich) leider sein. Am frühen Nachmittag komme ich in Oruro an und treffe auf die anderen. Die sind schon am Morgen nach recht guter Fahrt mit dem Nachtzug angekommen. Nachdem auch ich gut angekommen bin, bin ich froh, doch selbst gefahren zu sein, schließlich hätte sonst eine Teilstrecke auf meiner Reise gefehlt!
Oruro ist wie Uyuni eine schrecklich hässliche, von schmutzigen Zweckbauten dominierte Stadt, das Karnevaltreiben aber recht ansehnlich. In der Stadt herrscht, wie auch z. B. aus Mainz bekannt, Ausnahmezustand. Eine Menge Betrunkener torkeln durch die Gegend und die Straßen sind voller Menschen. Das Gewühl ist so groß, dass viele Taschendiebe ihr Unwesen treiben. Peer, ein Schwede aus unserer Gruppe, verliert kurz nach Ankunft am Bahnhof einen Rucksack. Ärgerlich, weil eine Kamera darin war. Ihn und Olivier, einen Schweizer, treffe ich, als sie den Diebstahl bei der Polizei anzeigen wollen. Ich schließe mich ihnen an und erlebe einen völlig betrunkenen Polizisten, der uns sehr nett und geduldig durch das Ausfüllen der notwendigen Formulare geleitet. Nachdem der Papierkram erledigt ist, zeigt er uns einige historische Heiligenfiguren aus Holz, die offensichtlich in eine Kirche gehören. Sie stammen tatsächlich aus einem Kirchenraub und sind gerade erst wieder aufgetaucht. Der Polizeibeamte kennt sich in der Materie scheinbar gut aus und erklärt uns einiges zu den Figuren, die teilweise in uralte, fantastische Stoffe gewandet sind. Obgleich ich nicht überzeugt bin, dass es richtig ist, die Figuren zu berühren, lasse ich mich vom Beamten überreden, den Stoff und die Figuren anzufassen. Er ist sichtlich erfreut, dass wir drei uns für die Figuren so begeistern können. Was uns wiederum sehr freut! Nach herzlicher Verabschiedung verlassen wir das ruhige Polizeirevier und stürzen uns wieder in das hektische Getümmel. In Oruro sind große Tribünen aufgebaut, an denen die

Karnevalszüge der aufwendig verkleideten Narren (wenn die hier auch so genant werden!?) in einem nicht enden wollenden Strom vorbeiziehen. Die Kostüme der Männer sind entsetzlich schwer und wir finden es verwunderlich, wie sie über viele Stunden fast ohne Pausen ihre rhythmischen Tanzschritte vollführen können, ohne tot umzufallen. Die Damen haben es da einfacher, ihre sehr knappen Kleider wiegen bestimmt nicht so viel!

Die Zuschauer sind meist nicht kostümiert, dafür schützen sie sich mit Plastikplanen, da der Spaß darin besteht, Wasserbomben auf andere zu werfen und Rasierschaum auf die Leute zu sprühen. Ich verzichte als einziger in unserer Gruppe auf diesen Schutz und bezahle teuer dafür. Als verhältnismäßig großer Ausländer bin ich nämlich ein interessantes und sehr leichtes Ziel. Entsprechend verlasse ich völlig eingesaut und durchnässt das Fest. Mir ist das egal, schließlich habe ich die Fahrt bis hierher überlebt, das allein zählt.

Am nächsten Morgen trennen sich nach langem, ausgedehnten Frühstück vorübergehend unsere Wege, die acht setzen sich am Busbahnhof in einen Bus während ich die Straße nutze, um nach La Paz zu fahren. Problemlos komme ich über wunderbar geteerte Straße dort an, finde aber aufgrund der Karnevalsaktivität in La Paz nur erschwert eine motorradkompatible Herberge. Schließlich finde ich doch eine, in der ich das Motorrad an der Rezeption unterstellen kann, was mich dieses Mal sehr beruhigt, da ich wegen Karneval schon mit erhöhter krimineller Aktivität rechne.

In einem Internetcafé erfahre ich wenig später, dass die Wege nach und von La Paz zurzeit alle von Cocabauern, die gegen die Regierung demonstrieren, blockiert werden. Die bolivianische Regierung fordert auf Druck der US-Regierung die Cocabauern auf, den Anbau von Coca zu unterlassen. Das machen die Cocabauern aber schon ein paar hundert Jahre und es ist außerdem ihre Lebensgrundlage, also möchten sie sich natürlich nicht fügen. Die Straßen versperren sie zum Protest mit Steinhaufen und einige Einheimische, die versucht haben, die Sperre zu durchbrechen, sind im Steinhagel von Steine werfenden Cocabauern zu Tode gekommen. Aber auch für Ausländer kann das natürlich gefährlich werden, zumal ja immer die Gefahr besteht, für einen US-Amerikaner gehalten zu werden. So ist die Straße Richtung Peru für mich erst einmal blockiert. Zur Lage informiere ich mich bei der deutschen Botschaft, da mein Spanisch für das Lesen der lokalen

Zeitung in La Paz nicht ausreicht und bekomme die Auskunft, dass ich mich besser nicht aus der Stadt herausbewegen und dann in einer Woche noch mal anrufen soll. Wenig befriedigend, aber was soll ich tun? Das ich problemlos von Uyuni nach Oruro fahren konnte, lag daran, dass die Bauern für das Karnevalsfest diese Straße geräumt haben, schließlich ist Karneval auch ihr Fest. Und mein Schutzengel hatte bestimmt auch seinen Anteil daran.
Zum Zeitvertreib erkunde ich La Paz erst einmal auf eigene Faust an. Es gefällt mir sehr gut, ist es doch ein schönes Stück Zivilisation nach den „wilden" Tagen im Altiplano. Die kolonialen Gebäude, die noch nicht Erdbeben zum Opfer gefallen sind, beeindrucken mich nicht weniger als sonst und das Umherlaufen in den teilweise verwinkelten Gassen der Altstadt macht mir große Freude.
Am Abend treffe ich den Rest der Truppe, der mittlerweile auch in La Paz angekommen ist, in einem Restaurant nahe deren Hotel. Es wird aber ein kurzer Abend, da alle ziemlich müde sind.

Zum Teil reisen sie schon am nächsten Tag weiter, sie fliegen heraus aus La Paz oder fahren mit dem Bus eine Strecke nach Südwesten, die nicht blockiert ist. Mit den Verbliebenen verbringe ich noch einen heiteren Abend in einer ungewöhnlich kitschig eingerichteten Kneipe. Jonas und Guillaume, ein schwules Pärchen aus Lissabon, werde ich später in Quito noch einmal treffen und Stephan und Livia sehe ich ein letztes Mal beim Radfahren.
Am Folgetag suche ich nämlich die Agentur von „Gravity Assisted Mountain Biking" auf, deren Betreiber ich in Santiago de Chile kennengelernt hatte, um eine Schwerkraft unterstützte Radtour von La Paz nach Coroico zu buchen. Leider ist auch diese Straße, die sich mit dem Titel „gefährlichste Straße der Welt" schmückt, vorerst von den Cocabauern blockiert. Also bleibt nur Warten.
Am Mittwoch ist die Straße nach Coroico dann plötzlich frei und für den Donnerstag ist die erste Tour der Saison nach Coroico geplant. Ich schreibe mich ein (Stephan und Livia buchen über

eine andere Agentur) und am Abend treffen sich Stefan und Livia, die Österreicher, mit mir im Restaurant Vienna, dem besten Restaurant in La Paz. Es gehört Paul, seines Zeichens auch Österreicher, der seit vielen Jahren in La Paz lebt. Paul ist Eigner von zwei Harley-Davidson, eine davon hat er selbst restauriert und beide sind sein ganzer Stolz. Ich trage ja eine Jacke mit Harley-Davidson Aufschrift, so kommen wir automatisch ins Gespräch. Er ist begeistert von meiner Tour und lädt mich zum Essen ein, auch für den folgenden Tag, wenn ich mit meiner Fahrradtour fertig bin. Das Essen ist hervorragend und Paul ist ein herzlicher und interessanter Gastgeber.

Die Tour geht am nächsten morgen sehr früh los, Treffpunkt 7 Uhr am lokalen McDonalds! Zuerst geht es dabei mit einem Kleinbus auf eine Passhöhe, die auf etwa 4700 m liegt. Die Umgebung ist ein weiteres Mal ein Spektakel, die Berge um La Paz sind fantastisch, nur ist es auf der Passhöhe saukalt. Nach einer Sicherheitsbelehrung geht es los, es regnet und es ist neblig und sehr ungemütlich, deshalb haben wir es eilig, mit den nagelneuen und hochwertigen Rädern (meines erlebt tatsächlich seine Jungfernfahrt) loszufahren, um schnell Höhenmeter zu verlieren. Die Fahrradtour geht gut los, für meinen Geschmack halten wir aber zu oft an, um die Gruppe sich immer wieder sammeln zu lassen. Dies geschieht aus Sicherheitsgründen: das Jahr zuvor ist eine Israelin, die in einer unkontrolliert fahrenden Gruppe teilgenommen hat, in den Tod gestürzt. An der Stelle ist jetzt ein Gedenkstein mit hebräischer Inschrift, der allen Passanten auf Fahrrädern eine eindrucksvolle Warnung ist.

Der erste Teil der Straße ist geteert und in bestem Zustand, dann beginnt der elende Schotter. An dieser Stelle wird von Rechts- auf Linksverkehr umgestellt. Der Grund ist, dass der Bergabfahrer dann auf der Seite, auf der er im Auto sitzt, aus dem Seitenfenster direkt den Rand der Straße einsehen kann. Bei Begegnung mit Gegenverkehr ist das überlebensnotwendig, da die Straße manchmal nur gerade so zwei Fahrzeuge nebeneinander verträgt. Da kommt es auf Zentimeter an. Das gilt übrigens für die Ausweichstellen! An anderen Stellen ist ein Begegnen unmöglich, das heißt, dass der Bergabfahrer eben zurücksetzen muss, egal, ob es ein LKW oder PKW ist. Die Fahrzeuge operieren in beide Richtungen permanent Zentimeter neben Abgründen, die zum Teil mehrere hundert Meter senkrecht abfallen. Das Resultat ist, dass schätzungsweise jedes Jahr 200 Menschen zu Tode kommen, weil deren Busse oder Fahrzeuge über die Kante fallen. Im Schnitt sind dabei nach Gerüchten auch 5 Touristen. Die Trümmer der heruntergefallenen Fahrzeuge kann man an manchen Stellen aus dem Dschungel herausschauen sehen. Recht makaber, ich bin auf alle Fälle froh, nicht in einem Bus zu sitzen!

Unser Führer erzählt uns von einer „Anekdote", die sich in der Saison zuvor zugetragen hat: Ein Teilnehmer einer der Radtouren ist über die Klippe gefallen, hat sich aber in einem Baum, der an dieser Stelle aus der Wand wuchs, verfangen. Wäre dieser Baum nicht genau an dieser Stelle gewesen, wäre er in den sicheren Tod gestürzt. Und all zu viele Bäume sind nicht so platziert, dass sie herabstürzende Radfahrer auffangen.

Wie auch immer, trotz der häufigen (ich sehe ja ein, dass sie notwendig sind!) Stopps gefällt mir die Fahrt. Es wird schnell wärmer und nach und nach entledigen wir uns der vorher unverzichtbaren Kleidung. Zum Teil fahren wir durch Wasserfälle, die sich direkt auf die Straße ergießen, was der Haltbarkeit der Straße sicher nicht zuträglich ist. Das Szenario ist unwahrscheinlich schön. Die feuchte Luft über dem Dschungel, die umliegenden Berge, im Tal ein zum Teil reißender Fluss und die spektakulär in den Fels geschlagene Kurven der Straße sind schon überwältigend.

Nach etwa zwei Dritteln der von uns zu absolvierenden Strecke blockiert ein Erdrutsch die Straße. Die bolivianischen LKWs und Busse stauen sich über mehrere Kilometer in beiden Richtungen ab der Stelle des Erdrutsches. Schon von weit oben kann man die bunte Schlange der Fahrzeuge sehen. Wir fahren mit den Fahrrädern bis an die Stelle um zu sehen, wie die Bolivianer mit der Situation umgehen. Das benötigte Räumgerät ist natürlich nicht verfügbar, so haben die Bolivianer erst mal große Steine in die Schlammlawine hinein platziert, um den weichen Untergrund zu stabilisieren. Tatsächlich entsteht eine einigermaßen befahrbare „Trasse", aber jeder LKW, der darüber fährt, drückt die Steine ein Stück tiefer in den Schlamm, so dass die Steine wieder gerichtet werden müssen. Die LKWs holen ordentlich Schwung, um über die Stelle hinweg zu fahren, trotzdem gelingt es abhängig von Fahrzeuggewicht und Geschick des Fahrers nicht jedem.

Bleibt einer mit seinem Fahrzeug im Schlamm stecken, schieben und drücken andere mit bloßen Händen an den riesigen Fahrzeugen. Für mich sieht es teilweise so aus, als ob manche Helfer sofort überfahren würden, wenn sie abrutschten – so schieben sie halb unter dem Fahrzeug liegend. Auch das Schwungholen selbst sieht recht gefährlich aus: auf schlammiger schmaler Spur beschleunigen die LKW auf hohe Geschwindigkeit inmitten einer schreienden und anfeuernden Menschenmenge. Aber scheinbar ist dieser Wahnsinn hier der Normalzustand.

Langsam, einer nach dem anderen, bahnen sich die LKWs den Weg durch den Erdrutsch. Dann kommt doch Räumgerät, nicht unbedingt das, was man benötigt aber doch besser als keins. Wir schätzen, dass die Aufräumarbeiten sicher noch eine ganze Weile dauern werden und bis sich die Schlange, in der sich auch unser Begleitfahrzeug befindet, auflösen wird, vergeht sicher noch eine Menge Zeit. Da der Fahrer des Begleitbusses, in dem wir auch zurück nach oben transportiert werden sollen, sich weigert, im Dunkeln die Straße wieder zurück nach La Paz zu fahren (aus meiner Sicht ein sehr vernünftiger Mann!), und wir erst fast im Dunkeln unten im Tal in Coroico ankommen würden, brechen wir die Tour an dieser Stelle ab und kehren um. Ich bin darüber nicht böse, schließlich kann ich dann am Abend wieder mit Paul im Restaurant Vienna speisen, wo ich dann ein zweites Mal ein vorzügliches Mahl genießen darf. So endet dieser Fahrradtag, der spannend und interessant war, mit Stil.

Am nächsten Tag, dem Freitag, beschließe ich, trotz der Warnung der Botschaft, La Paz zu verlassen. Jemand hatte mir gesagt, dass die Blockade nur an einer Stelle besteht und die könne ich nötigenfalls im Gelände umfahren. Da ich keine Lust habe, auf unbestimmte Zeit in La Paz festzuhängen, fahre ich also einfach mal los. Das Glück ist wieder mal auf meiner Seite, denn an diesem Morgen hat das Militär die gesamte Blockade aufgelöst. So fahre ich quasi unter Militärschutz Richtung Peru, denn an mehreren strategisch günstig gelegenen Erhöhungen überwacht das schwer bewaffnete Militär die Landschaft. Mich winken sie immer freundlich weiter.

Die Auskunft, dass die Blockade nur punktuell erfolgt, ist übrigens falsch, fast die gesamte Strecke von La Paz nach Desaguadero, dem Grenzort, ist gesäumt von Steinen, die die Bauern zurückgelassen haben. Von anderen Reisenden (Wolfgang, Chris und Erin) habe ich später gehört, dass sie weniger Glück hatten, sie haben den Steinhagel über sich ergehen lassen müssen, sind aber glücklicherweise alle glimpflich davon gekommen. Wolfgang ist in „seinen" Steinhagel völlig unvorbereitet hinein geraten, da er über die innenpolitische Situation in Bolivien gar nicht informiert war. Geistesgegenwärtig gelingt ihm aber die Flucht ins Gelände und er bleibt unversehrt, wie ich später erfahren habe.

Schließlich erreiche ich die Grenze. Dort erlebe ich eine schöne Überraschung. Der Zoll will mich nicht ausreisen lassen, da ich für das Motorrad keine bolivianischen Papiere habe, die bestätigen, dass ich das Motorrad ordnungsgemäß eingeführt habe. Da es sich aber gegenwärtig in Bolivien befindet, muss es nach Grenzerlogik also in Bolivien registriert sein. Mein Hinweis auf die Grenzstation im Süden, die das entsprechende Formular nicht hatte, den Ausreisestempel von Chile sowie das deutsche Kennzeichen oder auch mein deutscher Fahrzeugschein interessieren den Beamten überhaupt nicht. Da ich keine Bestechungsgelder zahlen will, werde ich etwas nervös, ich fürchte nach La Paz zurückfahren zu müssen, um mit der Botschaft die Sachlage zu klären, was bei der Lage mit den Blockaden, abgesehen von den Extrakilometern, nicht besonders verlockend ist! Wer weiß, wann die Cocabauern die Straße wieder dicht machen?

Nach ein wenig hin und her hat der Grenzposten dann eine für mich großartige Idee, er bietet mir an, das Motorrad mit einer temporären Erlaubnis auszuführen. Binnen 90 Tagen müsste ich dann zurück in La Paz sein, um den Sachverhalt endgültig zu klären.

Aus diesem Vorschlag schließe ich, dass der Beamte entweder sehr, sehr nett oder aber entsetzlich blöde ist. Ich weiß es nicht, jedenfalls nehme ich sofort erleichtert an und verlasse Bolivien umgehend. Zurückkehren werde ich binnen 90 Tagen jedenfalls nicht.

Peru (15.-25.2.2002)

Erleichtert reise ich in Peru ein und fahre zügig weiter Richtung Arequipa. Eigentlich wollte ich auch nach Copacabana am Titicacasee, aber auch diese Zufahrt ist von den Cocabauern blockiert, so dass ich darauf verzichte. Die Fahrt am Ufer des heiligen Sees ist trotzdem wunderschön und ich freue mich auf Peru, obwohl ich hier nur wenige Tage zubringen möchte!

In Puno versuche ich, peruanisches Geld am Automaten zu ziehen, was mir einige Kopfschmerzen bereitet, denn erst der fünfte Automat gibt mir auf meine Kreditkarte peruanische Soles. US-Dollar hätten mir besser gefallen, aber die gab es gar nicht.

Puno bleibt mir deswegen in schlechter Erinnerung, abgesehen davon, dass es ein recht abgerissenes, unwichtiges Kaff ist, mindestens so unattraktiv wie Oruro oder Uyuni. Weiter geht es nach Juliaca, dort kehre ich dem Titicacasee den Rücken zu und fahre gen Westen. Bis nach Arequipa sind es noch weit über 400 km. In Juliaca kann ich zum letzten Mal tanken und ich ahne, dass es sehr knapp mit dem Sprit werden wird. Einige Dutzend Kilometer weiter teilt sich die Straße in einem Ort in eine neue und eine alte Trasse. Die alte ist komplett bis Arequipa geschottert, es ist die, die auf meiner Karte verzeichnet ist. Die andere ist weitgehend schon geteert und soll die neue Hauptverkehrsader in dieser Region werden. Ich wähle die neue Trasse, die sich in toller Qualität in die höheren Berge nach oben windet. Die Aussicht ist wieder einmal schlicht weg ergreifend, allerdings wird es schnell sehr kühl und sobald ich das Plateau, auf dem die neue Straße weitestgehend verläuft, erklommen habe, fängt es an zu regnen und später zieht auch recht kräftiger Nebel auf. Die Fahrt ist sehr ungemütlich, trotzdem ich fast alles trage, was ich an warmer Kleidung dabei habe, ist es extrem kalt. Die feuchte Luft nistet sich in jeder Ritze meiner Kleidung ein und bildet tolle Kältebrücken zu meinem Körper.

Auf dem Plateau verläuft eine Bahnlinie, die wohl irgendwelche Bergbauvorhaben miteinander verbindet. In der sonst perfekten Einöde ergibt sich so wenigstens das Gefühl naher Zivilisation, was einem immer ein wenig Sicherheit vermittelt.

Irgendwo komme ich an einer Art Hof vorbei, der mit einer schmalen Zufahrt mit der Straße verbunden ist. Plötzlich kommt aus dieser Zufahrt laut kläffend ein Hund auf mich zugeschossen. Das ist nicht ungewöhnlich. In ganz Lateinamerika bis hinauf nach Mexiko sind Hunde sehr beliebte Haustiere, die frei herumlaufen, oft auch ohne Besitzer. Und es kommt oft vor, dass die Hunde mir hinterherlaufen und mich ankläffen oder gar versuchen, mir in die Beine zu beißen.

Dieses Mal ist es etwas anders: Der Hund läuft, wie üblich, im Kollisionskurs auf mich zu, aber dann dreht er nicht bei, wie das bis dahin sonst jeder Hund getan hat. Er hält seinen Kurs bei, für mich unerwartet, und wir kollidieren, er im vollen Lauf und ich bei ca. 90 km/h. Ich reagiere überhaupt nicht, da ich es erstens nicht erwartet hatte und zweitens völlig steifgefroren und unbeweglich auf dem Motorrad als bloßer Passagier unterwegs

bin. Ich fahre direkt über den Hund, der ein wenig größer als ein deutscher Schäferhund ist, aber es passiert mir gar nichts. Es tut nur einen Schlag und dann ist es vorbei. Das hätte auch ganz anders enden können, ich vermute, dass es gut war, gar nicht zu reagieren, aber wahrscheinlich war es einfach wieder nur mein Glück, das mir treu geblieben ist.

Da die Strecke nicht auf meiner Karte verzeichnet ist und ich nicht die leiseste Ahnung habe, ob ich tatsächlich auf der richtigen Straße unterwegs bin, werde ich mit jedem Kilometer, der ohne weiteren Wegweiser vergeht, etwas unruhiger. Dann kommt zu meiner Erleichterung eine beschilderte Kreuzung, an der es Richtung Norden nach Cuzco geht und Richtung Süden nach Arequipa. Die Kilometerangabe bis Arequipa ist deutlich größer als ursprünglich angenommen. Die Sache mit dem Sprit wird dadurch noch knapper, als ohnehin befürchtet. Eine Tankstelle ist zu meinem Verdruss an der Kreuzung leider nicht vorhanden, so bleibt mir nichts anderes übrig, als weiterzufahren. Dann, mein Sprit hätte eigentlich schon aufgebraucht sein müssen, ein Schild, wegen des Regens und Nebel fast nicht zu sehen, das auf einen kleinen Laden, keine Tankstelle, hinweist. Sprit wird angeboten! Im Laden gibt es eine Theke und ein Regal im einzigen Verkaufsraum, der klein, dunkel und ziemlich heruntergekommen ist. Es ist mir aber egal, es gibt auch ein Fass mit Sprit, wie üblich in mieser Qualität zu horrenden Preisen, und Schokolade; ich habe seit Stunden nichts zu essen und verschlinge zwei Riegel in Sekunden und mache mich nach dem Betanken etwas entspannter auf den Weg.

Es geht zügig bergab, schnell wird die Temperatur angenehmer und der Regen hört auf. Eine knappe Stunde später erreiche ich Arequipa, der Stadtrand ist, wie so oft in Lateinamerika, nicht sehr attraktiv, im Zentrum ist die zweitgrößte Stadt Perus aber, wie auch so oft, eine bemerkenswerte Schönheit. Der Hauptplatz ist einer der schönsten, der mir untergekommen ist! Tolle Arkaden, eine trotz starker Erdbebenschäden fantastische Kirche, bei der leider ein Turm eingefallen ist, schöne Bäume und einfach eine entspannte Atmosphäre. Ich suche mir eine Bleibe in der Nähe des Platzes und falle erschöpft ins Bett. Der Tag war unendlich anstrengend mit vielen Kilometern wieder einmal über 4000 m Höhe. Mein Körper hat seine Reserven offensichtlich aufgebraucht und fordert seine Erholung in milder Höhe. Ich bekomme hohes Fieber, Durchfall, ich muss mich übergeben und schlafe sonst wie ein Toter. Netterweise kümmert sich die Wirtin des Hotels um mich und besorgt mir Wasser und Medikamente. Am zweiten Tag fühle ich mich nachmittags etwas besser und beschließe zum Essen außer Haus zu gehen und etwas elektronische Post zu schreiben. Nach etwa zwei Stunden bin ich dann wieder so am Ende, dass ich zurück ins Hotel muss. Das starke Fieber kehrt zurück und die ganze Nacht hindurch leide ich an Schüttelfrost. Ich habe große Angst, mir irgendwo einen ernsten Virus eingefangen zu haben und male mir schon die schlimmsten Folgen aus, als es mir am Morgen plötzlich blendend geht! Trotzdem ich wenig geschlafen habe in der Nacht, fühle ich mich völlig erholt und gesund. Noch drei Stunden vorher dachte ich,

**Jugendherberge „Mochileros"
in Lima**

ich hätte eine ernsthafte Erkrankung. Beruhigt und etwas ungläubig setze ich meinen Weg Richtung Küste fort. Ich freue mich auf die Wärme, den vielen Sauerstoff auf Meereshöhe, den stillen Ozean und dass ich mich meinem geliebten Lima nähere. Um nicht zu vergessen, dass heute der 17.2. ist, mein Geburtstag! Die Fahrt verläuft wie üblich ohne Probleme, nur gegen Abend gerate ich in einen heftigen Sandsturm. Die Straße ist zum Teil nicht mehr zu sehen und ich fühle mich wie in einem Sandstrahlgebläse. Sehr unangenehm, aber irgendwie ist es auch faszinierend im sehr positiven Sinn. Mit Untergang der Sonne erreiche ich Nazca, das etwas landeinwärts vom Sandsturm unbehelligt gelegen ist. Noch in der Nacht fängt mich auf der Straße ein Tourenführer ab, der mir für den Morgen eine Tour zu den berühmten Gräbern südlich der Stadtgrenze verkauft. Ich gebe ihm das Geld und verabrede mit ihm, dass er mich am Morgen abholt. Nachdem er weg ist, bemerke ich, dass ich eine Quittung ohne Namen der Agentur in der Hand halte und auch seinen Namen nicht kenne. Innerlich verabschiede ich mich damit schon von meinem Geld. Groß ist die Überraschung, als er am Morgen tatsächlich auftaucht. Die Tour verläuft problemlos, die Gräber sind weniger spannend als gedacht, dafür fahren wir an der höchsten Sanddüne der Welt vorbei, was immerhin außergewöhnlich ist. Früh sind wir zurück im unschönen Nazca und schon bin ich wieder auf der Panamericana unterwegs nach Norden. Die Strecke entlang der Küste ist gut ausgebaut, aber doch weitestgehend öde. Die komplette Küste in Peru besteht aus langweiliger Wüste, nur unterbrochen von den grünen Mündungen irgendwelcher Flüsse.
Unterwegs stoße ich auf eine Polizeikontrolle. Ich fahre knapp 100 km/h. Die Polizisten winken mich heraus und erläutern mir, dass ich ein „Vehiculo menor" fahre. Und das darf nur 80 km/h fahren! Die Strafe für meine gewaltige Geschwindigkeitsüberschreitung soll umgerechnet 150 USD betragen! Die kann aber erst morgen in dem gottverlassenen Kaff San Vincente de Canete ein paar Kilometer weiter berappt werden. Diskutieren hilft nichts, von 150 USD will ich mich aber auch nicht trennen. Schon gar nicht erst morgen. Ich wäge ab, ob es riskant ist, dem Polizisten Geld unter der Hand anzubieten; im Kopf sehe ich mich schon wegen Bestechungsversuch im Knast in Peru landen. Doch der Beamte ist auf eine ehrliche Art korrupt und nach Zahlung von 60 USD (200 Soles) direkt an ihn, sofort und ohne Quittung, darf ich

weiterfahren. Obwohl ich sicher bin, dass die Geschichte mit dem Vehiculo menor kompletter Blödsinn ist, fahre ich tatsächlich mit 80 km/h weiter. Ein weiteres Mal will ich keinerlei Angriffsfläche für Beschuldigungen bieten.

Lima kenne ich schon von Besuchen drei Jahre zuvor, ich mag es sehr und freue mich darauf, wieder in eine bestimmte, mir bekannte Jugendherberge in Barranco einzuziehen, das Mochileros.

Der Eigentümer hat gewechselt, aber die Jugendherberge ist noch genauso schön wie zuvor und ich fühle mich gleich wie zu Hause. Eigentlich will ich nur kurz in Lima bleiben, Reifen und Öl wechseln und direkt weiterfahren. Fast wie befürchtet hat mich die Veranda der Herberge aber sofort wieder unter Kontrolle und ich muss mich auf ihr einfach hinsetzen und mich entspannen.

Schon am nächsten Tag schaffe ich es aber, einen Honda-Händler zu finden, der mir in wenigen Stunden Reifen zu akzeptablen Preisen auftreiben kann. Diese kann ich in einer Werkstatt nebenan direkt montieren lassen. Ebenso wird dort der Ölwechsel vollzogen. Meine Erfahrung aus Argentinien und Chile, wo die Monteure mit schrecklichen Werkzeugen die Reifen ohne Spuren wechseln konnten, bestätigen die Monteure in Lima leider nicht. Der Reifenwechsel hinterlässt tiefe Spuren auf der Felge. Angesichts der Stürze, die ich hatte und des insgesamt schon etwas gebrauchten Eindrucks, den die Honda zu diesem Zeitpunkt hinterlässt, macht es mir aber nicht so viel aus. Übler finde ich, dass die Monteure das Hinterrad selbst zu zweit nicht ohne Hammerschläge zurück in die Schwinge bringen. In Chile hatte ich das Ganze alleine völlig ohne Probleme in einer halben Minute gemacht, beim allerersten Mal überhaupt! Aber man kann den Jungs ja keine Tipps für ihre Arbeit geben, so nehme ich es mehr oder weniger gleichmütig hin, und bemerke obendrein kurz nach Verlassen der Werkstatt, dass nicht mal die Muttern zur Justierung der Kettenspannung angezogen sind. Aber ich habe frisches Öl und frische Reifen, das ist die Hauptsache.

Limas Besuch hält einen kleinen Wehmutstropfen für mich bereit: Die ganze Fahrt hatte ich mich auf das Restaurant La Churrascaria gefreut, das mir bei meinem ersten Besuch 1998 das beste Steak, das ich jemals irgendwo gegessen hatte, kredenzt hatte (mehrfach, übrigens). Mit Bestürzung muss ich herausfinden, dass es nicht mehr existiert. Einen adäquaten Ersatz kann ich, obwohl

es in Lima immer noch sehr gute Restaurants gibt, leider nicht auftreiben, was irgendwie schade ist!
In unangenehmer Erinnerung bleibt mir auch eine Entdeckung, die ich in einem der schicken Supermärkte von Miraflores, einem besser gestellten Stadtteil von Lima, mache. Es gibt dort Nutella! Für mich als Ferrero-Süchtigen, der seit zwei Monaten vom Nachschub abgeschnitten ist, eigentlich eine großartige Entdeckung. Aber der Preis für das Glas beträgt (wenn ich mich korrekt erinnere, jedenfalls war es ein verheerender Preis) 12 US-Dollar! Geschlagene 15 Minuten stehe ich mit dem Glas in der Hand und wäge ab, ob der massive finanzielle Aufwand irgendwie in einer Relation zu dem mir beschertem Nutzen steht. Natürlich ist mir sofort klar, dass der Preis lächerlich hoch ist, aber erst nach den genannten 15 Minuten akzeptiere ich, dass mir keine Argumente für den Kauf in den Sinn kommen. So verabschiede ich mich feierlich von dem Glas und schiebe es tief betrübt zurück ins Regal. Glücklicherweise wird in Ecuador das Ferrero Produkt Rocher zu einigermaßen erträglichen Preisen vertrieben, ein Angebot was ich glücklich zur Kenntnis nehme! Nach ein bisschen Erholung und Entspannung auf der Veranda des Mochileros, ein paar Kinobesuchen und viel guten Essens verlasse ich Lima nach vier Tagen. Wieder einmal fällt der Abschied schwer, doch es muss sein.
Tagesziel ist Huaraz in der Cordillera Blanca. Etwa 100 km nördlich auf der Küstenstraße führt eine kleine Straße gen Osten in die Berge. Steil geht es bergauf und das Wetter wird merklich schlechter. Es ist leider sommerliche Regenzeit, so erwarte ich etwas schlechtes Wetter und Wolken. Leider wird es aber so sein, dass ich von all den 6000ern, die man von Huaraz aus bei klarer Sicht bestaunen kann, keinen einzigen zu Gesicht bekomme. Nicht mal im Ansatz, an zwei Tagen sehe ich nichts als Wolken und Regen. Einer der wenigen Pechmomente auf meiner Fahrt. Der Aufstieg in die Höhe der Cordillera Blanca ist dabei noch mit extrem dichten Nebel gesegnet, zum Teil fahre ich Schrittgeschwindigkeit und überlege, umzukehren, da zu diesem Zeitpunkt laut Wegweisern noch 200 km bis Huaraz zu fahren sind, ich kämpfe mich aber doch durch.
Kurz vor Erreichen der Passhöhe, wo es wieder mal bitterkalt ist, lichtet sich der Nebel und gibt bis zum Wolkenunterrand, der in dieser Höhe (wieder mal weit über 3000 m) natürlich nicht sehr hoch ist, den Blick auf eine spektakulär rauhe und schöne

Landschaft frei. Die Straße ist sehr gut und ich genieße die schwingende Fahrt durch das Hochland. Am Abend erreiche ich Huaraz und finde eine akzeptable Herberge. Da eine Aufklarung nicht zu erwarten ist, fahre ich nach einer Übernachtung weiter, vorbei an der berühmten Ortschaft Yungai, die vor etwa 20 Jahren von einem Bergrutsch komplett begraben wurde und wo nur noch Teile der Kirche und ein zertrümmerter Bus aus dem Boden schauen. Das Ganze ist als Gedenkstätte angelegt und gleicht heute mehr einem schönen Park, in dem viele schöne Pflanzen wachsen. Ein irgendwie besinnlicher Ort.

Dann ist irgendwann der Asphalt zuende und es gilt eine Strecke zur Küste hin zu finden. Meine Karte ist nicht wirklich akkurat für diesen Bereich, die Karten in den Busstationen aber leider auch nicht. Die Wegbeschreibungen, die mir ein paar Leute geben, weichen von allen Karten ab, so fahre ich einfach drauf los, in der Hoffnung, an den entscheidenden Stellen irgendwie den richtigen Weg zu finden. Straßenschilder erwarte ich, zu Recht, wie sich herausstellt, natürlich nicht. Ich folge einem Fluss, der, wie ich weiß, zur Küste hin fließt. Die Strecke ist wieder einmal sensationell, eine einspurige Schotterstraße in einer fantastischen Schlucht, in den Berg gehauen, zum Teil hundert Meter oberhalb des Flusses. Die Strecke säumen 13 (wenn ich mich richtig erinnere) Tunnel, die unbeleuchtet und sehr schmal sind. Bei Gegenverkehr sehr unangenehm! Man kommt recht langsam voran, da es sehr kurvig ist und nach ein paar Stunden bin ich 100 km weniger weit gekommen, als ich gehofft hatte: In einem Ort (wie immer ohne Ortsschild) frage ich nach dem Namen des Ortes und erhalte zu meinem Unmut den Namen eines Ortes, den ich schon zwei Stunden vorher dachte, passiert zu haben. Solche Momente sind sehr unangenehm und der Motivation nicht zuträglich. Die Straße wird dann aber schon bald nach Verlassen des Ortes breiter, gerader und generell leichter zu fahren, so gebe ich ordentlich Gas, um ein wenig Zeit aufzuholen.

Dabei übersehe ich im Staub eine tiefe Bodenwelle. Mit über 100 km/h fahre ich ungebremst hinein. Beim „Einschlag" in der Welle gehen sowohl Gabel als auch das Federbein hinten voll auf Block. Das ganze Motorrad verwindet sich innerlich so stark, dass die Verkleidung rechts aus ihrer unteren Halterung bricht. Glücklicherweise stürze ich nicht und bis auf die kaputte Verkleidung kann ich keine weiteren Schäden feststellen. Erst später finde ich

heraus, dass die vordere Felge einen ordentlichen Schlag mitbekommen hat. Sie tut aber heute noch ihren Dienst.
Danach heize ich weiter wie vorher, immer wieder unterhalten von unmarkierten Schwellen zur Geschwindigkeitsreduktion auf der Straße, die auch immer wieder schöne Schläge verteilen. Schlussendlich erreiche ich wieder den Asphalt der Panamericana und weiter geht es nach Trujillo, wo ich in dem kleinen Küstenörtchen Huanchaco eine Bleibe finde. Des Nachts speise ich dort in einem kleinen Fischrestaurant, wo, wie der Wirt mir aufgeregt versichert, vor nicht langer Zeit der peruanische Präsident ebenfalls gespeist hat. Ob es stimmt ist mir egal, ich heuchle Begeisterung in der Hoffnung, dass der Wirt mich beim Essen nicht weiter behelligt. Leider tut er mir diesen Gefallen nicht, so dass ich mich mit dem Essen beeile, um dann die Ruhe meines Hotelzimmers zu genießen. Daraus wird aber leider auch nichts, genau meinem Zimmer gegenüber befindet sich nämlich eine Diskothek, die bis in die frühen Morgenstunden vermutlich das ganze Dorf beschallt. Als ich eincheckte war es da noch ruhig und ich hatte keine Ahnung davon, was auf mich zukommt. Bis zur Schließung der Diskothek ist an Schlaf jedenfalls nicht zu denken.
Am nächsten Morgen besuche ich die Huaca del Sol, eine riesige Pyramide aus Lehmziegeln vermutlich von der Moche-Kultur erbaut, meine erste Ausgrabungsstätte auf dieser Reise. Auf dem Parkplatz treffe ich ein japanisches Fernsehteam, das eine Dokumentation unter dem Motto „Von Pol zu Pol" herstellt. Leider sprechen sie nur wenig Englisch oder Spanisch, aber wir begrüßen uns dennoch herzlich. Das gleiche Team werde ich später in Mexiko zwischen Merida und Palenque und noch später in den USA außerhalb des Monument Valley wiedertreffen! Jedesmal freuen wir uns alle wie die Kinder und sind völlig ungläubig, dass der Zufall uns dreimal zusammengeführt hat, einmal im Süd-, einmal in Mittel- und einmal in Nordamerika! Ein sehr besonderer Zufall, wie ich finde!
Die Sonnenpyramide ist sehr schön und nach einer privaten Führung mit einer sehr netten Studentin, die leider auch nicht besonders gut Englisch spricht (mein Spanisch reicht für solche speziellen Gelegenheiten leider immer noch nicht aus), fahre ich weiter nach Chiclayo. Chiclayo ist ein überraschend nettes Örtchen, wie immer mit netten Kolonialbauten, und ich fühle

mich dort für eine Nacht sehr wohl. Mein Motorrad parke ich in der Küche des Hotels, ein Novum auf dieser Reise, sonst hat die Honda immer in der Lobby oder im Flur gestanden. Von Chiclayo aus besuche ich Sipan, eine weitere Ausgrabungsstätte, und am späten Vormittag setze ich die Fahrt Richtung Ecuador fort. Mir wurde geraten, an der Küste zu bleiben, da am Grenzübergang in Macara irgendwelche Guerillas unterwegs sein sollen, die auch mal Geiseln nehmen oder Leute überfallen.

Den empfohlenen Grenzübergang in Tumbes kenne ich aber von 1998 und ich weiß, dass ich mit dem Motorrad da nicht durch möchte. Übervoll, hektisch und einfach unangenehm. Außerdem ist die Straße die Küste hoch einfach öde. So fahre ich doch nach Macara, welches auch direkt auf dem Weg nach Cuenca liegt, wo ich hinmöchte.

Ecuador (25.2.-6.3.2002)

Die Wahl stellt sich als goldrichtig heraus! Die Strecke wird schnell schön grün, es gibt kaum Verkehr und die Straße ist geteert. Nach all dem Küstenbraun ist das Fahren sehr angenehm. Im Reiseführer steht, dass die Grenze nur von 8-18 Uhr geöffnet hat, das ist glücklicherweise nicht korrekt, da ich erst 18.15 Uhr dort ankomme. Die Grenze ist klein, es sind kaum Menschen da und die Beamten sind sehr nett und interessiert. Die Ecuadorianer haben kein Formular zur Einreise für mein Motorrad, wegen meiner Erfahrung in Bolivien bin ich gewarnt und verlange, dass das Motorrad im Pass eingetragen wird. Die Beamten beraten und irgendwann stimmen sie zu, sonst hätten sie mich nicht hereingelassen, wie sie mir hinterher verraten.

Da ich jetzt schon sehr nahe am Äquator bin, bricht die Nacht früh und plötzlich ein. In Macara suche ich mir also eine Bleibe und verbringe eine schwüle Nacht mit Blick über das kleine, angenehme Macara mit Hunderten von Tierstimmen, die im umliegenden Dschungel ihr Konzert geben. Am nächsten Tag geht es nach Cuenca, die Straße von Macara bis nach Loja ist dabei eine der bemerkenswertesten auf der ganzen Reise. 120 km keine Gerade, perfekter Asphalt, kein Verkehr und zudem habe ich Glück mit dem Wetter: die Sonne scheint an einem Himmel mit kleinen, weißen Wolkenfetzen. Ich habe eine überwältigende Fahrt, die mir für immer unvergesslich bleiben wird. Ab und an steht eine Ziege oder ein Esel oder Schafe oder auch eine Kuh

hinter einer Kurve, so dass ich manchmal scharf bremsen muss, aber das stört mich nicht weiter. Das Fahrglück ist vollkommen! Nach Loja ist die Straße immer noch ganz passabel, aber schlecht ausgeschildert, so dass ich über etwa 100 km nicht genau weiß, ob ich die richtige Straße von Loja aus gefunden habe. Und sie ist an vielen Stellen schlechter Schotter, was nach dem schönen Stück zuvor dann doch etwas nervig ist.

Irgendwann erreiche ich Cuenca, ein nettes Städtchen, das wieder mal richtig schön ist. Viele gut erhaltene Kolonialbauten, die sich aber im Stil, so glaube ich zumindest, von denen z.B. in Lima oder Santiago ein wenig unterscheiden. Ich finde eine tolle Jugendherberge mit einem schönen Innenhof und einem Patio, in dem man schön sitzen und die Sonne genießen kann. Was ich natürlich auch tue! Nach zwei netten und erholsamen Tagen in Cuenca, in denen ich eigentlich nichts tue, fahre ich nach Quito.

Quito wird für Südamerika die Endstation sein. Durch das Darien Gap, einem Sumpfgebiet zwischen Kolumbien und Panama, kann man nicht fahren, es gibt dort keine Straßen. Um nach Panama zu gelangen, bieten sich Quito und Bogota an. Nach Kolumbien möchte ich aber wegen der angespannten innenpolitischen Situation (sehr aktive Guerillas) nicht einreisen. Ich finde das sehr schade, da ich Bogota von einer vorherigen Reise kenne und es mir eigentlich sehr gut gefallen hat. Aber meine Sicherheit geht mir vor und so organisiere ich den Flugtransport eben von Quito nach Panama.

Vorher lasse ich bei Christian Kosche, einem Mechaniker, der mir in Lima von einem Ecuadorianer empfohlen wurde, die Kette und wieder einmal das Öl wechseln. Die übrige Zeit, bis der Flieger für mein Motorrad geht, verbringe ich, mal wieder, mit Entspannen in der Zivilisation. Ich fahre zum Äquator, nördlich von Quito, gehe gut essen und auch mal ins Kino. Überraschenderweise sind auch Jonas und Guillaume, die ich von der Altiplanotour in Bolivien kenne, zu diesem Zeitpunkt in Quito und in einem netten Restaurant feiern wir das Wiedersehen. Quito ist zwar nicht schön im eigentlichen Sinn, aber es gefällt mir trotzdem wieder gut. Verglichen mit 1998 hat sich die Anzahl der Internetcafés stark erhöht und es gibt einige neue Restaurants und Bars, die zum Teil echt klasse sind, aber die Atmosphäre hat sich für mein Empfinden nicht groß verändert. Besucher hatten mir gesagt, dass die Kriminalität stark angestiegen sein soll, aber ich komme mal wieder ungeschoren davon, wie immer! Nach 5 Tagen besteige ich dann einen Flieger, der mich nach Panama Stadt bringen wird. Ab hier beginnt für mich nun völliges Neuland, in Mittelamerika war ich noch nie.

Mittelamerika

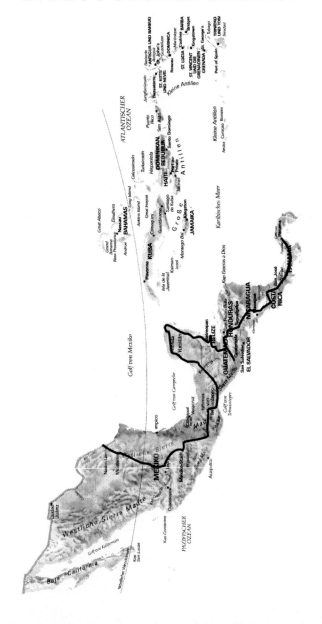

Ankunft in Panama (6.-19.3.2002)

Panama Stadt aus der Luft ist schon mal phänomenal! Vom Flugzeug aus kann man vorm Zugang zum Panamakanal dutzende riesengroße Schiffe auf die Einfahrt in den Kanal warten sehen. Unweit der Schiffsriesen ragen die Hochhäuser des Geschäftszentrums in den Himmel. Sie stehen unmittelbar am Ufer des Stillen Ozeans. Als wir anfliegen ist die Luft ganz klar und der Himmel wunderbar blau. Eine spektakuläre Aussicht, ich bin begeistert und aufgeregt ob der unbekannten Orte, die ich bald besuchen werde. Während des Fluges hatte neben mir ein Unternehmensberater von McKinsey gesessen, der die ganze Zeit in irgendwelchen Power-Point Präsentationen herumgeblättert hat, vermutlich, um sich auf irgendeine Besprechung vorzubereiten. Für mich war das sehr befremdlich. Schon fast drei Monate unterwegs repräsentierte dieser Mensch eine Welt, die ich genau kenne, die mir aber zu diesem Zeitpunkt völlig unverständlich vorkam. Ich war geneigt, mich dem Mann ebenfalls als Unternehmensberater zu offenbaren, habe es aber gelassen. In meinem Aufzug wäre ich vermutlich nicht so recht glaubwürdig gewesen. So schaute ich ihm nur zu und versuchte für mich herauszufinden, ob mir diese Welt jemals wieder verständlich werden würde.

Mit Anflug auf Panama gilt meine Aufmerksamkeit aber wieder voll meiner Reise! Direkt nach meiner Ankunft frage ich nach meinem Motorrad und erfahre, dass man mir am Passagierterminal nichts dazu sagen kann. Ein Anruf (schwierig, weil mein Spanisch am Telefon nicht wirklich gut funktioniert) beim Frachtterminal ergibt, dass die mir in Quito bekannt gemachte Frachtnummer nicht im Computer vorhanden ist und ohne ist

Panamakanal

es natürlich nicht möglich festzustellen, wo das Motorrad ist. Da ist es auf jeden Fall nicht! Schöne Auskunft! Etwas beunruhigt verstaue ich am Flughafen meinen großen Rucksack und mache mich mit meinem kleinen Rucksack auf den Weg nach Panama Stadt, um mich dort erst einmal zu orientieren.

Es ist, trotzdem es schon auf den Abend zugeht, sehr heiß, was nach der Kühle in Quito erst mal wieder gewöhnungsbedürftig ist. In meinem Reiseführer finde ich ein billiges Hotel, das ich mir wegen des eigenen Bades für diesen Abend gönne. Es gehört zur billigsten Kategorie und hat statt einer Klimaanlage einen Deckenventilator, der seinen Dienst aber ordentlich verrichtet. Ansonsten ist es nicht besonders spannend, deswegen mache ich mich zu Fuß auf Erkundungstour und laufe für ein paar Stunden herum. Mein erster Eindruck ist positiv, es wirkt irgendwie sehr karibisch entspannt und an diesem Abend ist kaum Verkehr unterwegs. Das soll sich aber am Tag sehr ändern, wie ich herausfinden werde. Die Nacht ist trotz effektivem Deckenventilator zu heiß zum Schlafen, so beginne ich den nächsten Tag erschöpft, aber dafür früh.

Ich fahre zum Flughafen, um mein Gepäck zu holen und nach dem Motorrad zu forschen. Von dem gibt es nichts Neues, ebenso ergibt ein Anruf in Quito bei der Spedition bezüglich der Frachtnummer keine neuen Erkenntnisse. Obwohl es mich schon nervt, dass der Aufenthaltsort des Moppeds unbekannt ist, bin ich komischerweise nicht richtig beunruhigt. Sonst neige ich schon dazu, mir in solchen Situation Stress zu machen, die Reise hat also mindestens einen angenehmen Nebeneffekt! Zurück im Hotel beschließe ich, mich auf die Suche nach der einen im Reiseführer benannten Jugendherberge zu machen. An der angegebenen Adresse, die ich nach einer Odyssee mit einem völlig unfähigem Taxifahrer und einem strammen Fußmarsch erreiche, ist sie nicht zu finden, die Frage bei einem benachbarten Haus ergibt aber, dass sie vor nicht all zu langer Zeit umgezogen ist und die Leute haben glücklicherweise ein Infoblatt, das die neue Adresse enthält! Diese ist nicht weit von meinem Hotel mitten im Zentrum der Stadt. Großartige Lage! Kurze Zeit später finde ich also das Hostal „Voyager" und quartiere mich ein. Als Bonus kostet es die Hälfte des Hotels. Prima! Es wird für acht Tage mein Zuhause, da erst dann mein Motorrad ankommt.

Zu Beginn, wie erwähnt, leicht genervt davon, dass kein Mensch weiß, wo das Motorrad ist, ist es mir am Ende vollkommen egal, weil ich sehr viel Spaß in Panama Stadt habe. Die Leute im Hostal (Ben I, Grant, Ben II, Hannah, Walter, James und noch ein paar andere) sind fast alle superlustige, interessante Charaktere und wir gehen viel aus, um uns zu amüsieren. Als großartig erweisen sich dabei die Diskothek „Liquid", in der ich eine fantastische Nacht mit schönster House-Musik verbringe und die Bar „Blue Room" in der wunderschönen, zum Teil prächtig restaurierten Altstadt. Die Bar ist mir von ein paar schwulen Jungs, die mich im Liquid angesprochen hatten, empfohlen worden. Mit den Jungs treffe ich mich eine Woche später im Blue Room, in dem ebenfalls sensationelle House-Musik gespielt wird und sie zeigen mir und ein paar weiteren Leuten aus dem Hostal, mit denen ich unterwegs bin, das weitere Nachtleben. Ansonsten erkunde ich Panama Stadt zu Fuß, lerne ein paar Fitnessstudios kennen und lasse es mir einfach gut gehen. Immer wieder treibt es mich zum örtlichen Harley-Davidson Händler, bei dem eine kaum gebrauchte Fat-Boy herumsteht und hätte ich das Geld übrig, würde ich die Honda vergessen und mit dem Ding weiterfahren. Dummerweise verhält es sich mit meinen Finanzen aber ganz anders und so bin ich zu weiterem Warten verdammt.

Am 8.Tag kommt dann endlich mein Motorrad, das ich am Flughafen schon ausgepackt abholen kann. Ausgepackt bedeutet, dass meine Spannriemen, mit denen ich sonst mein Gepäck auf dem Motorrad fixiere und die ich selbst in Quito verwendet hatte, um die Honda auf der Palette zu fixieren, weg sind (Ich brauche einen ganzen Tag, bis ich brauchbaren Ersatz finde). Außerdem ist die Luft aus den Reifen gelassen, was mich vor Schwierigkeiten stellt: Am Frachtterminal gibt es keine Pumpe oder gar einen Kompressor. Nach langer Ratlosigkeit (ähnlich wie in Bariloche stehe ich rum und warte, dass die Lösung vom Himmel fällt) fällt mir endlich ein, dass ich im Koffer ein Notfall-Set habe, das ich zum Aufpumpen missbrauchen könnte.

Es ergeht der Beschluss, dass ein Notfall vorliegt und ich pumpe die Reifen provisorisch auf. Dann fahre ich zu einer Tankstelle, tanke, ersetze das Gas der Notfallpatrone im Reifen durch normale Luft und fahre beglückt über meinen genialen Einfall zurück ins Hostal.

Das Fahren in Panama ist laut Reiseführer nichts für den Ängstlichen, aber ich setze mich schnell durch und merke, dass meine Taktik, einfach der schnellste zu sein, wie fast immer zuverlässig funktioniert!

Am nächsten Tag fahre ich mit Grant zur nördlichen Schleuse des Panamakanals (dem „Gatun-Lock"). Da ich nur einen Helm habe, fährt Grant ohne Helm mit, obwohl wir wissen, dass das nicht erlaubt ist. Bevor wir die Stadtgrenze erreichen, erklärt uns das schon ein Polizist, aber wir mogeln uns trotzdem ohne Strafe aus der Stadt heraus. Auf dem Land hoffen wir, ungeschoren davon zu kommen. Auf unserer Fahrt Richtung Norden geraten wir in üble Regenfälle und immer wieder suchen wir Schutz an Bushaltestellen und auch in einer heruntergekommenen Bar. Das ist wenig erquickend, aber mit Grant unterhält es sich sehr gut und uns wird nicht langweilig. Es ist jedenfalls angenehmer, als während der Fahrt zu ertrinken! Schlussendlich erreichen wir unser Ziel aber doch.

Zumindest fast, denn kurz vor Erreichen von Colon, der Stadt nahe der nördlichen Schleuse, kommen wir in eine Polizeikontrolle, in der wir natürlich auf den fehlenden Helm angesprochen werden. Wir behaupten, dass er uns bei einer Rast geklaut wurde, was die Polizisten lustigerweise keine Sekunde anzweifeln. Sie verhängen keine Strafe, verweigern uns aber ohne Helm die

Weiterfahrt. Sie bieten zur Lösung an, uns in die Handelsfreizone des Hafens von Colon zu geleiten, wo wir billig einen Helm kaufen sollen. Mit Motorradeskorte fahren wir belustigt nach Colon und erwerben für 25 USD einen Halbschalenhelm, den ich später in Mexico verschenken werde. Bis dahin nutze ich ihn fleißig als Stadthelm, was bei den vielfach hohen Temperaturen sehr praktisch ist.

Auf den Besuch der Schleuse müssen wir aufgrund der massiven zeitlichen Verzögerungen durch Regen und Polizei leider verzichten, die Ausfahrt hat dennoch Spaß gemacht, da wir die schöne Landschaft von Panama kennen gelernt haben. So kehren wir unverrichteter Dinge zurück ans südliche Ende des Kanals, gehen feiern und am nächsten Tag fahre ich einfach noch einmal allein zur nördlichen Schleuse. Der Besuch ist klasse, den Schiffen beim Schleusen zuzuschauen ist sehr imposant! Das kleine Museum mit Bildern vom Bau der Schleuse ist informativ, nett aufbereitet und rundet den Besuch am Gatun-Lock perfekt ab. Das fantastische Wetter an diesem Tag tut sein übriges.

Auf dem Rückweg befahre ich eine andere Straße als mit Grant am Vortag. Sie führt durch einen tollen Wald und passiert die beiden südlichen Schleusen, die ich denn auch noch besuche. Dort sind viel mehr Besucher als an der nördlichen Schleuse, weswegen ich sehr froh bin, bei allen dreien gewesen zu sein. Besuchermassen strengen mich immer ein wenig an.

Die Schleusenanlagen sind alle in bestem Zustand und da der Panamakanal irgendwie ja schon ein sehr berühmter Fleck ist, genieße ich die Besuche sehr. Dann kehre ich zurück in die Stadt, verbringe eine weitere Nacht beim Feiern und am nächsten Tag, sehr traurig darüber, mich von Panama Stadt trennen zu müssen, ziehe ich von dannen, schließlich hatte ich hier eine großartige Zeit!

Aber El Valle wartet, ein Ort etwa 200 km von Panama Stadt entfernt, welcher in einem kleinen Hügelzug auf knapp 1000 m Höhe liegt. Auf dem Weg dorthin werde ich von einem panamesischen Motorradpolizisten auf der Panamericana angehalten, nachdem er mich wohl eine Weile verfolgt hatte. Er wirft mir zu Recht vor, mehrere Male eine durchgezogene Linie beim Überholen überfahren zu haben. Je Überfahren macht das 100 USD, insgesamt beträgt die Strafe 300 USD, zu entrichten in Panama Stadt. Am nächsten Tag. Das Spiel von Peru wiederholt

sich. Jetzt schon ein alter Hase im Bestechungsgeschäft biete ich dem netten Polizisten 40 USD und darf meine Fahrt fortsetzen. Für ein paar Kilometer halte ich mich an die geltenden Gesetze, dann geht es so weiter wie vorher.
Von der Abzweigung auf der Panamericana bis nach El Valle in den Bergen sind es etwa 45 km und diese bieten wieder einmal höchsten Motorradgenuss. Die brütende Hitze auf Meereshöhe weicht zügig angenehmster Temperatur, die Vegetation wird abwechslungsreicher und die Straße, die teilweise über einen Hügelkamm führt, ist eine regelrechte Achterbahn. Die Straße taucht mal nach links weg, mal geht es rechts hinauf, einige Hügel weiter kann man sie aufblitzen sehen, man weiß, in kurzer Zeit wird man auch diese Windungen genießen dürfen. Es ist einfach ein weiterer großartiger Höhepunkt dieser Reise, selbst wenn das Befahren dieser Strecke nur vielleicht eine halbe Stunde dauert!
Gegend Ende der Straße, die in El Valle in einer Sackgasse endet, senkt sich die Straße in eine Art Tal. Ben erklärte mir später, dass es sich um den Trichter eines inaktiven Vulkans handelt, ob es stimmt, weiß ich nicht, es kann aber wohl sein, denn Ben ist außerordentlich belesen in solchen Dingen. El Valle ist recht klein, es beherbergt aber einige sehr ansehnliche Villen von vermögenden Panamesen, teilweise in sehr modernem Architekturstil.
In Sachen vermögend noch eine kleine Anmerkung zu Panama Stadt: Dort gibt es sehr viel Geld! Das dokumentiert sich beispielsweise im Vorhandensein von vielen teuren Luxuswagen. Viele nagelneue Porsche und BMW, GT2 und 3, M3, M5, Turbos usw. sind in Hülle und Fülle vorhanden. Lustigerweise sehe ich in den neun Tagen nur ganz wenige Mercedes (genau kann ich mich nur an einen erinnern!). Möglicherweise fällt mir das alles so extrem auf, weil in den südamerikanischen Metropolen die Dichte an deutschen Luxuswagen doch gering ist und hier stehen sie plötzlich an jeder Ecke.
El Valle ist jedenfalls ein kühler Wochenend-Aufenthaltsort für die Reichen aus der heißen Stadt. Wie verabredet treffe ich mich mit Ben und Hannah, die schon einen Tag länger dort sind und wir verbringen einen schönen entspannten Abend in einer kleinen netten Pizzeria. Nach dem Feiern in Panama eine willkommene Abwechslung. Der Abend wird recht kurz, denn die

frische Luft macht mich einigermaßen müde und ich schlafe tief und fest in angenehmer Temperatur. Viel besser als in der Stadt! Schon am nächsten Tag fahren wir alle weiter, Ben und Hannah zurück nach Panama Stadt, ich nach Westen, in den Ort Boquette, wieder in den Bergen gelegen, allerdings etwas höher als El Valle. Zuerst darf ich über jene tolle Straße wieder in die Hitze hinabfahren, die in David fast unerträglich wird, am Abend in Boquette ist es dann wieder kühl, fast ein wenig zu kühl, und es regnet. In Boquette treffe ich wieder auf James, einen jungen Amerikaner, den ich auch schon im Voyager kennen gelernt hatte und erkunde mit ihm die wunderschöne Gegend.

In Boquette wird viel Kaffee angebaut, die Plantagen sind fast kitschig schön in den Hängen gelegen. Es gibt großartige Straßen, die allesamt im Ort anfangen, dort wieder enden und zwischendrin in weiten Bögen in die herumliegenden Berge führen. Teilweise gehen sie durch Regenwald, in dem die Luftfeuchtigkeit nahe 100 Prozent beträgt. Es ist überwältigend schön und einige Traumhäuschen, die dort in der saftig grünen Natur stehen, nähren die Idee, dass man es hier eine nicht kurze Weile aushalten könnte!

Auch im Ort gibt es einige tolle Anwesen mit großartig angelegten Gärten, einer ist öffentlich ohne Eintritt zugänglich, die Eigner stellen ihn wohl aus purem Besitzerstolz zur Schau, was ich angesichts der sicherlich nicht geringen Instandhaltungskosten doch erstaunlich finde.

Mit James auf dem Soziussitz versuche ich zum Schluss unserer Erkundungen eine recht steile Schotterstraße zu einer Passhöhe zu erklimmen, die auf über 3000m Höhe den Blick auf Atlantik und Pazifik ermöglichen soll. Die Straße ist sehr schlecht, sehr steil und sehr schotterig, leider zuviel von allem für die Dualbereifung, die sich auf meiner Honda befindet. Sie bietet unter den Bedingungen nicht genügend Traktion, um den Berg zu erklimmen. Auch nachdem James abgestiegen ist, schaffe ich es nicht den Berg hinauf. Das ist sehr schade, zum Glück ist dies die einzige Stelle auf der gesamten Reise, die ich mit der Honda nicht meistern kann! Nach zwei Übernachtungen nehme ich Abschied von Boquette, James und Panama. Ich hatte hier eine klasse Zeit! Der Weg führt zuerst zurück ins fürchterlich heiße David, dort versuche ich, ein Frühstück zu ergattern. Im Reiseführer steht geschrieben, dass die Orientierung in David etwas schwierig ist, da es fast komplett aus eingeschossigen Gebäuden besteht und man entsprechend keine großen Gebäude als Orientierungshilfen innerhalb der Stadt hat. Die Stadt selbst ist vollkommen eben und tatsächlich ist man ohne Stadtplan nur schwer in der Lage, sich zurechtzufinden. Nichtsdestotrotz finde ich hinein und hinaus und zwischendrin einen Supermarkt, in dem ich ein improvisiertes Frühstück zum Verzehr am Straßenrand erwerben kann.

David liegt direkt an der Panamericana unweit der Grenze zu Costa Rica. An der Grenze angekommen, lerne ich erstmals die mittelamerikanische Art und Weise eines Grenzübertrittes kennen, denn ab jetzt sind immer zum Teil gepfefferte Gebühren fällig. Allerdings sind alle erhobenen Gebühren, die ich bezahlen muss, offizielle Gebühren. Nur ein einziger Dollar, den ich für eine dubiose Marke an der Grenze zwischen Costa Rica und Nicaragua zahle, ist eine Nebeneinkunft der dort arbeitenden Grenzer (wenn man das Arbeit nennen mag, sie scheinen nur sporadisch an den Schaltern aufzutauchen, um Reisende abzufertigen). Damit kann ich leben, die teilweise albernen Zwangsversicherungen und Straßennutzungsgebühren sind allerdings sehr lästig. Vor allem, weil ich in allen mittelamerikanischen Ländern ja nur kurz verweile.

Costa Rica (19.-25.3.2002)

In Costa Rica angekommen, beschließe ich nach kurzem Kartenstudium, in die Hauptstadt San Jose in einem Rutsch durchzufahren. Zu Beginn meiner Fahrt in Costa Rica ist es extrem heiß, die Landschaft ist grün und abwechslungsreich und ich fahre entspannt dahin. Dann setzt heftiger Regen ein. Für mich ist das zuerst sehr willkommen, der Regen sorgt für Abkühlung. In Panama hatte ich mir eine leichte Nylonhose gekauft, die ich beim Fahren gegen die bis dahin von mir getragene Motorradhose, die sehr warm ist, getauscht hatte. Sie wird völlig durchnässt, aber ich finde das nicht unangenehm. Die Straße windet sich durch tolle, grünste Landschaft und das Fahren bereitet viel Freude. Dann fängt die Straße an, Höhenmeter zu gewinnen. Binnen kürzester Wegstrecke steigt sie bis auf eine Höhe von fast 3500 m! Laut Reiseführer der höchste Punkt der Panamericana auf ihrer gesamten Länge (wie ich natürlich erst hinterher herausfinde). Die Höhe geht mit entsprechend niedrigen Temperaturen einher, auf der Passhöhe ist es saukalt und der Regen hört nicht auf.

Während der vielen Kilometer Steigung habe ich nach und nach immer mehr angezogen, bis ich am Ende alles Warme anhabe. Da ich aber von vorne herein völlig durchnässt war und mit dem Anziehen immer gewartet habe, bis ich die Kälte nicht mehr aushielt, bin ich oben völlig durchgefroren! Nach all der Hitze ist dieser Temperatursturz auf fast 0 Grad ziemlich hart, nach der Passhöhe geht es aber natürlich auch wieder bergab und als ich San Jose erreiche, welches auf etwa 2000m liegt, ist die Temperatur wieder erträglich. Warm ist es aber auch dort nicht.

In San Jose finde ich keine anständige Jugendherberge und beziehe ein schäbiges kleines Hotel, eine schöne Herberge finde ich erst am Tag meiner Abreise aus San Jose, netterweise bin ich am Tag meiner Ankunft genau daran vorbei gefahren, habe sie aber nicht bemerkt (vielleicht sollte ich ab und an mal nach links und rechts schauen!?), so geht's manchmal. Zwei Tage schaue ich mich um und finde heraus, dass San Jose nicht wirklich viel für mich zu bieten hat. Einzig die alte Staatsdestille, die in

Panamericana, Costa Rica

ein Museum und Theater umfunktioniert wurde, sowie das alte Theater in der Stadtmitte, welches ein wirklich hübsches Café beherbergt, beeindrucken mich. In einem netten Buchladen decke ich mich mit Reiselektüre ein, ansonsten gibt es nicht viel. So mache ich mich auf den Weg nach La Fortuna, nordwestlich von San Jose.

Die Route führt aus San Jose heraus und vorbei am internationalen Flughafen. Zwischen Stadt und Flughafen passiere ich ein Denny's-Restaurant, wie ich es sonst nur aus den USA kenne. Es ist nach meiner Vermutung der einzige Denny's in Latainamerika südlich von Mexico. Er dokumentiert für mich wunderbar, wie groß der Einfluss der Amerikaner in Costa Rica gediegen ist. Als eines der wenigen (das einzige?) Länder in Lateinamerika haben die USA in der Vergangenheit weder die Regierung noch irgendwelche Rebellen unterstützt und so für Unruhe gesorgt. Das wiederum bedeutet, dass die sonst üblichen Vorbehalte gegen „Gringos" in Costa Rica nicht existieren und als Touristen mit viel Geld sehr herzlich willkommen sind. Das nehmen die US-Bürger gerne zur Kenntnis und erscheinen entsprechend zahlreich. Dementsprechend ist der weitaus größte Teil der touristischen Angebote auf den Zeitplan und das Portemonnaie der US-Bürger abgestimmt. Wir „armen" Rucksacktouristen fallen da ein wenig aus dem Raster und es fällt schwer, (finanziell) passende Touren zu finden. Immer hat man das Gefühl, ausgenommen zu werden, der Begriff „Costa Rip off" wird sich deshalb in meinen Sprachgebrauch bezüglich Costa Rica vermutlich noch eine Weile halten.

Nachdem ich die Panamericana verlasse, auf der sehr viel Verkehr herrscht, was zu regelwidrigen Fahren verführt, wird die Straße schnell leerer und schöner. Der Asphalt ist für Costa Ricensische Verhältnisse recht gut, die Straße ist schön kurvig und geht bergauf und bergab. An einem netten See erblicke ich in traumhafter Lage ein Lokal mit großer Terrasse mit Blick auf den See. Da es früher Mittag ist, beschließe ich, einzukehren. Der Blick über den See ist richtig schön und das Mahl ist auch passabel, so geht es mir gut. Wie ich da so sitze und die Landkarte studiere, nähert sich ein Motorradfahrer, auch schwer bepackt, dem Lokal. Als er meine Honda sieht, biegt er auf den Parkplatz des Lokals ein, um mich zu begrüßen. Es ist Ohad, ein Israeli auf einer Honda XR 650 R. Er hat das Motorrad in San Francisco gekauft und ist damit auf dem Weg nach Buenos Aires. Ein weiterer Motorradnomade, der an diesem Tag dort gestartet ist, wo ich hin möchte: in La Fortuna. Wir unterhalten uns sehr herzlich und ich bin froh, mal wieder einen von meiner Sorte zu treffen.

Wir verabschieden uns nach einer Weile, tauschen Adressen und sind seitdem in Kontakt per Epost. Ohad hat leider später einen Unfall, bei dem er einen komplizierten Beinbruch erleidet, muss seine Reise abbrechen und zur Behandlung nach Israel zurückkehren. Ich hoffe, eines Tages kann er die Reise beenden!

Ich genieße weiter die Straße nach La Fortuna und als ich ankomme, finde ich gleich die Unterkunft, die Ohad mir empfohlen hat. Ich richte mich dort für zwei Tage ein, um den Vulkan Arenal zu sehen. Leider ist der die meiste Zeit fast komplett von Wolken verborgen. Sehr schade, ein nächtlicher Besuch mit Führung in die Nähe des Kraters verläuft mangels Sicht leider extrem unspektakulär (wenn auch schön teuer), aber in La Fortuna ist es trotzdem schön. Ich treffe auf Sandy und Rob aus Australien, ein Paar, das auch schon eine Weile unterwegs ist und das ich in Monteverde noch einmal treffen werde. Sehr nette Menschen, mit denen ich heute noch in Kontakt stehe! Seit San Jose springt die Honda übrigens nicht mehr richtig an, in La Fortuna stellt der Anlasser den

Betrieb dann komplett ein. Die eine kleine Werkstatt kann aber entwarnen, es ist nur die Batterie und nach Befüllen mit destilliertem Wasser und Beladen funktioniert alles wieder bestens! Nach zwei Tagen setze ich die Fahrt fort Richtung Monteverde, dem berühmten Gebiet des Wolkenwaldes in Costa Rica. Der Weg dahin soll einen ganzen Tag dauern, die Busfahrt, die um einen lang gestreckten See herumführt, ist mit über acht Stunden angesetzt. Eine Kombination von Bus- und Bootsfahrt, die über den See eine Abkürzung darstellt, soll immer noch 4,5 Stunden dauern. Ich rechne für mich und das Motorrad mit einer Zeit von um die fünf Stunden. Da ich mich mit Rob und Sandy in Monteverde treffen möchte, fahre ich am Morgen der Abfahrt schon sehr früh los, da die zwei ebenfalls sehr früh ihre Fahrt beginnen. Die Fahrt ist wieder mal atemberaubend schön (was einfach nie langweilig wird), es gibt ein paar lustige Tiere am Straßenrand, die recht zutraulich sind, und der Blick auf den See von der Uferstraße, an der auch immer wieder sehr schöne Anwesen zu bestaunen sind, ist einfach toll.

Irgendwann ist der Asphalt (der von sehr, sehr mäßiger Qualität ist) zu Ende und die Schotterstraße beginnt. Zu diesem Zeitpunkt kann ich schon absehen, dass die Zeitangaben für ein Motorrad alle völlig albern waren. Vor mir liegen noch 40 km Schotter und ich habe gerade mal 1,5 Stunden bis hierhin gebraucht, obwohl ich mir viel Zeit gelassen und auch oft (wegen der Tiere) angehalten habe. So mache ich eine ausgedehnte Pause und widme mich dann dem Schotter. Tatsächlich ist diese Schotterstraße die schlimmste, die mir auf meiner Reise begegnet ist (das gilt auch für später) und ich kann sehen, warum ein Bus für die restlichen Kilometer ein paar Stunden benötigt. Die Straße ist zum Teil deswegen in so schlimmen Zustand, weil sie sich in Privatbesitz einer landwirtschaftlich lebenden Gemeinschaft befindet. Die Menschen dieser Gemeinschaft möchten sich ihre Abgeschiedenheit weitestgehend sichern, indem sie schlecht erreichbar sind. Das sind sie mit dieser Straße! Interessanterweise produzieren sie mit knapp 1000 Beschäftigten große Mengen Milchprodukte, die sie über diese Straßen auch zu den Märkten bringen müssen. Die Einschränkungen in Sachen Komfort beim Warentransport nehmen sie für ihren Status offensichtlich gerne in Kauf, so was nenne ich konsequent!

Mit dem Motorrad kann ich trotz der erbärmlichen Pistenverhältnisse immer noch einen ordentlichen Schnitt fahren und in etwa einer weiteren Stunde bin ich im Ziel in Santa Elena, was kurz vor Monteverde liegt und wesentlich günstigere Unterkünfte aufweist. Die Jugendherberge, die Platz für mich hat, ist neben dem Las Salamandras in Coyhaique die schönste auf der Reise. Nett gelegen im winzigen Santa Elena (dort gibt es nicht mal eine richtige Kreuzung) mit einem wunderschönen, gemütlichen Aufenthaltsraum und einer kleinen Terrasse mit Sitzgelegenheit vor dem Haus. Perfekt um komplett zu entspannen!

Auch hier bleibe ich zwei Tage, in denen ich mit dem Motorrad ein wenig die Gegend erkunde, an einer seltsamen, sehr teuren „Tour" teilnehme, ein wenig faulenze und mit Sandy und Rob, die ebenfalls in der Jugendherberge abgestiegen sind, dummes Zeug erzähle und wir uns kräftig über die stark überhöhten Preise in „Costa Rip-off" echauffieren.

Die besagte „Tour", die nach meiner Auffassung ein ökologisch orientierter Informationsausflug in die oberen Etagen des Wolkenwaldes sein sollte, entpuppt sich als Achterbahnfahrt in den Baumkronen. Es ist mit Drahtseilen ein Parcours in die Bäume gespannt, man bekommt ein Gurtsystem angelegt, mit dem man an den Drahtseilen eingehängt wird und „fliegt" dann über und durch die Blätter und Zweige des Waldes. Ganz spaßig, aber mit fast 50 USD doch sehr teuer und vor allem eben nicht das, was ich erwartet hatte. Weitere Wermutstropfen sind die überaus dämlichen anderen Teilnehmer an dieser Tour (allesamt extrem lautstarke US-Amerikaner!) und das völlige Fehlen von Wolken im Wolkenwald. Wir haben strahlenden Sonnenschein! Gerechterweise muss ich anmerken, dass die Gringos dafür keine Schuld auf sich nehmen müssen.

Mehr als entschädigt für die enttäuschende Tour werde ich durch den Besuch eines kleinen Souvenirladens, vor dessen Eingang einige Futterspender für Kolibris aufgehängt sind. Die Kolibris nehmen das Angebot zahlreich an und ich stehe über eine Stunde völlig gebannt inmitten zahlloser Kolibris unterschiedlicher Größe und Farbe. Sensationell! Ich habe vorher noch nie Kolibris gesehen und sie begeistern mich wie wenig zuvor in meinem Leben. Tolle, wunderschöne Tiere, sie gehören für mich zu den großartigsten Lebewesen auf diesem Planeten!

Dann nehme ich nach nur sechs Tagen Abschied von Costa Rica. Ursprünglich hatte ich geplant, hier etwa drei Wochen zu verbringen, schließlich hat Costa Rica einen guten Ruf in Sachen naturnaher Tourismus. Aber ich bin eben kein „Zwei-Wochen-US-Pauschaltourist-ohne-finanzielle-Restriktionen".
Sandy und Rob tun das Gleiche und an der Grenze zu Nicaragua treffe ich sie kurz wieder, verliere sie wieder in der Hektik der Grenze und treffe sie leider nie wieder. Aber wir sind per Epost in Kontakt geblieben, Sandy wird demnächst heiraten, allerdings nicht Rob, sondern einen Deutschen, den sie in Australien kennengelernt hat.
Kurz vor der Grenze treffe ich eine Gruppe Motorradfahrer aus der Hauptstadt San Jose. Allesamt fahren zum Teile nagelneue, große, voll ausgestattete BMW, es ist also eine Gruppe wohlhabender Geschäftsleute! Sie nehmen mich unter ihre Fittiche, um mir den Grenzübertritt zu erleichtern, allerdings „vergessen" sie mich unterwegs im Dickicht der verschiedenen Schalter, an denen ich vorsprechen muss und weil etwas nicht stimmt, muss ich dann noch einmal von vorne anfangen. Zu diesem Zeitpunkt waren meine neuen „Freunde" dank Schmiergeldern schon durch und sind davongefahren, ohne ein weiteres Mal zu grüßen. Meine nicht wirklich guten Erfahrungen in Costa Rica bekommen so eine Bestätigung und ich bin letztendlich froh, aus dem Land herauszukommen. Der Grenzübertritt dauert bei über 40 Grad Celcius nur knappe 4,5 Stunden (hunderte bzw. tausende wollen eben mit mir über die Grenze), kostet mich einen Haufen Nerven und Geduld, aber irgendwann bin ich durch und befinde mich in Nicaragua.

Nicaragua (25.-27.3.2002)

Der Unterschied zu Costa Rica und Panama ist leicht zu sehen, es wirkt sofort ärmer und etwas schmutziger, aber die ersten Menschen, die ich treffe, sind sehr herzlich und freundlich! Die Straße ist gut und zügig komme ich voran, mein Tagesziel Granada am Lago Nicaragua erreiche ich am frühen Abend nach etwas unspektakulärer Fahrt. Einzige Abwechslung bietet der Blick auf die Vulkaninsel (Isla de Ometepe) im Lago de Nicaragua, auf der ein über 1600m hoher Vulkan beheimatet ist.

Granada ist mal wieder eine schöne Kolonialstadt, teilweise etwas heruntergekommen, aber mit einem sehr schönen zentralen Platz und insgesamt einfach nett. Es gibt am Strand ein schauderhaftes, sehr künstlich wirkendes Vergnügungszentrum, das ich schnell wieder verlasse, aber der Rest gefällt mir gut. Das Hostal „The bearded Monkey", in dem ich ein Bett finde, erweist sich als ein weiteres superschönes kleines Hostal. Es hat zwei Patios, in denen Schaukelstühle von der Decke hängen, ein schöner kleiner Garten angelegt ist, eine Bar, ein Billiardtisch, ein paar Tische, um etwas zu essen, sowie ein paar Rechner für

einen Internetzugang. Es wird sehr lecker gekocht und die Jungs an der Rezeption bzw. Bar, die auch für die Musik zuständig sind, spielen für meinen Geschmack prima Musik, die teils elektronisch, teils Ry Cooders „Paris, Texas" Filmmusik ist. Welche ich grandios finde!

So sitze ich mehr oder weniger zwei Tage in Schaukel- oder Hängestühlen herum, esse von dem leckeren Essen der Herberge, trinke ein wenig zuviel Bier und entspanne mich – wieder einmal! Kann man ja auch nicht genug tun!

In Nicaragua gibt es eine Menge zu sehen und zu machen, aber ich beschließe, das ein anderes Mal zu tun, wenn ich kein Motorrad am Bein habe. Die Ausflüge in die Natur sind nur mit Rucksackgepäck und der entsprechenden Kleidung leichter als mit dem Zeug, was ich dabei habe. So werde ich sicher eines schönen Tages nach Nicaragua zurückkehren. Für dieses Mal verabschiede ich mich aber und breche auf Richtung Honduras. Die Fahrt verläuft ereignislos, die Landschaft ist nicht sonderlich beeindruckend und Managua lasse ich links liegen. Als einziges Ereignis hält mich ein Polizist an, um mir mitzuteilen, dass es in Nicaragua nur für Polizei und Krankenwagen am Tag erlaubt ist, mit Licht zu fahren, er will aber kein Geld und entlässt mich nach nur einer Minute. Das war es dann auch schon für dieses schöne Land.

Honduras (27.-30.3.2002)

Der Grenzübertritt ist problemlos, einzig die 20 USD teure Straßennutzungsgebühr für Honduras schmerzt doch sehr. Aber schließlich fahre ich auf Straßen, die überwiegend sehr gut sind, also muss ich mich fügen! In Honduras wird die Landschaft schöner, die Temperaturen werden angenehmer, weil es ins Hochland geht und ich fühle mich richtig gut. Die Leute sind nett, Honduras gefällt mir.

Dann erreiche ich Tegucigalpa! Erfolglos versuche ich ein Hostal im 5 USD Bereich zu finden. Da Ostern ist, sind die leider geschlossen(!). Klar, an Feiertagen verreist man ja nicht!? Die nächst teurere Kategorie ist auch geschlossen und die noch eins drüber kann und will ich mir nicht leisten. So suche ich in der ganz billigen Kategorie und werde fündig. Die Herberge ist im Reiseführer als „Einfach, aber sauber" beschrieben: Einfach ist sie, sauber sieht sie nicht aus, das Bett hat zahlreiche Flecken, aber mangels Alternative nehme ich es. Im schummrigen Licht des fast fensterlosen Raumes stelle ich fest, dass es kein fließendes Wasser im Zimmer gibt. Eigentlich kein Drama, das Wasser aus einer Tonne im Hof möchte ich aber auch nicht nehmen, es sieht nicht wirklich sauber aus. Mich waschen fällt also aus, was mich zwar nervt, aber nicht umbringt.

Ich bette mich zur Ruhe, nachdem ich wohlweislich meinen Rucksack auf einem Stuhl so balanciert habe, dass kein Ungeziefer drankommt. In der Nacht werde ich durch ungewöhnliche Geräusche geweckt, kann aber den Urheber im Schein der Taschenlampe nicht entdecken. Dafür sehe ich dutzende, wenn nicht hunderte Kakerlaken in allen Größen herumlaufen. Super! Ich schalte das Deckenlicht ein, um die Viecher in ihre Löcher zu schicken, was auch funktioniert und versuche so, weiter zu schlafen. Die Geräusche höre ich aber immer wieder während der ganzen Nacht und gegen 6 Uhr sehe ich dann die riesige Ratte, die sich in meinem „Bad" bewegt. Sie lebt dort mit einer ganzen Familie in einem Loch! Ich bin ziemlich angeekelt und gegen 7 Uhr, nachdem ich mich fertig gemacht und das Motorrad gepackt habe, verlasse ich fluchtartig die Stadt. Zuerst allerdings, mache ich den Wirt auf die Ratten aufmerksam. Er weiß freilich um deren Existenz und beruhigt mich mit der Erklärung, dass die Tierchen doch niemandem etwas tun. Vielen Dank auch! Ich weigere mich, den vollen Preis zu zahlen, worauf er mit der Polizei droht. Ich bitte ihn, diese zu holen, denn ich bin sicher, ich kann sie von der Richtigkeit meines Preisabschlags überzeugen. Der Wirt lenkt ein und so bin ich auf dem Weg, als es hell genug ist!

Tegucigalpa hat einen schlechten Ruf und ich möchte das bestätigen, nicht nur aufgrund meiner Erfahrung mit der Unterkunft. Es ist ein grausames Loch, hässlich, hektisch und nicht zwei Minuten Besuch wert! Der absolute Tiefpunkt meiner Reise!

Über San Pedro Sula geht meine Route weiter nach Copan Ruinas. Die Temperaturen sind wieder sehr heiß, die Landschaft ist nett, wenn auch nicht überwältigend. Erst als ich mich Copan Ruinas nähere, gewinnt sie deutlich an Charme, wird sehr grün und saftig und das Fahren macht wieder richtig Spaß.

Copan Ruinas ist das Örtchen, das direkt neben den berühmten Ruinen von Copan angesiedelt ist. Es besteht aus hübschen kleinen Häuschen typischer kolonialer Bauart, alle sind in sehr guten Zustand, das Dorf hat sich sozusagen für die Touristen, die wegen der Maya-Ruinen kommen, fein gemacht. Am zentralen, auch sehr hübsch angelegten Platz sind einige sehr nette, sehr teure Hotels angesiedelt, die höchsten Ansprüchen genügen und auch höchste Ansprüche an die Geldbörse der Gäste stellen. Ich wage einen Blick in eines der Hotels und stelle fest, dass ich auch manchmal gerne in solchen Luxus schwelgen würde.

Mein Hostal liegt am Stadtrand, auch recht fein, aber doch in einer komplett anderen Kategorie, also recht günstig und mit kleiner schöner Terrasse, die, mal wieder, gut zum Sitzen und Entspannen geeignet ist. Im Ort gibt es sehr nette Restaurants, in denenwirklich ordentliches Essen kredenzt wird. Rundherum also sehr angenehme Zustände in diesem Kleinod von Honduras!

Beim Erkunden der Stadt treffe ich verschiedene andere Reisende mit Fahrzeugen: einen Holländer, der mit einer XR 650 R von Miami nach Südamerika unterwegs ist, eine Deutsche, die in Costa Rica eine Suzuki von einem Bekannten Ohads (dem Israeli, den ich in Costa Rica traf) gekauft hat und Erich und Maria Eugenia, ein US-Argentinisches Paar, das von Buenos Aires auf dem Weg nach Philadelphia mit einem Land Rover Defender ist. Sie haben mich vorher schon an anderen Orten gesehen, da wir eine sehr ähnliche Reiseroute haben, und sprechen mich in einer Bar an.

Alle sind wirklich nett und beim Austausch unserer Reiseerfahrungen vergeht die Zeit wie üblich im Flug. Erich und Maria Eugenia werde ich später in Guatemala wieder treffen. Später dann leider nicht mehr, da sie eine schnellere Route gen Norden einschlagen und mir davonfahren.

Am Tag nach meiner Ankunft besuchen „wir Motorradfahrer" die Maya Ruinen gleich am Morgen direkt zu Beginn der Öffnungszeit. Damit ist gesichert, dass wir vor Eintreffen der Touristenbusse, die aus Guatemala den kurzen Abstecher nach Honduras machen, Copan noch weitestgehend still genießen können. Und das frühe Aufstehen lohnt sich!
Die Ruinen sind absolut perfekt in den Urwald eingebettet und es ergibt sich ein überaus harmonisches Gesamtbild. Nach meinem Wissen ist Copan eine der letzten Maya Städte und somit Endpunkt und Gipfel der Maya-Kultur. Die Stehlen, die auf dem Areal stehen und wohl die verschiedenen Regenten aus mehreren Jahrhunderten darstellen, und ebenso die berühmte Treppe weisen ausgesprochen detaillierte Reliefs auf. Die ganze Steinmetz-Kunst ist höchst beeindruckend und schön. Manche Menschen sagen, Copan sei ein magischer Ort. Ich glaube, ich kann und muss dieser Charakterisierung zustimmen! Der Ballspielplatz, die verschiedenen Bauten, zum Teil noch von etwas Grünzeug bewachsen, die Katakomben bzw. Tunnel, in die man hinabsteigen kann (allerdings für saftiges Aufgeld, Copan ist nicht billig!), alles ist absolut traumhaft!
Andere Reisende hatten mir gesagt, dass Copan in zwei Stunden leicht besucht werden kann, ich teile diese Meinung nicht! Wir bringen fast sieben Stunden dort zu und keine Sekunde ist langweilig. Copan ist definitiv einer der Höhepunkte meiner Reise!
Sehenswert soll auch das noch recht junge Museum außerhalb der eigentlichen Ruinen sein, ich war nicht drin, weil ich nach den vielen Stunden in den echten Ruinen kein Bedürfnis mehr hatte, mich noch intensiver mit der Geschichte von Copan auseinander zu setzen, aber jeder der es besucht hat, war davon höchst begeistert. Wir verbringen noch einen weiteren angenehmen Abend im Ort, dann trennen sich erst einmal unsere Wege. Nächste Station für mich ist die Stadt Antigua in Guatemala, westlich von der Hauptstadt Guatemala Stadt.

Guatemala (30.3.-5.4.2002)

Der Grenzübertritt ist wie üblich problemlos und zügig verfolge ich den Weg nach Antigua. An der ersten Tankstelle, die ich aufsuche, sehe ich, dass Handfeuerwaffen sehr offen getragen werden. Das war mir bis dahin in keinem anderen Land aufgefallen. In ganz Lateinamerika sind Sicherheitskräfte mit teils automatischen Gewehren normal, aber Bürger mit Pistolen im Gürtel sind mir neu. Wie ich das interpretieren kann oder soll, kann ich zu diesem Zeitpunkt nicht sagen, also schiebe ich die Frage beiseite und verlege meine Aufmerksamkeit wieder auf Landschaft und Natur.

Die Straße nach Antigua führt über Guatemala Stadt, ist stark befahren und landschaftlich nicht besonders aufregend. In Guatemala Stadt, was nicht sonderlich bemerkenswert ist, verfahre ich mich dank mäßiger Beschilderung, aber schlussendlich finde ich den Weg nach Antigua. Von Guatemala Stadt klettert die Straße ordentlich bis zu einer Passhöhe, von der es folgerichtig bergab nach Antigua geht. Auch dieses Gefälle ist nicht zu verachten und stellt die Bremsen auf eine harte Probe. Die Abfahrt macht dennoch höllisch Spaß, weil ab der Passhöhe das Panorama mal wieder so richtig schön ist.

Noch auf dem Weg nach oben muss ich allerdings eine meiner heikelsten Situationen überstehen: In einer schnell gefahrenen

Kurve (bergauf, mein Glück) entgehe ich einem Sturz nur sehr knapp! Ein Teerflicken ist extrem rutschig, das Hinterrad versetzt stark und nachdem es wieder greift, kann ich den „High Sider" mit einer ordentlichen Portion Glück gerade so abwenden. Da ich knapp 100 km/h „drauf hatte", wäre der Sturz sicherlich sehr unangenehm verlaufen!

Das Tal, in dem Antigua situiert ist, wird von drei aktiven, hohen Vulkanen umrahmt. In der Region gibt es heftige seismische Aktivität, was Antigua in den letzten Jahrhunderten bei zahlreichen Erdbeben erfahren musste. Die Erdbeben haben deutliche Narben in der Architektur hinterlassen, viele Gebäude sind schwer beschädigt oder (teilweise) eingestürzt.

Dennoch ist Antigua ein wahres Kleinod (viele werden in Mexico noch folgen!), das zum Verweilen (wie immer entspannt) einlädt. Zur anstehenden Osterprozession wimmelt es von Touristen (viele Gringos), dennoch behält es seinen großartigen Charme. Ich finde ein günstiges kleines Hotel, in dem ich mich für drei Tage anmelde und nachdem ich mich eingerichtet habe, liege ich erst mal einen Tag danieder, möglicherweise eine Erkältung, vielleicht aber einfach nur Erschöpfung?!

Später erkunde ich Antigua zu Fuß und stelle zu meiner Freude fest, dass viele der tollen Kolonialgebäude restauriert oder noch in gutem Originalzustand sind. Der überall mögliche Blick auf die drei Vulkane ist sehr erhebend und des Nachts habe ich vom Dach des Hotels einen wunderschönen Blick über die erleuchtete Stadt.

Die Atmosphäre von Antigua erscheint mir etwas anders als in den anderen Kolonialstädten, möglicherweise, weil die meisten Gebäude sehr flach und die Straßen relativ breit sind, ich weiß es nicht, jedenfalls ist sie prächtig! Die Osterprozessionen, die an allen möglichen Stellen durch die Stadt ziehen sind superschön, die reich verzierten Figuren, die von den Einheimischen durch die Straßen getragen werden und die Kostüme lösen bei mir höchste Bewunderung aus.

Die Atmosphäre, die von Hunderten von Kerzen geschaffen wird, ist einfach überwältigend schön. Auf dem Boden sind mit Gewürzen und Blumen prächtige Bilder gelegt, über die die Prozession hinweg schreitet. Das Gesamtbild ist sehr erhebend, auch wenn es dem Betrachter schmerzt, die Bodengemälde mit Füßen getreten zu sehen.

Ich treffe wieder auf Erich und Maria Eugenia, wir feiern bei einem sehr leckeren Essen Wiedersehen und schmieden Pläne für weitere Zusammenkünfte, was leider nicht mehr klappen wird. Dann heißt es, wie so oft bei dieser Art Reise, Abschied nehmen. Die zwei fahren erst noch nach Westen zum Lago de Atitlan, ich fahre nach Nordosten in kühlere Gefilde, nach Lanquin. Ein Stück des Weges geht zurück über die stark befahrene Hauptstraße, dann biege ich von ihr ab in Richtung Nordwesten. Die Straße schwingt sich langsam auf Höhen mit sehr angenehmen Temperaturen, gleichzeitig wird die Vegetation dichter, grüner und schöner. Die Luft riecht sogleich sehr angenehm und das Fahren ist wieder mal purer Spaß. Verkehr ist so gut wie keiner zu verzeichnen.

In Coban, dem nächsten größeren Ort, gibt es einen privat betriebener Garten, in dem Hunderte von Orchideearten wachsen. Leider ist zu diesem Zeitpunkt keine Blütesaison, so ist der Besuch eher unspektakulär und kurz. Umso schneller komme ich voran, was angesichts immer noch recht kurzer Tage ganz günstig ist.

Hinter Coban ist die Straße nicht mehr geteert, dummerweise arbeitet man aber gerade daran, der Straße eine Teerdecke zu verpassen. Das hat nämlich zwei Auswirkungen: Zum Einen sind einige Streckenabschnitte der einspurig geführten Straße zeitweise gesperrt und zum Anderen ist als Grundlage für den Straßenaufbau eine dicke, lockere Schicht Schotter aufgebracht, die erst noch gewalzt werden muss. Im Prinzip fahre ich wie durch lockeren Sand. Da die Straße nur aus Kurven besteht, ist das Fahren sehr beschwerlich und ich kann nur extrem langsam fahren. Zusätzlich herrscht natürlich noch reger Baustellenverkehr, was bedeutet, dass fast die ganzen knapp 100 km von Coban nach Lanquin die Luft aus dichtem Staub besteht. Ein dicker weißlicher Staubteppich legt sich über mich, mein Gepäck und kriecht in alle Ritzen. Sehr unangenehm!

Aber irgendwann komme ich an und finde kurz vorm Ortseingang eine nette Bleibe mit eigener Küche und einem kleinen Teich, an dem man prächtig in der Sonne faulenzen kann. Noch etwas davor befindet sich eine berühmte Höhle, in der man mit Beginn der Dämmerung die Fledermäuse beim Ausfliegen aus der Höhle in großen Mengen beobachten kann. Gerade noch rechtzeitig komme ich an den Eingang, um dann doch nur zwei oder drei Fledermäuse aus der Höhle kommen zu sehen. Die versprochenen großen Schwärme bleiben aus. Auch am nächsten Tag, als ich noch einmal zurückkehre! Entweder die Viecher sind extrem gut getarnt und nur sehr schwer zu erspähen, oder sie sind schlicht nicht aus der Höhle ausgeflogen!?

Eine weitere Attraktion bei Lanquin ist ein Fluss, der sich an einer Stelle teilt. Der eine Zweig verschwindet reißend in einem Loch in den Boden und verläuft weiter unterirdisch, der andere Zweig fließt über eine natürliche Brücke und kreuzt dabei den anderen Zweig (bevor dieser in den Grund verschwindet) und ergießt sich dann in mehreren Stufen in mehrere natürlich geformte Becken. Das Wasser ist angenehm warm und man kann ein wenig mit den Fischen baden, was ich natürlich auch tue. Mehr als zwei Stunden halte ich es dort aber nicht aus, bevor ich mich langweile und zur Herberge zurückkehre.

Am gleichen Tag besuche ich auch noch das Innere der Höhle, in dem es zahlreiche Tropfsteine zu bewundern gibt. In der sehr schwach beleuchteten Höhle ist ein kaum gesicherter Pfad, der auf glitschigem Gestein tief in das Innere der Höhle führt. Ein Ort, an dem ich mich nicht wirklich wohl fühle, mich überkommen Beklemmungen. Hier sind auch die ganzen Fledermäuse zu finden, die sich draußen nicht zeigen wollten (oder nicht zu sehen waren). Tausende hängen in den Ecken und es herrscht rege Flugtätigkeit. Überall liegt deren Kot auf dem Boden. Ich hatte gelesen, dass in einigen Höhlen Krankheiten vom Kot und auch von den Tieren auf den Menschen übertragen werden können. Nicht in dieser Höhle, aber unwohl fühle ich mich wider besseres Wissen trotzdem.

Irgendwann spüre ich den Zwang, die Höhle zu verlassen und renne förmlich in Panik heraus. Der Besuch war sicher beeindruckend und die diversen Hallen der Höhle wunderschön, aber genießen kann ich es leider nicht. So erfahre ich über mich, dass Höhlen ganz und gar nichts für mich sind. Höhlenforscher werde ich wohl keiner mehr!

In meiner Herberge treffe ich auf eine Motorradreisegruppe mit zwei Führern und sechs Reisenden. Sie fahren auf sieben Motorrädern und haben einen Geländewagen, der auch das Gepäck transportiert, als Begleitfahrzeug. Es sind Deutsche und Schweizer, zum Teil sehr reiseerfahrene Herren aus allen Altersschichten. Sie fahren von San Pedro Sula in Honduras bis nach Tikal in Guatemala und von dort auf einer anderen Route zurück. Als Gruppe schlagen sie ein recht langsames Tempo an, so dass ich sie in Tikal wieder einhole, obwohl sie einen Tag vor mir in Lanquin abfahren. Organisiert wird deren Tour vom Motorrad Action Team in Zusammenarbeit mit Turtle Tours in Frankfurt, so erhalte ich quasi einen Gruß aus meiner Heimatstadt!

Nach zwei Übernachtungen geht es mal wieder weiter, allerdings auf einer anderen Route als ursprünglich von mir geplant. Die Führer von Turtle Tours, die diesen Teil von Guatemala scheinbar wie ihre Westentasche kennen, geben mir sehr gute Hinweise bezüglich der Straßenzustände für die Weiterfahrt nach Tikal!

Landschaft und Straße sind mal wieder ausgesprochen nett anzuschauen; obwohl ich noch nie in Asien war, fühle ich mich manchmal wie irgendwo in Vietnam, dichter Dschungel auf kleinen gerundeten Bergen erinnert mich zumindest an Fernsehbilder von dort. Möglicherweise ist das aber kompletter Blödsinn!? Die Straße ist sehr schmal, von zahlreichen Schlaglöchern gespickt und von der Mitte nach beiden Seiten abfallend, so muss man immer ein bisschen in der Mitte balancieren, um nicht zu weit an den Rand zu geraten. Vom Rand der Straße geht es dann steil bergab, wie tief genau kann ich ob der dichten Vegetation, die bis an den Rand der Straße heran recht, nicht sagen.

An einer Stelle bin ich nicht voll auf das Fahren konzentriert und gerate etwas zu weit nach links auf die Seite, auf der die Straße ins Tal abfällt. Eigentlich kein Problem, allerdings just da, wo ich dem Rand am nächsten komme, ist ein Stück der Straße ausgebrochen! Obwohl ich nicht sehr schnell fahre, ist eine schnelle Korrektur auf dem Schotter nicht möglich. Zu starke Lenkkorrekturen würden unweigerlich zum Sturz führen, so drücke ich sachte mit dem linken Oberschenkel gegen das Motorrad um die Bahn zumindest etwas zu beeinflussen. Es reicht gerade so! Mit etwa dem halben Reifen über dem leeren Abgrund kann ich den Absturz vermeiden. Hätte es nicht gereicht, wäre ich in den Dschungel gefallen und würde vermutlich noch heute da liegen. Spuren hätte ich keine hinterlassen und der Dschungel hätte mich wohl einfach verschluckt. Dörfer in der Nähe gibt es jedenfalls nicht und der Verkehr ist eher spärlich.

Ich realisiere, dass ich sehr viel Glück hatte an dieser Stelle und gestatte mir für den Rest dieser Straße keine Unkonzentriertheiten mehr! Kurz darauf ist die Straße größtenteils wieder geteert, zum Teil wird gerade daran gearbeitet, was wieder diese tiefen sandigen Passagen nach sich zieht, aber die sind glücklicherweise sehr, sehr kurz.

Insgesamt komme ich sehr gut voran und trotz fehlender Wegweiser verfahre ich mich nur einmal für ein paar Kilometer. Den Eingang zu Tikal erreiche ich viel früher als erwartet um 14 Uhr.

Tikal

Ab 15 Uhr erhält man ein Ticket, das auch für den Folgetag gilt, so beschließe ich die Stunde zu warten und plaudere mit den Wärtern. Da mir in meiner Motorradhose dauernd zu warm ist, nutze ich die Pause dazu, das Futter aus der Hose herauszuschneiden. Die Kniepolster, die in das Futter eingenäht sind, vermache ich einem der Wärter, der daraus Schienbeinschützer zum Fußballspielen basteln möchte, ich hoffe, er hat eine Möglichkeit gefunden, damit die Schützer eine schöne neue Aufgabe erfüllen!

Kurz vor drei lassen sie mich dann einfahren in den Park, der Tikal umschließt. Vom Tor bis zum Eingang der Ruinen sind es 17 km durch schönen dichten Dschungel, leider sehe ich keine Tiere. Direkt bei den Ruinen gibt es ein paar Hotels, die aber preislich recht anspruchsvoll sind. Glücklicherweise kann man ein Zelt aufstellen, was ich schwer erfreut tue. Danach besuche ich bis zum Sonnenuntergang die Ruinen. Da es schon später Nachmittag ist, sind nur noch wenige Besucher da, die den Genuss stören. Tikal ist riesig groß, so verlieren sich die ohnehin wenigen Besucher in der Weite der Anlage und ich bin meistens ganz für mich allein.

Am zentralen Platz, an dem zwei der höheren Bauten stehen sind ein paar Besucher versammelt, darunter auch die Motorradgruppe, die ich in Lanquin getroffen hatte. Sie waren nur kurz vor mir dort angekommen und das Wiedersehen freut mich.
Tikal ist eine tolle Ruinenstadt, die allein wegen ihrer Größe schon schwer fasziniert, sie hat für mich aber nicht die gleiche Magie, die mich in Copan so verzückt hat. Einige Reisende, die ich traf (z.B. Rob und Sandy aus Costa Rica), berichteten mir, dass Tikal die absolut schönste, tollste und beste Mayastätte ist, für mich bleibt Copan unangefochten. Den Besuch in Tikal möchte ich dennoch nicht missen, es ist absolut sehenswert. Für den Besuch braucht man gutes Schuhwerk, da die Entfernungen, die man innerhalb der Ruinen zurücklegen kann, einige Kilometer betragen.
Jeweils zu Sonnenunter und –aufgang sind zwei Pyramiden bei den Besuchern beliebt, da die eine recht genau nach Osten, die andere nach Westen ausgerichtet ist. Beide erheben sich deutlich über das Dach des Dschungels, so ergibt sich ein sensationeller Blick über die Bäume auf die untergehende Sonne. An mehreren Stellen sieht man, teils im Gegenlicht, die Spitzen der anderen Pyramiden aus den Bäumen herausragen. Ein einzigartiges Erlebnis!
Beim Sonnenaufgang am nächsten Morgen habe ich weniger Glück, dichter Morgennebel verhüllt die Sonne, Bäume und Pyramiden, es ist trotzdem fantastisch, früh morgens durch den noch kühlen Wald zu laufen und die Gebäude in den Nebel ragen zu sehen. Die Nacht zwischen Sonnenunter- und -aufgang ist ebenfalls spektakulär, die Brüllaffen machen ihrem Namen alle Ehre und verhindern stimmgewaltig den Nachtschlaf! Wüsste ich nicht, wer Verursacher des ohrenbetäubenden Lärms ist, hätte ich nackte Angst. Das Gebrüll von Raubkatzen erscheint mir jedenfalls lächerlich im Vergleich! Da von Rob und Sandy vorgewarnt, bin ich aber nur fasziniert von den Lebensäußerungen der Affen.
Dass ich kaum schlafe, ist nicht so tragisch, ich merke es am nächsten Tag kaum. Gegen Mittag des zweiten Besuchstages habe ich genug gesehen und so fahre ich einen Tag früher als geplant nach Belize. Von Tikal ist es nicht weit bis zur Grenze und unmittelbar nach der Grenze ist San Ignazio, einer der größeren Orte in Belize, wo ich dann schlafen will. Die Fahrt führt durch

die Mayaebene (Maya Lowlands), die recht flach ist und recht interessant begrünt ist. Mit größerem Respektsabstand stehen Palmen überall in der Ebene verteilt. Es wirkt nicht natürlich und ich fühle mich an ein frühes Computerspiel („Kaiser" auf dem C64) erinnert. Dessen Interpretation bildet überraschend exakt die Wirklichkeit dieser Gegend der Welt ab. Sehr lustig, ich schmunzele mir was in den Helm!

Insgesamt hat mir Guatemala sehr gut gefallen, ich kann es guten Gewissens immer für einen Besuch empfehlen!

Belize (5.-8.4.2002)

Der Grenzübergang nach Belize hält eine Überraschung parat: Das Einfahren nach Belize kostet kein Geld, erst später stellt sich heraus, dass das Ausfahren zum Ausgleich umgerechnet 8 USD kostet. Rückblickend habe ich mich da also zu früh gefreut! Englisch ist Amtssprache in Belize, die meisten Leute sprechen jedoch Spanisch im Alltag. Man kommt so oder so gut zurecht. Gleich nach der Grenze befindet sich eine kleine Maya Ruine namens Xunantunich, die per Hand betriebener Fähre über einen Fluss zu erreichen ist. Ein überaus freundlicher Fährmann übernimmt das Kurbeln und man kann die kurze Überfahrt in Ruhe genießen. Der kleine Abstecher lohnt sich!

Es geht einen kleinen Hügel hinauf, auf dessen Spitze drei recht kleine Pyramidenbauten errichtet sind. Von dort oben hat man einen freien Blick in alle Richtungen über die Wipfel der Bäume hinweg. In die eine Richtung ist es recht flach, in die andere kann man verschiedene Hügelketten auf dem Gebiet von Belize sehen. Schön! An den Seiten der einen Pyramide sind außergewöhnlich gut erhaltene Reliefs vorhanden, die jedoch eine exakte Kopie, keine Rekonstruktion, der original dort gefundenen darstellen. Eine Stunde erkunde ich das überschaubare Areal, dann fahre ich weiter nach San Ignazio, eine weitere Hand gekurbelte Überquerung des kleinen Flusses eingeschlossen. San Ignazio ist nett, wenig spektakulär und, wie im Reiseführer und von anderen Reisenden angekündigt, sehr teuer. Nach den günstigen Preisen in Nicaragua, Honduras und Guatemala ist das ein schwerer Schock.

Da ich sowieso nach Caracol weiterfahren möchte, beschließe ich, das einfach schon an diesem Tag zu tun. Der Weg dahin führt in die Blue Ridge Mountains, die von Nadelwald bewach-

sen sind. Zu diesem Zeitpunkt treibt jedoch ein Käfer sein Unwesen, der die Bäume stark schädigt. So haben alle Bäume keine Nadeln mehr, es sieht aus wie nach einer chemischen Entnadelung der Bäume. Die Landschaft wirkt dadurch sehr karg und hat viel von ihrer eigentlichen Schönheit eingebüßt.

In diesem Teil von Belize gibt es einige sehr teure Ferienressorts, in denen die Reichen und Schönen, unter anderem aus den USA, Ferien machen können. Es wird berichtet, dass Francis Ford Coppola dort ein Anwesen besitzt, was wohl kundgetan wird, um Touristen zu locken.

Wie gesagt, normalerweise ist es dort sehr schön, wegen der Probleme bleibt der Tourismus aber weitestgehend aus und die meisten der dort angelegten Ressorts sind geschlossen. So erfüllt sich meine Hoffnung, in einer der Herbergen etwas zu Essen zu bekommen, erst mal nicht. Sehr hungrig erreiche ich dann meine letzte Hoffnung, das „Seven Sisters"-Ressort, in dem die Küche glücklicherweise arbeitet, es sind nämlich doch ein paar

Gäste da. Es ist das teuerste Ressort in der Gegend, die Nacht kostet über 100 USD und die Gerichte sind entsprechend teuer. Da ich keine Wahl habe (ich kann gar nicht gut hungern), füge ich mich in mein finanzielles Schicksal, glücklicherweise richtet mir aber die supernette Bedienung ein kleines Gericht für relativ wenig Geld und der monetäre Schaden bleibt erträglich. Auf der Terrasse sitzend mit Blick auf die „Seven Sisters" Stromschnellen nehme ich das köstliche Mahl ein. Bei den in der beginnenden Abenddämmerung angenehmen Temperaturen einfach eine schöne Angelegenheit. Das Essen schmeckt, obwohl nur ein Snack, sensationell!

Nachdem ich wohlgenährt bin, breche ich auf, um mir ein Nachtlager zu suchen. In Augustine, ein paar Kilometer weiter, errichte ich schon im Dunkeln mein Zelt neben einer Rangerstation. In der Gegend gibt es noch viel freilaufende Raubtiere, so dass mir tatsächlich ein bisschen unwohl ist, weil mein Zelt ungeschützt direkt am Waldrand steht. Es ist natürlich unsinnig, sich so nah an der Zivilisation Sorgen zu machen, aber Augustine besteht nur aus wenigen Häusern, die sehr verlassen aussehen und ich sehe nirgends Licht oder andere Anzeichen von Menschen. Erst später kommt der Ranger, begrüßt und beruhigt mich. Die Nachtruhe beende ich recht früh, denn die Morgenstimmung am Waldrand ist fantastisch! Der Morgennebel hängt über der Wiese und schafft eine mystische Atmosphäre und ein Kolibri ist eifrig unterwegs und bezaubert mich mit seinem kunstvollen Flug. Mit dem Zeltabbau lasse ich mir ordentlich Zeit, aber immer noch früh breche ich auf Richtung Caracol. Caracol liegt am Ende der Straße, die eine Sackgasse ist.

Es sind etwa 80 Kilometer über eine teilweise mit brutalen Löchern gespickte Piste. In der Regenzeit ist diese Straße mit einem Motorrad sicher unpassierbar, man kann sehen, dass meterdicker Schlamm ein Fortkommen dann sicherlich unmöglich macht. Aber jetzt ist keine Regenzeit, die Strecke ist trocken und wunderschön. Sie windet sich durch den Wald, der hier weit besser aussieht als in den Blue Ridge Mountains. Caracol ist eine große Mayastätte, die aufwendig restauriert wird, um eine wichtige Touristenattraktion in Belize zu werden. Viele Arbeiter sind zur Zeit meines Besuches damit beschäftigt, die große Hauptpyramide im Prinzip neu aufzubauen. Die meisten der kleineren Pyramiden sind noch gänzlich vom Urwald überwuchert und es wird leicht deutlich, wie auch große Pyramiden mehrere Hundert Jahre unentdeckt in der Landschaft herumstehen konnten. Meterdick wuchern Wurzeln über und durch die Bauwerke. Humus und Blätter sorgen dafür, dass kein Stein von außen zu sehen ist. Wären die Hügel, die so entstehen, nicht so perfekt symmetrisch, würde man nicht ahnen, dass sie nicht natürlichen Ursprungs sind!

Ein paar Stunden streife ich dort herum, dann kehre ich Caracol den Rücken und fahre zurück nach Norden. Auf dem Rückweg kehre ich wieder im Restaurant vom „Seven Sisters"-Ressort ein und wieder esse ich den gleichen, preisgünstigen, sehr leckeren Snack. Ich erreiche die geteerte Hauptstraße, die über Belmopan, der Hauptstadt von Belize, nach Belize Stadt führt. Bei Belmopan ist ein Abzweig nach Süden, auf den Hummingbird Highway. Dieser windet sich durch allerschönste Waldlandschaft und dabei führt er kaum Verkehr. Ich schwinge wohl gelaunt die Straße lang und selbst ein wenig Regen stört mich nicht weiter. Am Blue Hole mache ich kurze Rast und gehe mit ein paar Fischen schwimmen. Das Blue Hole ist ein fast rundes Becken, das ein kleiner Fluss in den Fels gegraben hat. Vom Rand des Beckens steigt der üppig begrünte Fels fast senkrecht vielleicht ein dutzend Meter auf, so ergibt sich das Bild eines riesigen Trichters. Unten im Becken ist ein Abfluss, durch den der Fluss in eine Höhle verschwindet. Aus irgendeinem Grund ist das Wasser sehr bläulich gefärbt, was eine interessante Atmosphäre schafft. Nach dem kurzen Bad fahre ich erfrischt weiter, den Eintritt von umgerechnet 4 USD versuche ich zu verdrängen (wie gesagt, Belize ist kein Sonderangebot).

Kurz vor Dangria an der Küste gibt es eine Abzweigung nach Süden, wie üblich unbeschildert, aber Passanten können mir bestätigen, dass es die Straße ist, die ich nach Süden nehmen möchte. Ich bin auf dem Weg zum Cockscomb Jaguar Sanctuary, einem Reservat für Jaguare, in dem mehr Jaguare leben sollen, als an jedem anderen Platz dieser Welt (bzw. die höchste Populationsdichte aufweist). Zuerst brauche ich aber ein Nachtlager, das ich in Sitee River finde. Der Abzweig nach Sitee River von der Hauptstraße ist – natürlich – nicht kenntlich gemacht, mit ein wenig Raten und ein paar Nachfragen finde ich aber hin. Die Herberge, die ich suche, ist leider ausgebucht, aber glücklicherweise kann ich auch hier mein Zelt aufschlagen. Sehr idyllisch liegt es direkt am gleichnamigen Fluss, der ein Stück weiter im Atlantik mündet. Die Betreiber der Herberge können glücklicherweise auch Essen servieren, was mir eine große Hilfe ist. Wie meistens bin ich ohne Reserven zu meiner Tagesetappe gestartet und war zwischendurch zu faul, nach Essbarem Ausschau zu halten. So werde ich gut versorgt und trotz vieler lästiger Mücken kann ich eine entspannte Nacht verbringen.

Wie meistens breche ich früh nach ausgiebigem Frühstück auf und fahre die recht schlechte Piste von Sitee River hinauf zum Eingang des Cockscomb Sanctuary, welches in den Hügeln gelegen ist. Das Sanctuary soll etwa 40 bis 50 Jaguaren eine Heimat bieten, ob das stimmt, weiß ich nicht, ich sehe jedenfalls keinen, was nicht überraschend ist, da ich ja tagsüber da bin und die Tiere nachtaktiv sind. Ich hoffe aber andere Tiere zu sehen, sehe aber absolut rein gar nichts, nicht mal eine Schlange oder Spinne. Nur Mücken.

Ich wandere ein paar Stunden entlang einiger ausgeschilderter Pfade, das Sanctuary ist sehr schön und trotz Abwesenheit der Fauna freue ich mich über meinen Besuch. In der Rangerstation gibt es wenigstens Bilder von all den Tieren, die man mit etwas Glück sehen kann. Die Katzen und die Schlangen sind schon sehr, sehr schöne Tiere, aber um sie in freier Natur zu sehen, muss man wohl ein paar Nächte unterwegs sein und auch ein wenig Glück haben.

Am frühen Nachmittag fahre ich zurück über den wunderschönen Hummingbird Highway nach Norden, der Belize Zoo ist mein Tagesziel. Kurz vor Torschluss komme ich dort an, eigentlich will ich bloß heraus finden, wann er am nächsten Morgen aufmacht, weil ich denke, dass es an diesem Tag nicht mehr lohnt, aber ich habe mal wieder Glück: Für diesen Abend wird eine Nachtführung angeboten, bei der eine kleine Gruppe den Zoo unter kundiger Führung in der Nacht besuchen kann. Vorteil einer Nachttour ist, dass die nachtaktiven Tiere dann natürlich aktiv sind, man kann sie also besser beobachten! Nach Erwerb des Tickets suche ich eine Bleibe, die ich in wenigen Kilometern Entfernung finde. Es ist eine Art Jugendherberge, die für angemeldete Studentengruppen (üblicherweise aus den USA) mehrwöchige Kurse in Sachen Ökologie anbietet. Als ich dort ankomme, sind gerade keine Gäste da, so habe ich den ganzen Schlafsaal für mich und muss ihn nur mit ein paar lautstarken

Fledermäusen teilen, die im Dachstuhl nisten. Ansonsten ist es sehr lauschig, da sich hinter dem Haus quadratkilometerweise Naturschutzgebiet erstreckt. Sehr schön!

9 Uhr abends beginnt die Führung im Zoo, die mit einer tollen Demonstration startet: Eine recht große Boa Constricta kann man auf den Arm nehmen, ebenso eine junge Tarantel auf die Hand und als Höhepunkt (für mich jedenfalls der Höhepunkt) kann man eine Eule mit einem Hühnerbein auf den eigenen Arm locken – man trägt dabei natürlich einen Falknerhandschuh! Ich nutze die Gelegenheit, alle drei Tiere so nah zu bewundern und es ist absolut sensationell die ziemlich große Eule auf dem eigenen Arm tragen zu dürfen. Sie ist ausgesprochen hübsch und so dicht habe ich eine Eule noch nie betrachten dürfen. Auch Spinne und Schlange sind großartig und so hat sich der Besuch des Zoos schon in den ersten paar Minuten gelohnt.

Aber auch die restlichen Tiere, die man danach bestaunen kann, sind den Besuch wert, viele Großkatzen, Affen und Vögel sind da und weitere nachtaktive Tiere. Tolle Sache, mit Scheinwerfern bewaffnet durch einen Zoo zu gehen! Die meisten Tiere haben ein persönliches Verhältnis zu dem Tierpfleger, der uns durch den Zoo geleitet und sie zeigen sich bereitwillig, wenn er auftaucht. Von einem Tier, das wir zu sehen bekommen, habe ich noch nie zuvor gehört: es ist das Jaguarundi, einer kleiner Katze, die mit einem Jaguar so gar nichts zu tun hat und mit einer seltsam spitzen Nase nicht sehr katzentypisch aussieht. So lerne ich bei dem Besuch sogar etwas vollkommen Neues!

Als letzter Gast darf ich den Führer noch begleiten, als er all die Tiere, die für die Nachtführung noch nicht in den Nachtboxen waren, eben in diese geleitet. Dabei kann ich die Tiere noch mal richtig nahe erleben und kann auch einen Blick hinter die Kulissen des Zoos werfen. Super interessant! Irgendwann muss ich dann leider auch gehen, bin aber sehr glücklich mit den Zoobesuch.

Zurück in meiner Bleibe geht das Tierleben aber noch weiter, mit Kopflampe ausgerüstet mache ich mich auf den Weg vom Schlafsaal zum Waschraum und sehe überall im Gras Lichtreflektionen bis in eine Entfernung von vielleicht 30 oder 40m. Es stellt sich heraus, dass es die Augen von kleinen Spinnen sind, die das Licht reflektieren. So kann ich also mit meiner Taschenlampe sehr leicht alle Spinnen auf dem Gelände der Jugendherberge finden. Eine faszinierende Sache, noch nie zuvor habe ich die Augen von Spinnen leuchten sehen! Das war es dann auch schon für meinen kurzen Besuch in Belize, nach drei schönen Tagen ist jetzt Mexico an der Reihe.

Mexico (8.4.-1.5.2002)

Wie erwähnt, muss ich an der Grenze Geld für die Ausreise aus Belize zahlen, ein Novum, und in Mexico einen ordentlichen Betrag für die Einreise meines Motorrades. Für meine Person wird eigentlich auch eine Gebühr fällig, aber aus irgendeinem Grund muss ich das nicht gleich, sondern später bei der Ausreise zahlen, vielleicht ist das sogar üblich!? Bei meiner Ausreise kann ich dann nicht mit Kreditkarte zahlen, und da ich zu diesem Zeitpunkt komplett blank bin, kommt es nicht zur Zahlung. Ich weiß nicht, was passiert, wenn ich das nächste Mal nach Mexico einreise, da ich aber sicher eines Tages nach Mexico zurückkehren werde, werde ich es eines schönen Tages bestimmt herausfinden!

Größeres Problem ist das Thema Versicherung für die Honda: die von mir in Deutschland abgeschlossene Versicherung, die für Lateinamerika bis einschließlich Belize galt (exklusive Kolumbien), ist eben auch für Mexico ungültig! Schon ab Guatemala hatte ich deswegen per Email Kontakt mit einer Versicherung in den USA (Sunborn) aufgenommen, aber mir konnte von der Sachbearbeiterin kein passendes Produkt vermittelt werden und irgendwann hat sie auf meine Anfragen einfach nicht mehr geantwortet. Danke, Sunborn!

So hoffe ich an der Grenze eine Agentur zu finden, was laut Reiseführer auch so ist, aber für Motorräder finde ich keine Angebote, nur für Autos. Entsprechend beschließe ich, einfach unversichert weiterzufahren. Davor wird aufgrund der Gesetzeslage in Mexico zwar dringend abgeraten (bei ungeklärter Rechtslage – im Falle eines Falles – ist es wohl möglich, inhaftiert zu werden, damit man sich nicht aus dem Staub machen kann), aber ich kann ja schlecht außen herum fahren! Anfangs fahre ich deswegen auch noch vorsichtig, aber schon am dritten Tag ist es als Bremsargument in unberücksichtigte Bereiche des Gehirns gerutscht und ich heize so weiter wie bisher.

Die Honda bleibt in der Folge bis zum Schluss meiner Reise unversichert, nach meinen guten Mexico-Erfahrungen gehe ich davon aus, dass in den USA wegen des schwachen Verkehrs ebenso nichts passieren wird. Was auch stimmt, ich bleibe von Unfällen und Diebstählen verschont!

Ein weiteres persönliches Highlight ist mein Versuch, an der Grenze Belize-Dollar in mexikanische Pesos umzutauschen. In Belize Stadt hatte ich mich mit Bargeld eingedeckt, weil ich es sonst nicht bis an die Grenze geschafft hätte (Sprit!), habe aber die belizianische Währung nicht in US Dollar eingetauscht, weil die Schlange in der Bank sehr lang war und ich keine Lust hatte zu warten. An der Grenze kann ich schließlich auch tauschen, denke ich mir. Das geht auch, allerdings bieten die halblegalen Geldhändler an der Grenze einen fürchterlichen Kurs, den ich nicht akzeptieren will.

Schon etwas sauer, da die Händler auf meine Angebote nicht eingehen wollen, suche ich eine Alternative. Es gibt keine Wechselstube und die eine Bank, die im Zollfreigebiet residiert, tauscht angeblich kein Geld. Also fahre ich 20 km zurück zum letzten Ort. Dort gibt es zwei Banken: Die eine hat bis zum nächsten Tag geschlossen, die andere tauscht Geld nur in US Dollar, wenn ich zuvor US Dollar in Belize Dollar in eben dieser Bank getauscht habe. Habe ich natürlich nicht!

Auch mexikanisches Geld kann ich nicht bekommen, also ziehe ich völlig geladen unverrichteter Dinge davon, weil ich bei dieser Bank 30 Minuten in der Schlange gewartet habe, da auf einem Schild zu lesen war, dass man Geld wechseln kann.

Ich rase zurück zur Grenze und reihe mich in die Schlange derer ein, die ins Zollfreigebiet wollen. Die Bank dort ist meine letzte Hoffnung. Wieder warte ich ewig, bis ich drankomme, um dann wieder zu erfahren, dass man mir nicht helfen kann. Deprimiert verlasse ich die Bank und draußen entlade ich meinen Frust, indem ich mein Motorrad trete, das bestimmt nichts für meine Misere kann. Dabei zerstöre ich das Rücklicht! Toll gemacht!

Noch frustrierter kehre ich mit gesenktem Haupt zu den Geldhändlern zurück und jetzt, da die Jungs wissen, dass ich keine Alternative habe, korrigieren diese ihre Angebote noch mal nach unten. Der Kurs, den ich jetzt akzeptieren muss, ist noch schlechter als ursprünglich.

Meine Unwilligkeit in Belize Stadt kurz zu warten, bezahle ich also mit 30 USD für das Rücklicht, etwa 40 USD an Kurswechselverlusten (bei etwa 120 USD zu tauschendem Geld) und etwa 2,5 Stunden meiner Zeit. Ich bin stolz auf mich!

Kurz nach der Grenze liegt Chetumal, wo ich eigentlich schlafen wollte, finde leider nichts Passables zu vertretbaren Konditionen und fahre weiter nach Norden. Zuerst darf ich aber noch USD in Pesos wechseln, was sogar zu akzeptablen Konditionen (den besten in Mexiko!) machbar ist. Chetumal zeigt dabei schon, dass der Lebensstandard in Mexico deutlich über dem von Guatemala, Belize, Nicaragua und Honduras liegt, und so bin ich auf Mexico gespannt!

Vor Mexico hatte ich vor Antritt meiner Reise einen gehörigen Respekt, da ich hier eine hohe Kriminalitätsrate und sehr korrupte Polizisten erwartet habe. Glücklicherweise stellt sich heraus, dass alle Befürchtungen völlig unbegründet waren. Mexico ist eben nicht nur Tijuana oder Ciudad Juarez, wo die Verhältnisse möglicherweise wirklich nicht berauschend sind. Jedenfalls sind meine Bedenken beim Anblick von Chetumal richtigerweise gehörig ins Wanken geraten.

Zwischen Chetumal und Tulum verläuft eine kerzengerade, gut ausgebaute Straße, auf der man sehr schnell vorankommt. Da hat die mexikanische Polizei allerdings etwas dagegen, da sie alle Fahrzeuge, die von Guatemala kommen, sehr intensiv auf Drogen untersucht. Nach langem Warten und komplettem Abladen meines Gepäcks, darf ich weiterfahren und komme spät am Abend in Tulum an, wo ich gleich eine günstige, gute Bleibe finde. Das Motorrad muss leider draußen bleiben, was mich etwas nervös macht, da die Honda ja seit dem Morgen nicht mehr versichert ist. Aber nix passiert und es ist schon die vorletzte von zwei Nächten in Mexico, in denen das Mopped draußen bleiben muss.

Ich bleibe nämlich zwei Nächte in Tulum und besuche an einen Aufenthaltstag die berühmten Maya Ruinen von Tulum, die wirklich ziemlich schön sind, allerdings ist das Genießen erschwert, da sich Horden von Pauschaltouristen, die von Cancun in riesigen Bussen hierher gekarrt werden, durch die Ruinen wälzen. Der Unterschied zu Tikal oder Copan ist gewaltig und die Massen gehen mir gehörig auf die Nerven. Sie repräsentieren eine Art Tourismus, mit der ich absolut nichts anfangen kann (zumindest momentan noch nicht, man weiß ja nie!?).

So verweile ich nicht lang und besuche am Nachmittag einen einsamen Strand, nur um ein weiteres Mal festzustellen, dass am Strand herumliegen selbst in paradiesischer Umgebung nichts für mich ist. Diese von mir erworbene Erkenntnis hält mich unverständlicherweise nicht davon ab, vier Tage auf die Isla des Mujeres zu fahren, um mich auszuruhen. Ich langweile mich kolossal, und rückblickend kann ich nicht nachvollziehen, was mich geritten hat, das zu tun. Die Zeit ist komplett vertan, aber da ich im Hotel vorab gezahlt habe und der Tarif nur bei vier Tagen Aufenthalt gilt, bleibe ich.

Die erste Nacht auf der Insel verbringe ich an Bord eines kleinen Katamarans, der einem Kanadier gehört. Dieser hat mir die Übernachtungsmöglichkeit angeboten, weil er etwas in Geldnöten ist. Zuerst verstehe ich mich ganz gut mit ihm, dann merken wir aber schnell, dass wir nicht ganz auf der gleichen Wellenlänge unterwegs sind und so bin ich am Folgetag sehr froh, das günstige Hotel gefunden zu haben. Der Tarif, den ich bezahle, soll laut einem Einheimischen übrigens der niedrigste sein, von dem er jemals gehört hat. Das wäre das erste Mal in meinem Leben, dass ich bei Preisverhandlungen erfolgreich gewesen wäre!

Bleibt noch anzumerken, dass die Nacht auf dem Boot extrem erholsam war, weil ich fantastisch geschlafen habe. Ich werde zwar üblicherweise schnell seekrank, aber auf Segelbooten schlafen klappt bei mir immer ganz gut!

Das berühmte Cancun, vor dessen Küste die Isla des Mujeres liegt, ist völlig überflüssig: Betonburgen, die überall auf dieser Welt stehen könnten, voll übergewichtiger Pauschaltouristen.

Wer es mag, soll hinfahren, ich finde es grausam! Also fahre ich flugs weiter durch das topfebene Yukatan nach Merida und mache zwischendurch Halt im weltberühmten Chitchen Itza. Eine tolle Anlage, wiederum voll von der gleichen Sorte Touristen wie in Tulum, aber da das Areal ungleich größer ist, ist es sehr viel leichter zu ertragen. Auf dem riesenhaften Ballspielplatz, der der größte aller Indioruinen ist, habe ich sogar ein paar magische Momente, in denen ich komplett alleine bin. Links, rechts und am Ende des gigantischen Platzes die hohen Wände, über mir der klare Himmel mit ein paar Wolkenfetzen, sensationell!

Ballspielplatz, Chitchen Itza

Besonders beeindruckend finde ich auch das so genannte Monastery (Kloster), das von den spanischen Eroberern aufgrund der Bauform so benannt wurde (es hat die Eroberer an einen Klosterbau erinnert). Aber auch das Observatorium und die große zentrale Pyramide sind überwältigend!

Sehr erheiternd ist das Schauspiel, das die Pauschaltouristen beim Besteigen und Absteigen der großen Pyramide bieten: Es sind Seile befestigt, die den Touristen zur Sicherung dienen, da die Treppe recht steil ist, aber wie ungelenk und unbeholfen die Leute sich an dem Seil hochziehen und wie sie, teilweise auf dem Hintern sitzend, die Treppe herunterrutschen ist schon erschütternd! Selbst viele junge Menschen sind von der körperlichen Anstrengung scheinbar völlig überfordert.

Der Blick von der Pyramidenspitze auf den umliegenden Wald und die restlichen Ruinen ist aber ungeachtet der dicken Touristen jedenfalls toll!

Anzumerken zu meinem Besuch ist noch, dass ich an einem Sonntag in Chitchen Itza vorbei komme, was bedeutet, dass der Eintritt kostenlos ist! Das gilt scheinbar in ganz Mexico an den Sonntagen, so können auch die nicht wohlhabenden Einheimischen ihre Kulturgüter bewundern!

Von Chitchen Itza ist es nicht weit nach Merida, einer wunderschönen Stadt in der nordwestlichen Ecke von Yukatan. Auf dem Weg werde ich ein weiteres Mal sehr gründlich auf Drogen untersucht, kann aber schneller als das erste Mal meinen Weg fortsetzen. In Merida finde ich kein freies günstiges Hostal, so campiere ich auf einem Campingplatz, der eigentlich für große Wohnmobile amerikanischer Machart gedacht ist, bis auf ein Wohnmobil ist der riesige Platz aber völlig leer, was sehr angenehm ist. Die Eigner des Platzes sind ein älteres Ehepaar, dass finanziell recht gut gestellt ist und den Platz wohl nur als Zeitvertreib verwaltet. Sie laden mich am Abend zu sich ein und wir plaudern eine Weile in sehr angenehmer Atmosphäre über die wirtschaftlichen Probleme Mexicos und die Pläne der Eheleute, irgendwann nach Florida zu ziehen. Solche kleinen privaten Begegnungen sind immer wieder sehr erfrischend!

Die Altstadt von Merida ist ganz nett, mal wieder kolonial, schöner finde ich aber das Stadtviertel an der nördlichen Ausfallstraße, die zu einem großartigen Prachtboulevard umgestaltet wurde, indem alle Gebäude herrlich restauriert wurden. Mit vielen schönen Bäumen ergibt sich eine großartige Atmosphäre. Also fahre ich sie ein paar Mal rauf und runter und genieße ein Essen im wahrscheinlich schönsten McDonalds auf der ganzen Welt. Für Unmut sorgt nur der Parkplatzwächter, der mir untersagt, mit der Honda einen Autoparkplatz zu benutzen und mich zum Abstellplatz für Zweiräder schickt. Auf den habe ich aber von der Terrasse des McDonalds keine Sicht, was ich wegen meines Gepäcks aber gerne haben möchte, so streite ich mit dem guten Mann, der nur seinen Job machen will. Letztendlich finden wir einen für beide tragbaren Kompromiss, ich darf mein Mopped auf dem breiten Gehweg abstellen. Interessant ist bei dieser Geschichte für mich, wie die reichen Weißen in ihren Refugien innerhalb der sonst in Sachen Regeln doch oft eher entspannten

Schwellen- und Entwicklungsländern sehr genaue Vorschriften festlegen, die unnachgiebig von billigen Hilfskräften durchgesetzt werden. Überall sonst wäre mein Parken völlig egal gewesen, aber dort, wo die „Rechte" der Reichen gefährdet sind, wird genau gemaßregelt.

Trotzdem mir Merida sehr gut gefällt, bleibe ich nur eine Nacht, denn als Etappenziel wartet Palenque, die nächste weltberühmte Maya Stätte, auf die ich sehr gespannt bin. Die Etappe ist sehr lang und nach anstrengender Fahrt (inklusive Treffen mit dem japanischen Fernsehteam), verlasse ich die Ebene der Yucatan-Halbinsel und nähere mich dem Hügelzug, an dessen Rand Palenque gelegen ist. Die Maya-Stätte Palenque und die gleichnamige Ortschaft sind zur Abwechslung mal ordentlich ausgeschildert. So finde ich den Weg ins Zentrum ohne Probleme. Eine günstige Schlafgelegenheit in einem Hostal finde ich leider nicht, so mache ich mich auf die Suche nach einer Zeltmöglichkeit, die ich kurz vor den Ruinen, etwa 12 km außerhalb des Zentrums, auch finde. Der Campingplatz ist mitten im Grünen gelegen und hat eine dicke, saftige Wiese, auf der auch eine schwarze und eine weiße Kuh leben. Der ausgewiesene Zeltplatz liegt im unteren Bereich der Weide. Als ich mein Zelt dort aufbaue, ist von den Kühen nichts zu sehen, des Nachts muss ich dann leider (oder vielleicht lustigerweise) feststellen, dass exakt der Platz, den ich mir zum Zeltbau ausgesucht habe, der Nachtruheplatz der beiden Kühe ist! Konsequenterweise liegen sie, als ich nach meinem abendlichen Ausflug in die Stadt zurückkehre, um mein Zelt drapiert und versperren mir den Eingang. Da es stockfinster ist, ist mir die ganze Situation ein wenig unheimlich, speziell das Verhalten der schwarzen Kuh kann ich nämlich überhaupt nicht einschätzen und mit Kühen hatte ich genau genommen vorher noch nie zu tun, so denke ich zwar, dass Kühe an und für sich harmlos sind, aber sie sind auch sehr groß, so bin ich mir über deren Harmlosigkeit dann doch nicht so sicher. Irgendwann schaffe ich es ins Zelt, als die Kühe davon traben, höre sie aber kurz darauf zurückkommen und spüre den Atem der beiden Kühe durch die Zeltwand, die sie berühren. Wenn jetzt eine einen Herzinfarkt hat und zur Seite kippt, ist es um mich geschehen, denke ich mir, schlafe aber doch ganz passabel.

Am Morgen muss ich dennoch schön über mich lachen und die zweite Nacht gehe ich schon viel entspannter an (wenn auch nicht völlig entspannt). Am Abend meiner Ankunft auf dem Zeltplatz lerne ich Bob und Carl kennen, mit denen ich den ersten Abend verbringe (vor dem Kuh-Horror). Der Abend ist sehr interessant, da Carl und Bob schon mehrmals in Mexico waren und viel Wissenswertes über Palenque und Mexico zum Besten geben können. Ein sehr netter Abend!

Am nächstem Morgen lerne ich auf dem Zeltplatz den zweiten Übernachter des Zeltplatzes kennen, Sigrid aus Schwäbisch Hall. Sie hat auch schon eine Menge Reise-Erfahrung, da sie zeitweise als Reiseleiterin arbeitet, und weiß ebenso viel Interessantes zu berichten. Ich nehme sie auf dem Motorrad mit zu den Ruinen von Palenque und wir verbringen den kompletten Tag bei angeregter Unterhaltung miteinander. Palenque ist, wie nicht anders zu erwarten, überwältigend und selbst die große schwüle Hitze, für die Palenque berüchtigt ist, stört nicht weiter. Am Mittag ist die Hitze sogar von Vorteil, weil die meisten anderen Besucher sich im Schatten verkriechen und man die Ruinen dann für sich allein hat (mehr oder weniger). Palenque ist jedenfalls ein weiterer Höhepunkt der Fahrt. Der Palast und die Ruinenbauten sind wiederum völlig anders als die Bauten von Chitchen Itza, Tikal oder Copan und so werden die Ruinen nicht langweilig und bleiben spektakulär. Kleine Ausflüge in den umliegenden Dschungel unternehmen wir auch, nur beschränkt durch einen Parkwächter, der einen bestimmten Weg versperrt, weil sich in

Palenque

dem dahinter liegenden Waldgebiet wohl immer wieder Touristen verlaufen haben. Schade, denn wir vermuten in dem für uns nicht zugänglichen Bereich noch eine Ruine! Am frühen Nachmittag verlassen wir Palenque und fahren auf wunderschöner, geschwungener Straße zum Wasserfall Misolha, wo man baden kann. Ein großes, warmes, mit grünem Wasser gefülltes Becken hat sich unterhalb des Falles gebildet, umgeben von viele Meter hohen Felswänden. Der Eindruck vom Wasser aus (und auch sonst) ist sensationell! Hinter dem Wasserfall in der Felswand ist eine kleine Höhle, in die man einsteigen kann. In der Höhle verläuft ein Fluss, so watet man im Wasser. Glücklicherweise habe ich eine Lampe dabei, so kann ich im Dunkel etwas sehen, und was es zu sehen gibt, ist toll: nach ein paar Metern öffnet sich der schmale Gang in eine große Halle, durch deren Decke sich ein weiterer, rauschender Wasserfall in den See ergießt, der den gesamten Hallenboden mit glasklarem Wasser bedeckt. Im Schein der Taschenlampe eine tolle Ansicht! Der Weg bis zur Halle geht durch hüfthohes Wasser, so bin ich nach der Rückkehr aus der Höhle vollkommen nass, aber da es draußen ja sehr heiß ist, ist das völlig egal. Wieder draußen gibt es außerdem die Möglichkeit, sich fast direkt in den Strom fallenden Wassers zu stellen, was ich natürlich ausprobiere. Auch das ist klasse, das Wasser ist knallhart auf der Haut, schließlich fällt das Wasser ein paar Dutzend Meter, und sorgt so für eine angenehme Massage. Nach ausgiebigem Spielen und Erholen beschließen wir, den Heimweg anzutreten und die Fahrt zurück ist natürlich auch wieder prima. So war es bis dahin ein sehr runder Tag, der kurz vor Ankunft in Palenque Stadt durch eine weitere intensive Durchsuchungsaktion des mexikanischen Militärs eine kleine Unannehmlichkeit bereithält, die ich aber gelassen (mehr oder weniger ...) über mich ergehen lassen kann. So endet der Tag mit einem schönen Mahl in einem netten Restaurant und trauter Dreisamkeit mit zwei Kühen auf der Weide. Ich schlafe aber ganz gut!

Am Folgetag mache ich mich nach dem Abschied von Sigrid auf den relativ kurzen Weg nach San Cristobal de las Casas, deren Ruf, eine tolle Kolonialstadt zu sein, ihr weit vorauseilt. Auf dem Weg halte ich bei den Wasserfällen Agua Azul, die wirklich schön sind und da ich sehr früh am Morgen da bin, noch menschenleer sind (wie immer gut!). Obschon der Eintritt für die

Wasserfälle happig ist, lohnt sich der Besuch allemal. Aber da der Tag noch lang wird, fahre ich bald weiter.

Nächster Stopp ist die Maya-Ruine Tonina, die von den meisten Touristen glücklicherweise ignoriert wird. Es ist eine einzige riesige pyramidenartige Struktur, die auf einem natürlichen Hügel aufsetzt und mächtig groß ist. Vom obersten Punkt der Pyramide hat man in alle Richtungen einen fantastischen Blick. Noch vor 20 Jahren, wenn ich mich an die Jahresanzahl richtig erinnere, war alles unter Erde und Pflanzen verborgen und die Bewohner der Umgebung hielten das komplette Gebilde für einen natürlichen Berg. Im Museum, das vor Ort eingerichtet wurde, gibt es noch Bilder vom Zustand vor der Freilegung. Wirklich glaubhaft, dass man da keine Gebäude darunter vermutet hat. Das tolle an Tonina, abgesehen davon, dass es eine der höchsten Maya-Gebäude (ich glaube, sogar das höchste) ist, sind die Räume, in denen man herumlaufen kann. Tief in den Berg hinein kann man sich in Gängen herumtreiben und

Mitla

erahnen, wie die Leute damals gelebt haben. Teilweise sind fantastisch erhaltenen Reliefs vorhanden, teilweise werden sie noch freigelegt, man kann den Archäologen dabei ein wenig über die Schulter schauen. Und das völlig ungestört, weil, wie gesagt, keine oder kaum Besucher da sind. Ganz oben auf dem höchsten

Turm bleibe ich sehr lange sitzen und sinniere völlig zufrieden in die Gegend. Dann ist es leider Zeit weiterzufahren, San Cristobal wartet! Dort angekommen scheitere ich daran, in einer der Jugendherbergen ein Zimmer zu finden. Alles ist belegt! So finde ich eine kleine nette Pension, in der ich preisgünstig, aber gediegen unterkomme. Der Nachteil an solchen kleinen Pensionen ist immer, das man kaum Leute trifft, aber ich bleibe nur zwei Nächte, so gibt es genug zu sehen, um sich nicht zu langweilen. San Cristobal ist touristisch sehr erschlossen, hat aber auch seinen kolonialen Charme bewahrt! Die Altstadt hat unzählige wunderschöne Gebäude und eine Menge sehr hübscher Kirchen. Deren Architektur begeistert mich ja immer wieder. Eine Kirche liegt am Rande der Altstadt auf einem Hügel, der Aufstieg ist etwas beschwerlich (hunderte Stufen), aber der Ausblick von oben ist grandios! Wieder unten, setze ich mich mit einem Buch in einen kleinen Park vorm Eingang eines Klosters (oder eines ehemaligen Klosters) und genieße in der Sonne die Ruhe. In diesem Teil der (insgesamt recht großen) Altstadt sind auch kaum Touristen unterwegs, so dass man einen kleinen Einblick in das Leben der Ortsansässigen gewinnen kann. Hauptsächlich bin ich aber an der Sonne in meinem Gesicht interessiert. Die zwei Tage langweilen mich also gar nicht und zufrieden mache ich mich auf den langen Weg nach Oaxaca.

Es wird eine der längsten Etappen auf meiner Reise, die augrund teils extremer Temperaturen sehr beschwerlich wird. Unterwegs bleibe ich fast ohne Sprit stehen, weil ich in Santo Domingo Tehuantepec zu faul zum Tanken und der Meinung bin, dass zwischen da und Oaxaca sicherlich eine Tankstelle sein wird. Weit gefehlt, denn da sind leider keinerlei Tankstellen. So frage ich in jedem Ort nach irgend jemanden, der privat etwas Benzin übrig hat und tatsächlich, im vierten oder fünften Ort gibt es eine kleine Werkstatt, in der ich für einen horrenden Preis ein paar Liter kaufen kann. Glück gehabt! Danach bin ich dann wieder in der Lage, die Landschaft, die in glühender Hitze vor mir liegt mit ihren vielen Kakteen in verschiedenen Formen zu genießen.

Kurz vor Oaxaca liegen die versteinerten Wasserfälle von Hierve del Agua. Woraus die Ablagerungen, die den Wasserfall bilden genau sind, weiß ich nicht, aber der Anblick der in verschiedenen Farben schillernden Fälle ist schon recht imposant. Glückli-

Schokoladenmaschinen, Oaxaca

cherweise gibt es direkt an den Fällen eine Übernachtungsmöglichkeit in einer Hütte, da ich nach dem anstrengenden Tag viel zu müde bin, um mir das Zelt aufzubauen. In der gleichen Hütte nächtigen auch Scott und Katie, ein US-Pärchen aus Ashville, North Carolina, mit dem ich mich prächtig verstehe. So prächtig, dass wir uns in Oaxaca, Mexico Stadt und in San Miguel de Allende wieder treffen! Er ist Musiker und sie bildende Künstlerin, aber beide sind keine Spinner, was mir als bodenständigen (mehr oder weniger) Menschen gefällt. Wir plaudern lange bis in die Nacht, bevor wir uns zurückziehen, so ist das Aufstehen am Morgen beschwerlich, aber eine ordentliche Dusche macht ja (fast) immer fit. Kurz besichtige ich erst die Wasserfälle und fahre dann weiter zu einer Maya-Stätte (deren Namen ich vergessen habe), an der der zweitgrößte Ballspielplatz nach Chitchen Itza zu finden ist. Auch sonst ist es eine wunderschöne Anlage, auf der ich ordentlich Zeit zubringe und in den umliegenden Hügeln rumklettere. Was mit der Motorradkleidung bei 30 Grad nicht wirklich angenehm ist! Es folgt mein Besuch von Mitla, eine weiteren kleinen Maya-Stätte, die als Besonderheit noch originale Farbreste enthält. Diese Reste dokumentieren, wie schön die Maya-Paläste damals verziert gewesen waren! Dummerweise gerate ich an dieser Stätte in die Fänge einer Pauschaltouristenhorde aus Deutschland, die einen Haufen schlauer Kommentare zu meinem Offenbacher Kennzeichen und meiner Honda machen. Schnell mache ich mich aus dem Staub und bin diesen Leuten sicher nicht als netter Zeitgenosse ich Erinnerung, aber damit kann ich leben!

Kurz darauf erreiche ich Oaxaca. Dort angekommen finde ich erst im sechsten oder siebten Hostal eine Möglichkeit, das Motorrad mit hinein zu nehmen, so dauert die Suche eine ganze Weile. Mir bleibt aber noch der ganze Nachmittag, die Stadt zu erkunden. Oaxaca ist schon wieder eine fantastische Kolonialstadt mittlerer Größe mit einem wunderschönen zentralen Platz, massig grandiosen Kirchen und Kathedralen und der wichtigsten Schokoladenverarbeitung des Landes (glaube ich). Auf alle Fälle gibt es dort zahlreiche kleine Produktionsstätten, wo Kakaobohnen und Gewürze zu Schokoladenmasse vermengt werden, die dann trink- oder essbare Schokolade ergibt. Die altertümlichen Gerätschaften, die dafür verwendet werden, sind wunderschön und komplett mechanisch. Der Kakao-Geruch, der in den Straßen steht, ist auch gar nicht mal unangenehm! Mit Scott und Katie treffe ich mich am Abend und wir ziehen durch ein paar Kneipen, was wieder mal zu einer viel zu kurzen Nacht führt. Trotz folgender Müdigkeit am Morgen suche ich erfolgreich Kakaobohnen, die ich mit nach Deutschland bringen möchte und am Mittag beschließe ich, entgegen meinem ursprünglichen Plan, der eine weitere Übernachtung vorsah, weiterzufahren, da ich mir einbilde, genug von der Stadt gesehen zu haben.

Mexico Stadt kann ich an dem Tag nicht mehr erreichen, so ist Puebla mein Etappenziel. Kurz vor Puebla befindet sich der Ort Atlixco, sehr nahe am berühmten Vulkan Popocatepetl. Dort ist auf einem kleinen Hügel eine Kapelle, die oft auf Fotos zusammen mit dem Vulkan zu sehen ist und zu dieser Kapelle möchte ich fahren. Dabei muss ich durch das hübsche Atlixco durchfahren und dann auf den Hügel hoch. Die Aussicht von dort auf den Vulkan ist zwar unverbaut, leider ist die Luft aber nicht sehr klar, so dass der Vulkan nur schemenhaft zu erkennen ist, obwohl ich nur wenige Kilometer entfernt bin. Trotzdem ein erhebender Anblick! Beim Hinabfahren sammle ich mit meinem Hinterrad einen Nagel auf und habe meinen dritten und letzen Platten.

In Atlixco gibt es leider keine Möglichkeit, einen Motorradreifen reparieren zu lassen, so entschließe ich mich, endlich mal das Reifen-Fix Set zu verwenden und nach Puebla weiterzufahren. Wider Erwarten (mehrfach hatten mir Leute prophezeit, dass das Zeug nutzlos ist) funktioniert das ganze hervorragend und ich erreiche wenig später das 30 km entfernte Puebla ohne Schwierigkeiten. Eine Bleibe ist auch bald gefunden und ich kann den Abend damit verbringen, Puebla zu erkunden. Wieder eine fantastische Altstadt, als Besonderheit haben fast alle Gebäude eine Fassade aus Kacheln! Ungewöhnlich, diese Bauweise habe ich weder vorher noch nachher jemals wieder in Lateinamerika gesehen! Der zentrale Platz ist mal wieder absolut umwerfend, er ist voller Bäume und Leben und Springbrunnen und die umliegenden großartigen, teils auch großen Gebäude inklusive einer wunderschönen Kirche (die es in Mexico wirklich zuhauf gibt) schaffen eine tolle Atmosphäre.

Im Foyer einer Bank gibt es eine Ausstellung zur Geschichte der Stadt, in der Bücher und Dokumente ausliegen, in der alte Stadtpläne, Verträge und Briefe zu sehen sind. Alle Exponate sind original und zum Teil 400 Jahre alt! Auch wenn ich nur wenig lesen kann, ist die Ausstellung doch höchst beeindruckend, die Geschichte unmittelbar erfühlbar. Toll!

Am Morgen lasse ich meinen Reifen richtig flicken, ein passender neuer Reifen ist leider nicht zu haben. Der Händler, bei dem ich die Reparatur ausführen lasse, ist ein sehr netter Inder, der Generalimporteur für Royal-Enfield Motorräder nach Mexico ist. Diese Motorräder werden seit Jahrzehnten fast unverändert in Indien nach britischer Lizenz gebaut, es sind also Oldtimer, die einfach noch gebaut werden. Ein wenig so wie die Käfer-Produktion, die, so weit ich weiß, in Puebla stattfindet. Es stehen einige der Enfields im Verkaufsraum und es sind wirklich schöne Motorräder!

Der Händler (Name leider nicht mehr parat) ist dabei, mit Enfield Motor und modifiziertem Rahmen einen Starrrahmen-Chopper aufzubauen, den er in einer Kleinserie selbst produzieren und in Mexico und den USA verkaufen möchte. Der Prototyp, der dort in der Werkstatt steht, ist außergewöhnlich schön und ich wünsche ihm, dass er sein Projekt erfolgreich am Markt platzieren kann!

Einem anwesenden Kunden verkaufe ich meine Protektoren-Weste, die ich im Gelände in Südamerika noch getragen hatte, die aber irgendwann der Hitze zum Opfer gefallen ist und nur noch als großes Gepäckstück genervt hat. Er freut sich über die Weste, die so wohl kaum in Mexico zu finden ist, ich mich über 40 USD und Platz. Prima!

Gegen Spätvormittag mache ich mich auf den Weg nach Mexico Stadt. Mir bangt ein wenig, habe ich doch einige Horrorgeschichten über diese Stadt gehört, speziell in Bezug auf das Fahren in selbiger. Die Landstraße von Puebla nach Mexico Stadt ist anfangs viel befahren, was mich pausenlos zu wilden Überholmanövern zwingt, dann lichtet sich aber irgendwann der Verkehr und die Straße geht teilweise durch schöne Waldgebiete in eine bergige Landschaft, wo die Luft überraschenderweise angenehm und kühl ist. Das Fahren macht dort richtig Spaß! Die Hügel, in denen ich unterwegs bin, überragen die Hochebene von Mexico Stadt nach Osten, so dass man, von dort kommend

Zocalo, Mexico Stadt

einen Pass überquert und nach Mexico Stadt hinab fährt. Theoretisch müsste man die Stadt auf der Abfahrt in der Ebene liegen sehen können, alles was man sieht, ist aber eine weiße milchige Masse, die über der Hochebene liegt. Eine Stadt ist weit und breit nicht auszumachen! Nachdem ich nach grandioser Abfahrt die Ebene erreicht habe, befinde ich mich irgendwann auf einer Einfallstraße, die circa 5 bis 8 Spuren aufweist. Ich folge den Centro Schildern und passe mich der Geschwindigkeit der anderen Fahrzeuge an, die teils sehr schnell fahren, und nach einigen Kilometern bin ich dann endlich in der Nähe des Zentrums. Bis dahin habe ich noch nichts Schönes sehen können und denke, dass ich mit einer Übernachtung hinkomme. Dann finde ich den Weg zum Zocalo, dem zweitgrößten Platz der Welt (nach dem Roten Platz in Moskau) und bin mit einem Schlag von Mexico Stadt eingenommen, überwältigt, begeistert! Schwer zu beschreiben, was da in mir vorgeht! Es ist sensationell, wie gewaltig und gewaltig schön die Gebäude in der Altstadt von Mexico Stadt sind! Natürlich sind sie wegen der schlechten Luft relativ schmutzig braun, aber ihrer Schönheit nimmt das nur wenig! So bleibe ich ein paar Minuten auf dem Zocalo stehen und versuche zu verstehen, was sich da vor mir befindet.

Wie es der Zufall so will, sind Scott und Katie genau zu diesem Zeitpunkt auch auf dem Zocalo! Als voll bepackter Motorradfahrer bin ich schon auffällig und so sehen sie mich gleich. Sie haben kurz vorher den Templo Mayor besichtigt und die Erbauer dieses Tempels waren der Ansicht, dass der Ort, an dem sich der Zocalo befindet, das Zentrum des Universums ist. So interpretieren wir unser Treffen nicht als Zufall, sondern als Bestimmung. Es war vorhergesehen, dass wir uns am Zentrum des Universums wieder sehen! Oder so. Das Wiedersehen ist auf alle Fälle sehr herzlich und wir beschließen, einige Sachen gemeinsam zu machen. Ich finde ein günstiges Hotel fast direkt am Zocalo, in dem ich mein Motorrad in das Foyer fahren kann, was ich prima finde. Das Hotel ist gerade dabei, komplett renoviert zu werden und die Zimmer sind bis auf Telefon und Fernseher schon fertig, nur das Treppenhaus und das Foyer müssen noch renoviert werden. Das bedeutet, dass die Zimmer recht luxuriös sind, aber immer noch den alten Preis von knapp 12 USD kosten, was ich für die zentrale Lage sensationell günstig finde! Außerdem befindet sich mein Hotel genau gegenüber von Scott und Katies Hotel, was natürlich auch sehr praktisch ist.

Schnell habe ich mich überredet, doch etwas länger in der Stadt zu bleiben und rückblickend ist es wahrscheinlich möglich 4 oder mehr Wochen als Tourist in Mexico Stadt zu bleiben ohne irgendetwas doppelt zu sehen oder sich auch nur eine Minute zu langweilen. Das Angebot an Kultur, Grünanlagen, Restaurants, Sehenswürdigkeiten und was auch immer man noch interessant finden könnte, ist unerschöpflich. Die Museen sind supersensationell, der Palacio de las bellas Artes ist ein Jugendstilgebäude vom allerfeinsten und absolut überwältigend. Das weltberühmte Museum für Anthropologie ist schwer beeindruckend und viele weitere Museen sind ebenso einfach großartig. Ich bleibe vier Tage, in denen ich mir die berühmte Universität anschaue, deren Gebäue teils mit riesigen Mosaiken versehen sind, die auch heute noch, über 30 Jahre nach der Erbauung, einfach sensationell sind. Direkt nebenan befindet sich das Olympiastadion von 1970, eine wunderschöne Anlage, die sich in einem guten Zustand befindet und von den Studenten zum Training benutzt wird. Im Reiseführer steht, dass die Anlage schwer heruntergekommen ist, aber die Realität straft ihn Lügen! Da ich mich erinnern kann, in meiner Kindheit oft in einem Bildband über die Olympischen Spiele von Mexico geschmökert zu haben, ist es für mich ganz besonders reizvoll, die Anlage in der Realität erleben zu dürfen!

Schön finde ich auch, dass die studentische Atmosphäre mit einer Menge Aushängen an wilden Plakatwänden sich kaum von der an einer deutschen oder wahrscheinlich jeder anderen Uni dieser Welt unterscheidet. Auch hier liegen die Studenten mit Unterlagen in der Sonne und genießen das Campusleben. Ganz so wie überall sonst. Hier darf man halt zusätzlich noch die Mosaike von Riviera bewundern!

Auf dem Weg zur Universität und dem Olympiastadion habe ich eine lustige Zusammenkunft mit einem mexikanischen Polizisten. Er ist von meinem deutschen Kennzeichen angelockt und möchte meine Papiere sehen, dummerweise habe ich meinen Pass mit der Motorradgenehmigung im Hotel vergessen! Ich reiche dem Polizisten nur meinen Führerschein, nehme ihm den aber nachdem er ihn abgenickt hat, direkt wieder aus der Hand, was sich wenig später als Vorteil erweisen soll. Der Herr Polizist bescheidet mir, dass ich ohne die Genehmigung für das Motorrad nicht weiterfahren darf. Ich frage ihn, was ich machen soll, denn Motorrad alleine lassen und mit dem Bus ins Hotel fahren und Papiere holen ist keine Option.

Er antwortet, er weiß es nicht, aber so weiterfahren geht nicht. Punkt! Natürlich ist er auf einen Nebenverdienst aus, aber ich sage ihm, dass ich nichts zahlen werde, weil alles in Ordnung ist und ich nur meine Papiere vergessen habe. Er wiederum sagt, schön, aber so kann ich nicht weiterfahren! Schlussendlich bietet er an, dass wir gemeinsam zum Hotel fahren, um die Papiere zu holen. Eigentlich fair, aber zum Hotel ist es bei meiner, nicht ganz legalen Fahrweise über eine Stunde zu fahren. Mit dem Polizisten, der auf einer schwerfälligen Harley Davidson sitzt, wahrscheinlich zwei. Nicht gut also. Aber es gibt nur die Möglichkeit zu bestechen oder mitzufahren, so willige ich schließlich ein, zum Hotel zu fahren. Den Nachmittag und damit den Besuch der Universität schreibe ich damit ab, aber ich will auf keinen Fall zahlen.

Dann sind die Götter auf meiner Seite: Der Polizist fährt vor mir über eine Kreuzung, deren Ampeln gerade umschalten. Natürlich halte ich, die Ampel ist ewig rot. Der Polizist fährt zwar sehr langsam, weil er mich im Rückspiegel anhalten gesehen hat, aber dennoch stetig weiter und so ist er, als die Ampel wieder grün wird, ein paar Hundert Meter vor mir. Bei grün biege ich schnell rechts ab und mache mich aus dem Staub, er kann mir nicht folgen! Ich flüchte in ein paar Nebenstraßen, dann befinde ich mich recht plötzlich in einem wohlhabenden Viertel von Mexico Stadt. Dort komme ich bei einem BMW-Händler vorbei und beschließe, die Motorräder dort zu bestaunen, um ein wenig Zeit verstreichen zu lassen. Ab und an schaue ich nervös aus dem Fenster, um zu schauen, ob der Polizist vielleicht auf der Suche nach mir ist, aber bald entspanne ich mich. Der Händler ist ein sehr netter Mensch, der von meiner Geschichte, die ich natürlich zum Besten geben muss, begeistert ist und er bietet mir Getränke und Essen an. Wir plaudern sehr lange über Motorräder, die Vor- und Nachteile von Mexico Stadt und seine Liebe zu BMW-Motorrädern. Außerdem wirbt er zwischendurch noch ein wenig für seine Tochter, die er wohl unter die Haube bringen möchte, aber er akzeptiert dann doch meinen Einwand, dass ich eine Freundin habe.

Nach etwa zwei Stunden angenehmer Plauderei fahre ich dann zur Uni und habe einfach einen schönen Tag, einen von vier in Mexico Stadt.

Am Folgetag erwerbe ich auch einen neuen Hinterradreifen, so dass die Honda wieder für viele Kilometer gerüstet ist. Mexico Stadt verlasse ich nach vier Übernachtungen, obwohl ich noch lange hätte bleiben können und bin froh, dass ich die Fahrt in die mexikanische Hauptstadt auf mich genommen habe. Das Fahren hatte ich übrigens nach ganz kurzer Gewöhnung voll im Griff und jetzt bin ich sicher, dass ich überall auf der Welt im Straßenverkehr zurechtkomme und überleben kann (obwohl, da gibt es ja noch Indien!?).

Ich hatte jedenfalls unglaublich viel Spaß in Mexico Stadt und es ist einer der absoluten Höhepunkte meiner Reise gewesen!

Von hier geht es weiter nach Teotihuacan, einer Ansammlung von riesenhaften Pyramiden. Eine von ihnen ist die höchste in ganz Amerika! Wer die Anlage erbaut hat, ist wohl nicht ganz klar, auf jeden Fall hat diese Kultur beim Bau gewaltiges geleistet. Ich besteige die beiden höchsten Pyramiden, von deren Spitze man weit in die flache Landschaft schauen kann, und bin von der Größe der Anlage, deren eine Achse einige Kilometer lang ist, angetan. Außer mir sind da noch ein paar Tausend andere Touristen, aber in der Größe der Anlage verlieren sie sich fast. Es ist ungewöhnlich heiß für diese Gegend (in Mexico Stadt war es schon untypisch heiß), so dass das Herumlaufen in der Anlage in Motorradkleidung wieder mal eine rechte Herausforderung für den Kreislauf darstellt, so streiche ich nach nur zwei Stunden die Segel und fahre weiter nach San Miguel de Allende, wo ich auch wieder auf Scott und Katie treffen will.

San Miguel de Allende entpuppt sich als weiteres koloniales Kleinod, dessen Schönheit schon wieder fast kitschig ist. Ich finde ein tolles Hostal für kleines Geld, das sich in Laufentfernung vom Hauptplatz befindet. Da ich an zwei von drei Tagen recht angetrunken nach Hause muss, ist das sehr praktisch. Die drei Tage benutze ich nur zur Entspannung, zum Lesen, Essen, gammeln und um Zeit mit Scott und Katie zu verbringen. Wir verstehen uns prächtig und ich hoffe, dass wir uns eines Tages wieder über den Weg laufen werden.

Einen Tag nutze ich für einen Ausflug nach Guanajato, das noch schöner als San Miguel sein soll, was ich aber nicht bestätigen kann. Es hat ein paar sehr nette Gebäude, aber sonst kann es nicht mithalten. Das besondere an Guanajato ist allerdings das Straßensystem: Der größte Teil der Straßen verläuft in Tunneln unterhalb der Stadt, die in einer Art schmalen Talkessel liegt. Diese Tunnel sind wohl schon recht alt und es scheint, als ob alle Gebäude auf Stelzen über den Tunneln thronen, zum Teil wirken die Tunnel wie ein riesiger Gewölbekeller. Die Tunnel gehen zum Teil sehr steil bergauf und bergab und das ganze ist sehr unwirklich. Ich weiß nicht, wie dieses Tunnelsystem entstanden ist (Bergbau?), aber es ist wohl einzigartig auf der Welt. Jedenfalls drehe ich ein paar Runden darin und amüsiere mich dabei prächtig! Abgesehen davon, dass in den Tunneln auch eine sehr angenehme Temperatur herrscht.

Zurück in San Miguel ist am Abend eine kleine Geburtstagsfeier für eine Kneipe, die „Cantina", angesetzt. Scott, Katie und ich verabreden uns dort und zuerst scheint es relativ unspektakulär, so dass wir noch woanders hingehen, die Musik ist aber auch nicht wirklich prickelnd, so dass wir noch mal dorthin zurückkehren und wie es der Zufall so will, ist Teil der Geburtstagsfeier ein Scheibenreiter, der House-Musik auflegt. Ich hatte Latino-Kram (an den ich mich einfach nicht gewöhnen mag) erwartet, werde aber glücklicherweise enttäuscht. Der Scheibenreiter hat bis früh am Morgen allerschönste, heitere, housige Musik parat, die die Anwesenden sehr zum Feiern anregt. Da das Corona recht günstig ist und ich mir dachte, dass ich mich zumindest ein einziges Mal mit Corona in seinem Heimatland richtig zurichten muss, betrinke ich mich also gründlich und genieße den Abend immens! Bei schönster Musik, schön betrunken stehe ich leicht wippend mit einem dämlichen Grinsen im Gesicht am Rande der Tanzfläche und finde einfach alles toll. Ein riesiger Abend, leider auch die letzte anständige Feier, die ich auf meiner Reise erlebe. Scott und Katie verlassen die Feier vor mir, sind aber ähnlich gutgelaunt. Für den Tag meiner Abreise bin ich bei Scott und Katies Großmutter, die seit vielen Jahren in San Miguel wohnt, zum Frühstück eingeladen, was ich sehr nett finde!

Sie wohnt in einer wunderschönen Villa oberhalb der Altstadt mit Blick über dieselbe und in die Ebene, die sich bis zum Horizont erstreckt. Fantastisch schön ist der Ausblick von der Terrasse, die Temperatur ist angenehmst und das Frühstück sehr lecker. Das Angebot noch zu bleiben ist sehr verlockend, aber ich fahre dann doch, der Weg nach Alaska ist noch weit.

Nächstes anvisiertes Ziel ist Real de Cattorze, eine kleiner Bergbau-Ort, in dem Teile des Films „The Mexican" mit Brad Pitt gedreht wurden. Er liegt sehr nahe an der von mir geplanten Reiseroute, so mache ich den Abstecher. Der Ort ist sehr klein und nur durch einen mehrere Kilometer langen Tunnel zu erreichen. Das finde ich sehr erheiternd!

Außerdem sind vorher etwa 30 km Kopfsteinpflaster zu absolvieren. Wer auch immer das Pflaster gelegt hat, er hat mein Mitleid! In Real de Cattorze, das eigentlich nur zwei Straßen aufweist, gibt es keine anständige, günstige Gelegenheit zu übernachten, so schaue ich nur die Kirche an, fahre kurz durch den Ort (wie gesagt, sehr klein) und fahre auch schon weiter Richtung Monterrey. Die Straße dorthin ist eintönig, aber dafür sehr gut ausgebaut, so dass ich gut vorankomme. Mit Einbruch der Dunkelheit erreiche ich Saltillo, einen Ort, der zuerst einen sehr unschönen Eindruck macht und ich finde auch nur eine schäbige Bleibe. Bei meiner Abfahrt am Morgen finde ich aber noch die ausgesprochen schönen Stadtteile, die aber alle neueren Datums sind. Saltillo ist meine letzte Station in Mexico, mein Abschied aus Lateinamerika steht an, was mich an diesem Tag nicht wehmütig stimmt. Ich bin froh endlich in die USA zu kommen, ich bin es etwas leid immer wieder genau überlegen zu müssen, wie ich mich in Spanisch ausdrücken muss, nie den passenden Sprit zu finden und anständiges Essen für kleines Geld immer suchen zu müssen oder in schlecht sortierten Supermärkten zweitklassige Nahrungsmittel zu finden. Auch bin ich den Müll am Straßenrand, der in Mexico fast so schlimm wie in Peru ist, leid und freue mich auf die Sauberkeit in den USA.

Später werde ich viel von Lateinamerika vermissen und die USA stärker verwünschen als ich das jemals mit einem lateinamerikanischen Land getan habe, aber das weiß ich zu diesem Zeitpunkt noch nicht!

Jedenfalls überquere ich zwischen Nuevo Laredo und Laredo den Rio Grande, was mich irgendwie an John Wayne Filme erinnert und was ich superklasse finde und bin fortan in der ersten Welt unterwegs. Das Abenteuer ist an dieser Stelle vorbei und die Reise hat alle Unwägbarkeiten eingebüßt. Hochinteressant ist, dass das Überqueren eines Flusses genügt, um zwischen zwei Kulturen zu wechseln, die scheinen, als ob sie an zwei verschiedenen Enden der Galaxie existieren. Unfassbar. Sofort ist alles im Überfluss vorhanden und leicht verfügbar, was mich am Anfang noch erleichtert, aber irgendwann wird mir das Überangebot (von vielfach Mist) auf den Keks gehen.

Nordamerika

USA (30.4.–5.6.2002)

Wie auch immer, Laredo hat genau nichts zu bieten, so fahre ich weiter nach Del Rio, wo der nächste Campingplatz verfügbar ist. Ab jetzt ist nämlich wieder Camping angesagt. Die Hostalkultur ist in den USA nur sehr wenig verbreitet und billige Motels kosten immer noch deutlich über 20 USD. Eine weitere Sache fällt in den USA weg, für die ich sehr dankbar bin: Es gibt keine streunenden Hunde oder sonstige Tiere mehr, die unkontrolliert in der Gegend herumlaufen und ein Hindernis für Fahrzeuge sind. Damit gibt es keine Kläffer mehr, die mir hinterher rennen, um mich zu beißen und auch keine überfahrenen Hunde oder Ziegen oder ähnliches mehr, deren Verwesungsgestank mich beim Motorradfahren immer voll getroffen hat. Genau wie es nicht mehr den Gestank von verbranntem Müll gibt, der für fast alle Ansiedlung jeglicher Größe in Lateinamerika schon fast charakteristisch ist. Das ist in USA und Kanada eher nicht verbreitet!

Einer der Campingplätze in Del Rio liegt an einem kleinen See in einem Naturschutzgebiet namens International Amistad Reservoir. Wie vielfach üblich muss man sich selbst registrieren und eine ausgewiesene Menge Geld in einen Umschlag stecken und in eine Art Briefkasten-Safe werfen. Ich habe nicht genug Geld dabei und werfe nur die Hälfte ein. Das stört niemanden und so werde ich fortan nicht immer die gewünschte Menge Geld einwerfen, einige Male sogar gar nichts. Das ist zwar eigentlich nicht korrekt, aber die geforderten Preise sind oft lächerlich hoch und es gibt oft nicht mal fließendes Wasser, für was also zahlen?! Dieses Mal lasse ich mich für einen reduzierten Betrag nieder, baue mein Zelt auf und lege mich schlafen. Nicht lange, da werde ich von Donnergrollen geweckt. Ein urgewaltiges Gewitter zieht sehr nahe vorbei. Dabei entlädt es sich pausenlos mit gewaltigen Blitzen, die mit ohrenbetäubendem Krachen ringsherum einschlagen. Mir ist sehr bange, da der Campingplatz in einer recht flachen Landschaft auf einem der höchsten Punkte liegt, noch dazu am Rande einer großen Wasserfläche!

Die wenigen Campervans, die auch auf dem Platz sind, fahren aus dem Gewittergebiet heraus, weil sie sich auch nicht sicher sind, ich habe aber aufgrund meiner Müdigkeit keine Lust, alles einzupacken und suche Schutz unter einem blechernen Unterstand, von dem ich hoffe, das er im Falle eines Falles als

Faradayscher Käfig herhalten kann. Glücklicherweise werde ich nicht getroffen und lege mich nach fast zwei Stunden Bangen wieder schlafen.

Es hat keinen Tropfen geregnet, aber die Elektrizität in der Luft war förmlich greifbar! Meine Erleichterung ist jedenfalls riesengroß, dass ich meine erste Nacht in den USA überlebt habe.

Am Morgen geht es weiter nach El Paso, als einziges Highlight auf der Etappe sehe ich eine Schlange, die vor mir den Highway überquert, ansonsten ist es hauptsächlich einfach sehr, sehr heiß. Kurz vor El Paso besteht die Luft hauptsächlich aus aufgewirbelten Sand, was für diese Jahreszeit dort laut den Anwohnern sehr typisch ist. Es gibt einen starken Wind, der jedes Jahr für einige Wochen den Himmel über El Paso verdunkelt und die Lebensqualität doch erheblich beeinträchtigt. Die restliche Zeit des Jahres muss das Klima wohl angenehm sein, aber davon merke ich nichts.

El Paso ist Etappenziel, weil es dort den weltgrößten Harley-Davidson Händler gibt und irgendwie hatte ich lange gedacht, ich könnte meine Honda für einen guten Preis gegen eine günstige HD eintauschen. Weit gefehlt, der Eintausch wäre zwar möglich, aber die angebotenen HDs sind alle dermaßen lächerlich teuer, dass ich unverrichteter Dinge weiterziehe. Meiner Honda bleibe ich also mehr oder weniger gezwungener Maßen treu! El Paso ist ansonsten hoch unspektakulär, eine typische, öde US-Stadt ohne eigenständigen Charakter. Die Nacht kostet mich dort 40 USD, weil es kein Hostal und auch keinen Campingplatz gibt. Nach einer Nacht, einem Ölwechsel und einer neuen Batterie flüchte ich und fahre nach White Sands, einer kleinen Wüste aus Gipssand, die nahe einem Testgelände für Raketen liegt bzw. Teil desselben ist. Soweit ich weiß sind damals die ersten Atombombentests dort durchgeführt worden.

White Sands

Heute ist dort auch noch die Hollowman Air Force Base, auf der mit deutschen Tornados Übungsflüge durchgeführt werden. Ich finde es hochinteressant, die Tornados in vielleicht 50m Höhe über der Interstate 70 mit sehr langsamer Geschwindigkeit fliegen zu sehen. Deutsche Steuergelder bei der Arbeit, denke ich mir albernerweise dazu, aber wer weiß, wozu das gut ist!? Die White Sands Wüste ist jedenfalls wunderschön, der Sand ist perfekt weiß und wirkt fast wie Schnee. Ich verbringe eine Nacht mit dem Zelt in den Dünen. Anfangs (speziell beim schwierigen Zeltaufbau) ist der Wind extrem stark, aber mit der Nacht beruhigt er sich und legt sich fast komplett. Es ist Vollmond und ich verbringe etwas Zeit mit Betrachten von Mond und Sternen, was mit dem starken Licht des Vollmonds in fantastischer Atmosphäre geschieht. Außer mir ist in der Nacht im Park nur noch ein Japaner, der aber kaum Englisch spricht und dessen Zeltplatz auch einige Dünen weiter ist, so sehe ich ihn nicht mehr und ich fühle mich so alleine wie nirgends zuvor auf meiner Reise. Die Suche nach dem Zeltplatz ist übrigens sehr interessant, fast alle Wegweiser sind von Winde umgeworfen worden und die Landkarten, die am Parkeingang ausgegeben wurden, sind nicht so besonders genau.

Aber irgendwo lasse ich mich dann im Schutz einer Düne an dem schönen Platz in perfekter Einsamkeit nieder. Außer ein paar schwarzen Käfern sehe ich leider überhaupt keine Tiere, dabei gibt es im Park einige wirklich schöne, wie einen weißen Fuchs, Skorpione, Schlangen und einige Nager. Und die schwarzen Käfer, von denen eine Menge unterwegs sind. Mein ursprünglicher Grund, White Sands zu besuchen ist übrigens ein

Monument Valley

gleichnamiger Film von Anfang der 90er Jahre, der bei den Kritikern durchgefallen ist, mir aber wirklich gut gefallen hat, trotz der Mitwirkung von Mickey Rourke! Nach einer Nacht habe ich genug von der Einsamkeit und fahre gen Monument Valley.
Die Etappen in den USA sind generell lang, was mit den nicht unerheblichen Distanzen zwischen den Attraktionen zu tun hat, so schaffe ich es nicht in einem Rutsch und muss unterwegs ein Nachtlager suchen. Campingplätze sind weit verstreut, so ist es nicht einfach, immer einen passenden zu finden, aber dieses Mal habe ich Glück und komme im Bluewater State Park unter. Dieser Park ist recht hoch gelegen, so dass die Temperaturen dort in der Nacht empfindlich fallen, aber nach der Hitze in Texas ist das sogar ganz angenehm. Ich komme spät dort an und fahre früh weiter, so spare ich mir die Übernachtungsgebühr. Außer mir scheint in dem Park niemand zu sein, ich begegne dort jedenfalls niemandem. Was ich angenehm finde!
Auf dem weiteren Weg zum Monument Valley fahre ich über einige Straßen, die ich auf meiner ersten USA Reise 1994 schon befahren habe und ich empfinde so etwas wie Heimatgefühle.
Wirklich wiedererkennen tue ich nichts, aber irgendwie vertraut scheint die Landschaft schon. Den wirklich schönen Canyon de Chelley, den Matthias und ich auf der letzten Reise besucht haben, lasse ich rechts liegen und mache erst halt in Kayenta, einem Nest unterhalb des Monument Valley. Die Landschaft bis dahin führt durch einigermaßen abwechslungsreiche Berglandschaften, so ist die Fahrt durchaus erträglich.
In Kayenta treffe ich Denny Pink, einen Polizisten aus Fort Collins, der auf einer Moto Guzzi California unterwegs ist, mit der er schon über 50.000 km gefahren ist. Dieses Mal kam er von einer Ausfahrt mit einem Moto Guzzi Club irgendwo in Californien. Er ist sehr nett und wir plaudern bei einem gemeinsamen Mittagessen über das Motorradreisen. Zum Abschied schenkt er mir zwei Sätze Ohrenstöpsel, was die Lautstärke unter meinem Helm dramatisch reduziert und ich frage mich, wieso ich da nicht schon vor 30.000 km drauf gekommen bin! Der Unterschied im Komfort ist jedenfalls enorm.
Ebenfalls in Kayenta treffe ich auf das bereits erwähnte japanische Kamerateam, was ich schlichtweg unglaublich finde! Wie wahrscheinlich ist es, dass man diese lange Strecke von Peru über Mexiko nach Kayenta in ziemlich genau der gleichen Zeit

zurücklegt und dann auch noch die gleichen Flecken aufsucht!?
Denny ist ob dieser Zufallsbegegnung sehr amüsiert und auch ein wenig verwundert, dass ich so fern der Heimat auf so gute alte Freunde treffe, jedenfalls begrüßen die Japaner und ich uns so, als ob wir lange verschollene Familienmitglieder wiedergefunden haben. Leider sehe ich sie dort zum letzten Mal!
Mit Denny fahre ich dann die paar Kilometer nach Norden bis zur Abzweigung zum Monument Valley, wo wir uns trennen, da er für den Tag noch eine Monsteretappe auf dem Weg nach Hause auf dem Plan hat. Eine kurze aber sehr herzliche Begegnung geht zu Ende.
Das Monument Valley selbst gefällt mir sehr gut. Neben der schönen Landschaft kann ich zudem wieder ein bischen auf Schotter fahren, was mir jetzt ab und an sogar Spaß macht. Leider sind nicht alle Wege für die Öffentlichkeit zugänglich oder nur mit Führer zu befahren, aber ich denke, ich sehe auch so genug von den bizarren Felsformationen!
Insgesamt bin ich nur knapp 1,5 Stunden im Park, dann zieht es mich weiter gen Page am Lake Powell. Die Fahrt geht durch ähnliche, karge Landschaft wie zuvor und ohne großes Aufhebens erreiche ich den kleinen Ort, der den Zugang zu dem riesigen Stausee bietet. Es scheint noch außerhalb der Saison zu sein, da wenig los ist, trotzdem finde ich im Ort keine günstige Übernachtungsmöglichkeit für mein Zelt, alles ist auf diese dämlichen Campervans ausgelegt, was heißt, dass die Preise für einen Übernachtungsplatz utopisch hoch sind. In meiner Verzweiflung fahre ich bis nach Utah weiter (na gut, nur knapp über 20 km), um auf einem Campingplatz direkt an einem Strand von Lake Powell zu nächtigen. Hier kann ich wie die anderen Besucher mit dem Vehikel bis auf wenige Meter ans Wasser heranfahren und das Zelt direkt neben der Honda aufbauen. Kleiner Nachteil ist, dass der Strand bestimmt 200 m breit ist und der Weg zu den sanitären Anlagen entsprechend weit. Dazu ist der Weg durch den Sand bis an den Strand sogar mit dem Motorrad nur schwer zu bewältigen, da der Sand sehr tief ist. Das haben auch einige andere Besucher herausgefunden, die in stundenlanger Kleinarbeit ihre Autos und Campervans aus dem Sand ausgraben. Was ein erheiterndes Schauspiel abgibt.
Für den Platz gilt wieder die Spät-kommen-früh-fahren-Regel, so dass sich der Preis mit 0 USD in Grenzen hält.

Lake Powell selbst ist überraschend schön, das Spiel der Farben von Wasser und Felsen im Sonnenuntergang ist schon fast kitschig schön, die Szenerie ist den Besuch allemal wert! Wirklich außergewöhnlich schön! Da kann ich sogar nachvollziehen, warum man sich ein Hausboot mietet und für ein paar Wochen auf dem See hin und her schippert!

Am nächsten Morgen fahre ich früh nach Kanab, was sich selbst als Basisstadt für Ausflüge zu Grand Canyon, Bryce Canyon und Zyon Canyon bezeichnet. Das es auch Startpunkt für einen Ausflug nach Grand Canyon ist, überrascht mich sehr, ich hatte den Grand Canyon an ganz anderer Stelle, viel weiter westlich vermutet, aber ich hatte die Karte auch vorher nicht wirklich genau studiert, so dass dieser Irrtum wiederum nicht überraschend ist. Nach einem Frühstück mitsamt Überlegung, wie ich jetzt weiterfahren werde, mache ich mich auf den Weg zum Nordrand des Grand Canyon. Unweit von Kanab, in Fredonia sehe ich dann ein Schild, das mir Auskunft gibt, dass die Straße zum Nordrand noch ein paar Tage geschlossen ist. Ich kehre in einer Tankstelle ein, um mich nach den Gründen zu erkundigen und ich erfahre, dass die Sperrung in den Anfang Mai noch winterlichen Straßenverhältnissen begründet ist. Etwas konsterniert verweile ich in der Tankstelle, um mir einen neuen Reiseplan zurechtzulegen. Dabei kommt es zu einem aus meiner Sicht denkwürdigen Gespräch zwischen mir und dem Tankstellenbetreiber! Dieser verkauft nebst Benzin auch Handfeuerwaffen und er möchte sein Geschäft ankurbeln, indem er mir einen Schießprügel verkauft. Ich meine vielleicht etwas zu unbestimmt, weil ich ihn nicht vor den Kopf stoßen möchte, dass ich nicht wirklich interessiert bin. Er interpretiert das wohl als Unsicherheit und sagt: „Come on, you can touch the guns, this is America!" Also tue ich ihm den Gefallen und nehme ein paar Kanonen in die Hand, um sie zu begutachten. Immer noch bemüht nicht unfreundlich zu werden, schließlich hatte er mir bei meiner Routenplanung hilfsbereit zur Seite gestanden, sage ich: „ Na ja, wenn ich eine kaufen wollte, ginge das ja wahrscheinlich nicht, da ich kein US-Bürger bin." „Yeah well, guess I cant sell you a gun then, too bad!" Darauf bin ich aber neugierig und frage, was denn wäre, wenn ich ihm nicht verriet, dass ich kein US-Bürger sei? Nach kurzer Denkpause antwortet er allen Ernstes: „Wanna buy a gun?" Ich hätte mich also kurze Zeit später an den Straßenrand stellen und auf Passanten schießen können und alles wäre in Ordnung! Sensationell!!! Passend ist auch, dass im Laden noch ein Vietnam-Veteran in klischeehaftem Auftritt und dazu passender Armee-Kleidung zugegen ist, der durch das Fenster die in dieser Region herumfliegenden Militärflugzeuge mit Typ, Baujahr, Bewaffnung, Anzahl und Art der Bemannung usw. kommentiert.

Diese zwei Begegnungen erheitern mich ordentlich, obwohl der Kern dieser Geschichte aus meiner Sicht ein ganz klein wenig kritisch ist. Meine (nicht wirklich) latenten Zweifel an diesem Land bekommen jedenfalls einen ordentlichen Schub.

Als Ergebnis meines Tankstellenbesuches beschließe ich, den Bryce Canyon als nächstes anzusteuern, denn vor Sonnenuntergang kann ich ihn noch erreichen. Ab Kanab ist die Straße endlich mal wieder nicht nur gerade und das Fahren macht richtig viel Spaß. Es geht durch saftig grüne Landschaft, was nach dem ganzen Wüsten- und Sandkram der letzten Tage echt richtig schön ist! Ich versuche einen Zeltplatz so nah wie möglich am Park zu finden und lauter Schilder weisen auf einen direkt am Parkeingang hin. Der ist allerdings, wie so oft, sauteuer, und so versuche ich es im Park selbst, wo es überraschenderweise vergleichsweise günstig ist, abgesehen davon, dass die Anlage im Park viel schöner als die am Parkeingang. Erwähnenswert ist an dieser Stelle, dass ich dort nur knapp meinem schlimmsten Sturz entkommen bin: Die Ausfahrt zu dem Parkeingang-Campingplatz ist etwas verborgen hinter ein paar großen Bäumen und sehr kurz. Etwas hektisch, da vom Auftauchen der Ausfahrt überrascht, wechsle ich auf die sehr kurze Abbiegespur und bremse vorne sehr hart! Im wechselhaften Licht der Abenddämmerung übersehe ich dabei den Sand, der die Straße extrem rutschig macht. Das Vorderrad blockiert sofort! Ich habe noch etwa 40 km/h drauf, als das Vorderrad seitlich ausbricht. Reflexartig stelle ich mein rechtes Bein aus, um den Sturz zu verhindern, was mir auf wunderbare Weise auch gelingt. Die Wucht des Aufpralls meines Beines auf die Straße ist dabei so stark, dass mir mein Fußgelenk noch Minuten so weh tut, als ob jemand pausenlos mit einem Hammer draufschlagen würde. Aber der Schmerz vergeht und absolut nichts ist passiert! Es hätte mein Bein brechen oder prellen können, ich hätte stürzen können, was bei der Geschwindigkeit bestimmt sehr unlustig gewesen wäre oder sonst was hätte passieren können. Aber wie durch eine Fügung bleibt das Manöver folgenlos!

So kann ich kurz später mein Zelt aufbauen, im Laden im Park noch was zu Essen kaufen und mir am Abend ganz gemütlich den tollen Sonnenuntergang anschauen, der großartige Lichtspiele auf den vielen Zinnen des Bryce Canyon veranstaltet!

Mit Einbruch der Nacht wird es recht kühl, aber ich bin ja gut ausgerüstet. Am nächsten Tag unternehme ich dann den Abstieg in den Canyon, der, was vielfach behauptet wird, von unten gesehen wirklich noch mal so schön ist wie von oben. Den Rest des Tages verbringe ich damit, alle Aussichtspunkte des Parks mit dem Motorrad anzufahren, aus irgend einem Grund halte ich einen Pullover für ausreichend und friere während des ganzen Tags ganz erbärmlich. Trotzdem genieße ich die Aussichten in den Park sehr!

Am Abend weiß ich noch nicht so recht, wo ich am Folgetag hinfahren werde, da der Grand Canyon noch geschlossen hat und erst am Morgen entscheide ich kurzfristig, statt, wie ursprünglich geplant, viel später auf meiner Route, den Umweg zu den Bonneville Salt Flats nahe Salt Lake City im Norden Utahs jetzt zu machen.

Das bedeutet pro Richtung etwa 800 km Wegstrecke! Nur um auf den Salt Flats zu fahren, was mir in Bolivien wegen des Wassers ja nicht möglich war. Ich ringe schon mit mir, ob es die Sache wert ist, aber zum Einen passt es zeitlich gut, da ich ja bis zur Öffnung des Nordrands des Grand Canyon noch ein paar Tage Zeit habe, zum anderen weiß ich, dass ich mich später sehr ärgern werde, wenn ich es nicht tue!

So füge ich mich der Nichtexistenz meines inneren Schweinehundes, fahre los und erfreue mich den ganzen Tag an fiesestem Wind, etwas Regen und mit jedem Kilometer Richtung Norden an abnehmenden Temperaturen!

Bei Salt Lake City, wo ich nach Westen abbiege, ist es bitterkalt, der Wind fegt ungebremst über den riesigen Salzsee und zwingt mich dazu mit ordentlicher Schlagseite zu fahren. Reminiszenzen an den Wind in Argentinien werden geweckt.

Die Fahrt selbst ist der Gipfel an Eintönigkeit und Anstrengung, aber wenigstens sehe ich wieder ein paar schneebedeckte Berge, das erste Mal seit langer Zeit! Völlig verausgabt nächtige ich in einem Kaff namens Delle in einem schäbigen Motel, das eigentlich abgerissen gehört (selbst für bolivianische Verhältnisse); der Betreiber, der das „Motel" gerade erst übernommen hat, bittet mich, als er mir das Zimmer zeigt, mehr oder weniger scherzhaft, den kläffenden Köter seiner Frau zu überfahren. Ich habe nur geringen Zweifel, dass ich das Zimmer bei Entsprechen kostenlos bekomme! Aber ich kann mich beherrschen, einen Hund habe ich ja schon in Peru überfahren. Die Nacht verbringe ich im Totenschlaf und ordentlich früh fahre ich

Bonneville Salt Flats

einigermaßen erholt die restlichen Kilometer zu den Bonneville Salt Flats, wo die weltberühmte Hochgeschwindigkeitsstrecke, auf der schon zahlreiche Geschwindigkeitsrekorde aufgestellt wurden, kurz vor Wendover in der Ebene liegt.

Ich nehme die Stichstraße, die von der Interstate tief in das Innere der Salt Flats vordringt, bis dahin, wo die Salzfläche so hart und trocken ist, dass man mit einem Fahrzeug darauf fahren kann. Wie in Bolivien ist der Rand weich und sumpfig. Aber auch im Zentrum sind einige Teile noch weich und unsicher,

Bonneville Salt Flats

weil die Regenzeit noch nicht lange genug zurückliegt! Beim Fahren auf den Flats bekomme ich das zu spüren und werde ein bischen panisch, außer mir ist nämlich sehr weit und breit niemand zu sehen, der mir im Notfall helfen könnte. Ich finde aber zurück zum festen Teil der Flats und fahre mit mäßiger Geschwindigkeit zurück zur geteerten Straße.

Den weichen Teil hatte ich nämlich bei etwa 150 km/h entdeckt, was fast zum Sturz geführt hat! Als ich mit meinem etwa 15-minütigem Ausflug inklusive ein paar Bildern fertig bin, mache ich mich bereit für die Fahrt zurück nach Kanab. 1600 km für 15 Minuten sinnloses Fahren auf einer Ebene, da beglückwünsche ich mich selbst, aber bereut habe ich den Umweg keine Sekunde, trotz der nicht unerheblichen Anstrengung!

Als ich die Salzfläche verlasse, bringe ich zum Abschluss meines Besuchs einen US-Bürger, der auftaucht, als ich die grobe Salzkruste von meinem Motorrad entferne, noch um eine Illusion. Auf meinen Gruß hin erwidert er, dass dies hier doch ein gar einzigartiger Platz auf der Welt sei. Gemeinerweise muss ich ihm erklären, dass es um die Einzigartigkeit nicht so gut bestellt ist, da zum Beispiel in Bolivien der Salzsee weit größer ist und auch viel höher liegt als hier und also viel spektakulärer.

Das muss ich tun, weil die US-Amis immer so gerne von allem das größte und beste zu besitzen glauben und den Zahn ziehe ich ihnen nur allzu gerne! Wir plaudern trotzdem noch sehr nett ein paar Minuten, bevor ich losfahre.

In einem Rutsch mit sehr kurzen Pausen fahre ich viel zu schnell (nach US Tempolimit) zurück nach Süden und freue mich über die stetig steigenden Temperaturen und über den Wind, der endlich mal nicht aus der falschen Richtung kommt (wie sonst in 98 Prozent aller Fälle)!

Kurz vor Erreichen des Zyon Canyon habe ich eine nette Begegnung mit einem Polizisten in Zivil: Er kommt mir auf der Landstraße entgegen, auf der ich mit 75 Meilen pro Stunde bei erlaubten 45 unterwegs bin. Er hat ein Radar, mit dem er beim Fahren die Geschwindigkeit des entgegenkommenden Fahrzeugs ablesen kann, es zeigt ihm meine Geschwindigkeit korrekt an, er wirft sein Blaulicht an und wendet. Weil er das Blaulicht noch im Entgegenkommen anmacht, erkenne ich den zivil aussehenden Wagen als Polizeifahrzeug und verlangsame natürlich sofort meine Fahrt auf das erlaubte Tempo. Er holt mich ein,

hält mich an, steigt aus, kommt zu mir und sagt, dass sein Radar anzeigen würde, dass ich 75 Mph gefahren sei. Nach kurzer Pause fragt er, ob das sein könne, worauf ich antworte, dass ich nicht denke, dass das stimmt! Daraufhin erwidert er, dass er das auch nicht glaubt und wünscht mir einen schönen Tag!
Entweder, er wollte mich als Tourist einfach verschonen oder der Mann war ein wenig einfältig. Da die Sheriffs in den USA ja gerne mal den Heißsporn raushängen lassen, tendiere ich zu letzterer Einschätzung, aber wer weiß!?
Schlussendlich erreiche ich den Zyon Canyon spät am Abend und finde Zeltplätze vor, die ungünstige 14 USD das Stück kosten. Zudem ist der Platz proppenvoll! Beim Suchen eines freien Platzes lerne ich einen allein reisenden älteren Herren aus Colorado kennen, der mit einem Pickup und einem Papagei unterwegs ist. Wir kommen ins Gespräch und beschließen, uns einen Zeltplatz zu teilen, um die Zeltkosten zu halbieren! Wir bauen das Lager auf und plaudern recht entspannt bis spät in die Nacht. Er ist ein etwas skurriler Typ, der im Leben so ziemlich alles verloren hat, was er jemals besessen hat und der von vielen Menschen so tief enttäuscht wurde, dass er ihnen gegenüber sehr misstrauisch ist. Mit mir hat er keine Schwierigkeiten, schließlich bin ich selbst manchmal etwas eigen, und so ist der Abend recht unterhaltsam. Wozu auch der Papagei beiträgt, da er nicht im Käfig sitzt, sondern sich frei bewegt!
Den folgenden Tag verbringe ich mit Erkunden des Zyon Canyon. Wie auch sonst bei mir üblich, bin ich völlig uninformiert über das, was es im Park zu sehen gibt und so ist der Besuch wieder mal vom Zufall geprägt. Als letzte Attraktion versuche ich die „Narrows" zu sehen, ohne zu wissen, was die Narrows eigentlich sind, aber im Bus, der vor Ort als Transport zwischen den Attraktionen verkehrt, höre ich die Leute immer wieder davon sprechen. Also bin ich neugierig!
Ausgangspunkt ist die letzte Bushaltestelle im Canyon, von der man dann flussaufwärts den Canyon in die Richtung, wo er sich verjüngt (deswegen auch „Narrows"), entlang laufen kann. Das abenteuerliche daran ist, dass man teils bis zur Hüfte im Wasser laufen muss, da die Canyonwände sehr steil aufsteigen und kein Platz für ein Flussufer ist. Der Fluss hat im Laufe der Jahrmillionen sehr scharf in den Fels geschnitten, teilweise sind die Canyonwände nur 3 oder 4 m auseinander (weiter hinein

in den Canyon sollen sie noch enger stehen, das sind dann die eigentlichen Narrows), und so ergibt sich mit den 50 oder 60 m aufragenden Wänden ein spektakulärer Eindruck. Bis ich an dieser recht engen Stelle angelangt bin, vergehen allerdings fast 3 Stunden.

Da ich erst gegen 16 Uhr gestartet bin und noch zurückkehren muss, wird die Dunkelheit auf einmal ein Thema! Und damit auch die Kälte, die mit der Dunkelheit kommt. Da ich nur mit einem T-Shirt bewaffnet im Park unterwegs bin, bin ich mal wieder stolz auf meine gute Vorbereitung.

Mehr oder weniger rennend ziehe ich mich aus dem Canyon zurück, finde unterwegs zum Glück einen Stock zum Abstützen und komme so recht rasch voran. Dass ich mir im Flussbett, das nur aus rutschigen, teils fußballgroßen Steinen besteht, nichts breche, grenzt an ein Wunder, zumal nach einem ganzen Tag laufen die Muskeln auch schon recht müde sind. Wie im Trance bewege ich mich aber mit traumwandlerischer Sicherheit über die Steine und einige Leute, die ich überhole, schauen mir nach, als ob ich einen schweren Knall habe (womit sie vielleicht recht haben!?).

Irgendwo auf dem Rückweg komme ich ins Gespräch mit Anthony („Tony") Demaria, einem Mann mittleren Alters, der mir viel über die tektonischen Eigenheiten des Parks erzählen kann, da er jedes Jahr für eine gewisse Zeit hier ist. Das Gespräch wird sehr persönlich (ich glaube über den Einstieg Sport) und er erzählt mir seine Geschichte, die viel mit Drogenabhängigkeit, Alkoholmissbrauch und einer Menge anderer Schwierigkeiten (die ich hier nicht preisgeben möchte) zu tun hat. Zum Zeitpunkt unseres Treffens ist er allerdings ein erfolgreicher Unternehmer, der alle Probleme gemeistert hat und völlig ohne Drogen lebt. Ein sympathischer Mann! Zusammen verlassen wir in fortgeschrittener Dämmerung das Wassers des Flusses und erreichen die Bushaltestelle. Wir steigen in den letzen Bus und fahren zu dem luxuriösen Hotel im Canyon, in dem er und seine Frau abgestiegen sind. Dort lädt er mich für den Abend zum Essen mit seiner Frau ein, was ich gerne annehme, da ich schon ein paar Tage nichts Vernünftiges mehr zu mir genomhabe. Seine Frau ist über die Einladung gar nicht verwundert, Tony macht so etwas wohl öfter.

Meinen Zeltnachbar sehe ich bei meiner Rückkehr zum Zelt noch kurz, er bettet sich gerade auf der Ladefläche seines Pickup-Trucks zur Nachtruhe, da er extrem früh (3 Uhr morgens!) zurück nach Hause fahren wird. Wir verabschieden uns herzlich und am Morgen, als ich aufwache, ist er tatsächlich nicht mehr da. In der Nacht hatte ich von seinem Aufbruch nichts mit bekommen.
Damit ist mein Abenteuer Zyon Canyon vorbei und jetzt ist auch endlich der Grand Canyon erreichbar! Beim Frühstück zurück in Kanab bedient mich eine ältere Dame (um die 70), die selbst mit ihrem leider schon verstorbenen Ehemann viele zehntausende Kilometer auf dem Rücksitz ihres Motorrades quer durch die Staaten verbracht hat. Sie hat auf diesen Reisen eine Menge Kontakte geknüpft und sie bietet mir Hilfe an, sollte ich irgendwo in Schwierigkeiten kommen. Ein Anruf genügt und sie würde die Person kontaktieren, die mir am nächsten ist. Fantastisch! Glücklicherweise muss ich aber auf ihr Angebot nicht zurückkommen, schließlich bleibe ich von technischen und auch sonstigen Schwierigkeiten verschont!
Weiter Richtung Grand Canyon (vorbei an meiner Lieblings-Tankstelle) geht es bald bergauf bis auf ein Hoch-Plateau, das sich viele Kilometer bis zum Rand des Canyons erstreckt. Dort oben ist es empfindlich kalt und tatsächlich liegt in den Wäldern, die ich überraschenderweise dort finde (unten war ja alles eher wüstig), eine Menge Schnee. Ich genieße die frische Luft bei klaren Sonnenschein und ich freue mich darüber, am ersten Tag dieser Saison dort lang zu fahren. Bis zum Canyon-Rand geht die Fahrt entlang wunderschöner „Meadows", großer Lichtungen, die saftig grün in der noch morgendlichen Kühle liegen. Etwas Dunst schwebt über ihnen und da ich keinen anderen Fahrzeugen begegne, ergibt sich eine sehr friedliche, geruhsame Atmosphäre, die einfach sehr angenehm ist. Wunderschön!
Während der Fahrt erwarte ich, dass die Bäume langsam ausdünnen, irgendwie habe ich den Rand des Grand Canyon nackt und karg in Erinnerung. Aber weit gefehlt, der Wald zieht sich bis zum Rand hin und ist überall auch sehr dicht!
Ich folge der Beschilderung zum Zeltplatz, der sehr nahe an der Grand Canyon Lodge liegt. An der Lodge sind ein kleines Restaurant und ein kleiner Laden, um Lebensmittel zu kaufen, am Zeltplatz ist noch ein größerer Laden, der die leiblichen

Bedürfnisse des Zeltenden bestens versorgt. Auch hier sind die Zeltplatzpreise wieder knackig, aber wieder habe ich Glück, den ich treffe auf Markus aus Münster, der mit seiner Honda Africa Twin von San Francisco auf dem Weg nach Anchorage ist. Natürlich tun wir uns zusammen und teilen die Kosten. Markus ist ein sehr netter Reisender, der leider weniger Glück hat als ich. Obwohl schon erfahrener in Sachen Motorradreise und, wie alle anderen, die ich treffe, auch viel professioneller ausgestattet, stürzt er später auf dem Cassiar-Stewart Highway in British Columbia und demoliert seine Honda irreparabel. Er bleibt zum Glück unverletzt!
Ich treffe ihn kurz danach in White Horse, natürlich völlig zufällig. Die Welt bleibt eben klein.
Der Grand Canyon ist tatsächlich außerordentlich spektakulär und er beeindruckt mich weit mehr als Bryce- und Zyon-Canyon. Bemerkenswert finde ich die Lodge, die in der erweiterten Eingangshalle ein riesiges Panoramafenster mit Blick in den Canyon hat. Dort kann man die volle Aussicht ohne den anstrengenden Wind genießen. Draußen ist es natürlich trotzdem schöner, der Wind ist allerdings wirklich sehr heftig.
Mit Markus fahre ich an ein paar Aussichtspunkte, wir tauschen die Motorräder und das erste Mal sitze ich auf einer Africa Twin. Ich merke, wie weich in der Zwischenzeit das Fahrwerk der Transalp schon geworden ist. Der Unterschied zur Africa Twin ist gewaltig. Insgesamt ist die AT schon das deutlich ausgereif-

Grand Canyon, links: Markus aus Münster

tere Motorrad in Sachen Fernreise, aber die Tansalp macht auch alles mit, zu meinem Vorteil. An einem Aussichtspunkt treffen wir auf drei Jungs, die gerade dem Canyon nach einer mehrtägigen Durchquerung zu Fuß entstiegen sind. Wir tauschen Erfahrungen aus und sitzen gemeinsam direkt am Abgrund (wir sind über die Absperrungen gestiegen) und haben etwa 270 Grad um uns herum völlige Leere. Der Sonnenuntergang ist ein weiterer Superlativ, den ich erleben darf. Einfach sensationell (wenn ich dieses Wort auch inflationär verwende, so ist es doch jedes Mal wahr!)!

Im Dunkeln kehren wir zum Zeltplatz zurück und bereiten uns auf eine richtig kalte Nacht vor. Den nächsten Tag vergammle ich mit ein wenig Wäsche waschen, mehr am Abgrund herumsitzen, lesen und simpler Entspannung. Auch Markus bleibt noch eine zweite Nacht, bevor sich unsere Wege trennen. Ein schöner Besuch des Grand Canyon geht zu Ende.

Nächstes Ziel ist Las Vegas, welches mich an und für sich gar nicht reizt, aber im Guggenheim Museum des Venetian Hotels gastiert die Ausstellung „The Art of the Motorcycle", welche ich schon im Guggenheim Museum in New York sehen wollte, aber dazu hatte ich leider keine Gelegenheit. So muss ich eben nach Las Vegas! Die Ausstellung ist großartig, es stehen die schönsten und wegweisendsten Motorräder seit Erfindung des Zweirads zusammen; ich verbringe Stunden inmitten dieser Schönheiten und bin fast (oder ganz und gar) andächtig. Die Schau ist schön inszeniert, aber die Hauptdarsteller würden auch ohne Inszenierung für sich alleine bestehen! Wo sonst hat man die Gelegenheit, so gut wie alle Pretiosen, die der Markt jemals hervorgebracht hat, in einem Raum zu sehen. Einzig eine Münch fehlt mir, aber das kann ich verschmerzen. Insgesamt sind es über 100 Stücke und ich bin froh, den Abstecher gemacht zu haben, um sie alle zu sehen.

Auch ist es mal wieder Zeit, Reifen zu kaufen, so tue ich das, obwohl die Preise weit heftiger sind, als ich das für die USA erwartet habe. Das Preisniveau ist sogar höher als in Mexico!

Beim Erwerb der Reifen treffe ich in der Werkstatt auf einen Brasilianer, der mit seiner BMW K1200LT da ist, die ein defektes hinteres Radlager hat. Der Defekt ist während der Fahrt aufgetreten und hat ihn und seine Frau fast das Leben gekostet. Glücklicherweise sind beide unverletzt geblieben und so kann er seine Geschichte zum besten geben. Seine Mission ist es, den „Iron Butt" zu erlangen, ein Abzeichen für Motorradreisende, das unfassbare Bedingungen beinhaltet (u.a. 1000 Meilen in 24 Stunden, Küste-zu-Küste in 50 Stunden, in 10 Tagen mehr als 10.000 Meilen uvm.). Ich zähle sie jetzt nicht alle auf, der Titel „Eisenhintern" ist aber sehr adäquat gewählt! Mein Respekt gilt den Leuten, die das vollbracht haben!

Ansonsten erfülle ich in Las Vegas meine Spielpflicht und es gelingt mir, das Bellagio mit 8 USD Gewinn zu verlassen! Mehr strapaziere ich mein Glück nicht, denn Geld durch Spielen zu verlieren gehört nicht zum Plan.

Las Vegas überrascht mich, gefällt es mir doch weit besser, als ich erwartet habe. Die Fahrt den Strip hinunter, mitten in der Nacht mit kurzem Hemd bei sehr angenehmen Temperaturen ist einfach unglaublich. Mitten in der Masse der Autos schwimmt man in einem Meer von Lichtern, das unendlich scheint. Der Charme der Stadt im Dunkeln zieht einen leicht in seinen Bann! Leider residiere ich in einem öden Motel in einem unschönen, billigen und berüchtigten Teil der Stadt, somit treffe ich keine anderen Reisenden, aber ich amüsiere mich trotzdem prächtig. Nach zwei Nächten beschließe ich, dass ich genug habe und ziehe von dannen.

Da ich unbedingt in den Sequoia National Park, aber auch durch das Tal des Todes fahren möchte, ist die Route ziemlich vorgezeichnet. Ich erwarte eine mehr oder weniger richtige öde und langweilige Fahrt über schnurgerade Straßen durch langweile Wüstenlandschaft und bekomme genau das. Zumindest die ersten etwa 140 km, auf denen ich auch von Nevada nach Kalifornien wechsle. Dann fahre ich ins Death

Death Valley

Valley ein und bin begeistert. Die das Tal umgebenden Berge sind wunderschön und die Straße ist zwar nicht richtig kurvig, aber dennoch abwechslungsreich. Die Schönheit überrascht mich jedenfalls und macht die große Hitze erträglich, auch in meiner kompletten Motorradmontur, die immer noch ohne Ventilation auskommt.

Am tiefsten Punkt der USA, 86 Meter unter Meereshöhe, mache ich Halt und bestaune die Umgebung. Leider sind während meines Verweilens einige andere Touristen anwesend, aber wahrscheinlich sollte ich mich darüber nicht beklagen. Die Ausfahrt Richtung Westen aus dem Tal geht steil bergauf und die Straße ist kurvig, so dass ich endlich auch mal wieder Spaß am Fahren an sich habe.

Die Strecke zwischen dem Pass, den ich nach Verlassen des Tals und Inyokern zurücklege, ist fahrerisch wieder etwas öde, aber das Spiel von Licht der untergehenden Sonne und der Wüstenlandschaft ist schwer begeisternd. Auch die mit der Dämmerung sich deutlich abkühlende Luft ist einfach angenehm.

Mein Routenplan sieht für den Abend eigentlich das Erreichen des Isabella Lake im östlichen Teil der Sierra Nevada vor, aber die Dämmerung samt meiner großen Müdigkeit nach der langen Etappe lassen mich hier in Inyokern in einem billigen Motel einkehren. Mit prima Eindrücken der Tagesetappe bette ich mich zur Nachtruhe und schlafe erst mal aus. Die Etappe des nächsten Tags ist nämlich als kurze geplant, der Sequoia Park ist nicht sehr weit.

Die Etappe lässt sich fantastisch an, weil fast direkt hinter Inyokern die Straße sehr abwechslungsreich ist. Sie windet sich einen Berg hinauf, dass es eine wahre Freude ist. Vorbei geht es am schönen Isabella Lake und ab dort wird die Straße dann erst so richtig kurvig! Kurz vor Kernville geht es nach Westen weiter den Berg hinauf und ich schreie mich vor Freude durch die Kurven. Spektakulär vor allem deswegen, weil bis hier fast alles Fahren seit irgendwann in Mexico unglaublich langweilig war. Auch die Landschaft ist schön, weil grün. Die Wüste lasse ich hier endgültig hinter mir und ich vermisse sie kein Stück! Ich habe auf meiner Reise viel Wüste erlebt und für viele Jahre ist mein Bedarf daran erst mal gedeckt!

In Porterville verfahre ich mich in schlecht ausgeschilderten Obstplantagen, aber ich bin zu entspannt, um mich darüber aufzuregen. Porterville ist schon westlich der Sierra, sehr flach und die Straßen sind wieder eher langweilig, aber kurz vorm Sequoia Park richtet sich die Straße wieder nach Osten in die Sierra hinein und gewinnt an Spannung.

Am Parkeingang muss ich leider feststellen, dass die Zeltplätze mal wieder unbezahlbar teuer sind und versuche folglich nach bewährtem Rezept einen Partner zu finden, leider ohne Erfolg. So fahre ich Platz nach Platz ab und gerate immer tiefer in den Park hinein. Dabei nehme ich natürlich alle Sehenswürdigkeiten mit und lerne auch hier die superschönen „Meadows" kennen, kleine Lichtungen, an deren Rand die riesigen Sequoia Bäume stehen, wobei diese noch gewaltiger wirken, als sie ohnehin sind. Auf einem Meadow grasen einige Wildtiere, es ist fast unwirklich friedlich und schön. Einfach großartig!

Inmitten der Bäume sehe ich auch meinen allerersten wildlebenden Bären, auf den mich ein anderer Tourist aufmerksam macht. Ein weiterer sehr schlauer deutscher Tourist folgt dem Bären entgegen der nicht dummen Vorschrift, den Bären nicht zu folgen (damit sie sich nicht an die Menschen gewöhnen), bleibt aber unverletzt. Verstehen kann ich diese Leute nicht. Ihr Verhalten führt immer wieder dazu, dass Bären, die die Furcht vor Menschen verlieren, getötet werden müssen, weil sie den Menschen eben zu nahe kommen. Das richtige Verhalten wird am Parkeingang jedem Besucher ausführlich erklärt und begründet, auch in deutsch, insofern bin ich vielleicht sogar etwas enttäuscht, dass der Ausflug für den Herren ohne Folgen bleibt!

Weiter fahre ich entlang dieser großartigen Bäume, bin zufrieden trotz knurrendem Magen und immer noch ohne Ahnung, wo ich nächtigen werde, und plötzlich, hinter einer Kurve steht eine Bärin auf der Straße. Ich bremse, bin irritiert und zuerst wie versteinert, dann fällt mir ein, wie ich mich zu verhalten habe und fange zu schreien an, um die Bärin zu verscheuchen. In diesem Moment zieht sich die Bärin mit einigen lautstarken Äußerungen zurück und zugleich schießen in einem Baum auf der anderen Straßenseite zwei kleine junge Bären den Baumstamm hinauf! Sie hatte ich zuerst gar nicht wahrgenommen, wegen ihnen weiß ich aber auch, dass der große Bär eine Bärin ist! Sofort fahre ich weiter, halte ein Stück später aber wieder an, um aus sicherer Entfernung unbemerkt von den Tieren zu sehen, wie die Bärengruppe im Wald spielt. Was für ein Schauspiel!

Doch ich muss mir endlich einen Schlafplatz suchen, finde aber nichts, wo ich auch etwas zu Essen bekommen hätte und fahre immer weiter Richtung Kings Canyon, der unmittelbar an den Sequoia Park anschließt. Die Straße windet sich wunderbar dahin, es fängt aber stark zu dämmern an und ich kann nicht mehr so schnell fahren wie gewohnt (also nur noch ein wenig schneller als erlaubt). Am nördlichen Ausgang des King Canyon Nationalparks fahre ich aus dem Park heraus, immer noch hoffend, bald etwas zu essen zu finden. Kurz nach Parkausgang, mittlerweile ist es stockfinster, biege ich links nach Pinehurst ab, einem sehr kleinen Ort, der über eine steil abfallende extrem kurvige schmale Straße zu erreichen ist.

Der Ort ist glücklicherweise groß genug für die Existenz einer Kneipe. Hinter der Kneipe, in der ich kurz nach Ladenschluss noch zwei kalte Hamburger, die ein anderer Kunde nicht abgeholt hat, zum halben Preis erstehe, darf ich auf einer kleinen Wiese schlafen.

Somit zelte ich nicht wild in der Nähe einer Ansiedlung. Das ist für mich wichtig, weil ich mir wegen der Bären schon ordentliche Sorgen mache. Mein Zelt sehe ich nicht als wirklich resistent gegen Bärenbesuch an und es ist meine erste Nacht in Bärenterritorium! Von Bildern und aus Geschichten weiß ich, was Bären so anstellen können, entsprechend schlafe ich eher nicht besonders gut und als ich des Nachts aus dem Zelt muss, um die Blase zu erleichtern, dauert es eine Weile, bis ich mich selbst dazu überrede, das Zelt zu verlassen.

Überraschenderweise überlebe ich die Nacht und kehre früh am Morgen in den Park zurück, um in den Kings Canyon hinabzufahren. Zuerst geht es die kleine steile Straße wieder bergauf, was mir bei Licht eine diebische Freude beschert und der Parkeingang bildet mehr oder weniger die Passhöhe, von der es stetig über eine wunderbar kurvige Straße am Rand des Canyon bergab geht. Weit über der erlaubten Geschwindigkeit fahre ich ein Rennen gegen mich selbst und genieße das großartige Panorama, währen ich in den Canyon hinabschieße. Tief unten am Grund verläuft der Kings River, der ihn gegraben hat. In der Richtung in der ich fahre, wird der Canyon dabei immer schmaler. Unten gibt es eine kleine Senke, ab der es am Ufer des viel Wasser führenden Kings River leicht bergauf geht. Dort weitet sich er dann wieder.

Die Fahrt neben dem reißenden, tiefblauen oder grünen Fluss ist fantastisch! An manchen Stellen ist die Oberfläche des Flusses, obwohl schnell fließend, perfekt glatt ohne irgendwelche Brüche. So sieht er an diesen Stellen aus, wie mehrere Meter dickes Glas. Einige Kilometer weiter endet die Straße in einer Sackgasse. Ich stelle mein Motorrad ab und erkunde zu Fuß die Gegend. Auch hier sind wieder Meadows, die so unglaublich schön sind, dass weder Beschreibung noch Bilder das wiedergeben könnten! Ich verweile lange und schaue einfach nur ungläubig auf die Wiese, die Bäume, den Fluss, der durch die Wiese läuft. Ich darf einen kleinen Vogel dabei beobachten, wie er einen deutlich größeren immer wieder attackiert, um ihn zu verjagen. Ein mutiger kleiner Vogel!

Es ist ein perfektes Idyll! Im Fluss sind Fische unterwegs, alles ist saftig grün, die Natur ist unglaublich. Ich will gar nicht mehr weg. Ein Stück weiter ist ein reißender Wasserfall, der in den Fels eine spektakuläre Welle hineingefressen hat, mit tosendem Rauschen stürzt das Wasser dem Kings River entgegen, die Wucht lässt die Luft förmlich erbeben. Toll!

Dann reiße ich mich los und verlasse den Canyon. Mit fast gleichem Tempo bewältige ich den Aufstieg aus dem Canyon, die Auffahrt macht noch mehr Spaß, da man vor den Kurven nicht so brutal in die Bremsen greifen muss, das hohe Gewicht des Motorrades mit dem Gepäck wird so etwas kaschiert. Auf der Passhöhe angekommen fahre ich noch einen kleinen Umweg, um an einen See heranzufahren, der dort oben liegt. Der Umweg lohnt sich sehr, auch, weil eine weitere, sehr kurvige Straße von mir befahren werden darf!

Nach Verlassen des Parks führt die Strasse stetig bergab in Richtung Fresno, das schon in der großen zentralen Ebene von Kalifornien liegt. Bevor ich dort ankomme, fällt mir ein Schild auf, das einen Wildkatzenpark bewirbt. Als großer Katzenliebhaber bleibt mir natürlich keine Wahl als stehen zu bleiben, um diesen Park zu besuchen. Der Eintritt ist mit 10 USD recht happig, aber mit dem Eintrittsgeld werden Projekt in aller Welt unterstützt, die sich der Hege und dem Schutz verschiedenster Großkatzen verschrieben haben. Vor Ort sind etwa 15 Katzen, die alle bildschön sind, in recht großen Gehegen, die liebevoll gestaltet sind und die den Katzen vielleicht genug Lebensraum bieten (Ich bin mir da für Zootiere nie so sicher!). Die Führung ist recht interessant und mit knapp einer Stunde ist sie mir viel zu kurz. Bemerkenswert finde ich, dass in diesem Zoo auch Jaguarundis gehalten werden. Jaguarundis hatte ich im Zoo von Belize das erste Mal überhaupt gesehen, ein schöner Zufall! Hier sind einige ganz junge Tiere, die noch im „Kindergarten" leben und mit der Flasche aufgezogen werden. Wir dürfen ihnen leider, aber verständlicherweise, nicht sehr nahe kommen.

Doch ich muss weiter und erreiche Fresno, in dem es schon wieder ganz schön warm ist. Dort versuche ich, Zack, den ich auf der Fähre von Puerto Montt nach Puerto Natales kennen gelernt hatte zu erreichen. Er wohnt in Merced, ein Stück nordwestlich von Fresno und dort hoffe ich, die Nacht unterzukommen. Zuerst erreiche ich ihn nicht, spreche aber auf den Anrufbeantworter. In Merced angekommen finde ich die mir bekannte Adresse in keinem Telefonbuch oder Stadtplan. Merced ist deutlich größer, als ich dachte und mit jeder Stunde die vergeht und ich die Adresse nicht finde (immer noch ohne zu wissen, ob Zack überhaupt da ist), wächst meine Sorge, wo ich die Nacht verbringen kann. Ich versuche, per Pizzalieferservice, die Adresse ausfindig zu machen, die müssen ja wissen, wo die Straßen einer Stadt sind, aber selbst die wissen keinen Rat. Immer wieder versuche ich auch, Zack telefonisch zu erreichen und gegen 21.30 Uhr erreiche ich ihn dann endlich, ich hatte die Hoffnung schon aufgegeben! Die Straße ist ganz in der Nähe von dem Café, aus dem ich anrufe und wenig später stehe ich Zack gegenüber, den ich einige Monate zuvor am südlichen Ende von Südamerika das letzte Mal gesehen habe. Ein komisches Gefühl! Zack ist Lehrer für Mathematik am College von Merced und hat ein großes Haus, in dem ich für zwei Nächte unterkriechen kann. Wir tauschen Reisegeschichten aus und gehen am zweiten Abend ins Kino, um am Premierentag Star Wars zu schauen! Die Schlange vor dem Kino ist immens, aber Zack hatte bereits Karten im Vorverkauf erstanden (eigentlich wollte er mit einer Frau dahin), so haben wir Plätze sicher. Bei meinem Gammeltag in Merced versuche ich, einen Schuhmacher zu finden, der mir kurzfristig die Schuhe reparieren kann, da der rechte Schuh ein Riesenloch in der Sohle hat, habe aber kein Glück, da es kaum noch Schuhmacher gibt, die Schuhe selbst reparieren. Von der Reparatur teurerer Schuhe kann in den USA kaum ein Schuhmacher noch leben, weil die Leute lieber billige Schuhe kaufen und billige Schuhe werden nicht repariert, sondern weggeworfen. Also schicken die meisten teure Schuhe zurück zum Hersteller, wenn sie zu reparieren sind. Dann muss man zwei Wochen warten, was ich natürlich nicht kann, da ich nicht nur wegen Schuhen zwei Wochen irgendwo verweilen kann. Neukauf von Schuhen ist für mich auch schwer, da meine Größe nie vorrätig ist und auch da eine Wartezeit hinzunehmen ist. Also beschließe ich, das Problem später zu lösen (ohne Idee, wie das gehen soll!). Etwas weiter in Jackson werde ich Glück haben!

Von Merced fahre ich weiter in Richtung Yosemite Nationalpark, fahre allerdings nicht in den Park ein, sondern halte etwas außerhalb nahe einen Ort namens Groveland, wo die Rafting Company, für die Zack auch arbeitet, ein Haus hat. Dort will ich mich Zack und einer Gruppe zum Wildwasserfahren anschließen. Leider erkälte ich mich und kann nicht teilnehmen. Draußen ist es mittlerweile durch einen kleinen Kälteeinbruch empfindlich kalt geworden.

Also verbringe ich zwei Nächte damit, wieder gesund zu werden und herauszufinden, ob ich über die Route 120 durch den Yosemite Park zur Ostseite der Sierra fahren kann. Leider ist diese Route wegen Schnee noch für einige Tage gesperrt und ich muss meinen Weg auf der Westseite fortsetzen. Dies wird sich als weiterer Glücksfall erweisen, da ich so in Jackson lande!

Von Groveland fahre ich hinab zur Route 49, der „Mother Lode Road", wie sie wegen ihrer Vergangenheit als Transportstraße für Bergbauaktivitäten genannt wird. Der Weg dahin ist fantastisch und ich erinnere mich an einige der Straßen, die ich schon 1994 mit meinem Freund Matthias befahren habe, als wir damals zum Yosemite Park gefahren sind. Großartiges Gefühl. Die Landschaft ist toll und das Fahren macht trotz der Kälte riesigen Spaß. Auch Route 49 ist in Sachen Fahrspaß eine Sensation.

An dieser Straße haben die USA noch etwas ursprüngliches, echtes, nicht dieses künstliche Plastikgefühl, das sich fast überall sonst einstellt, wo man an Hunderten von Schnellrestaurants, öden Malls und austauschbaren Fertiggebäuden vorbeifährt. Der berühmte US Suburb ist wirklich ein Albtraum und die Orte hier unterscheiden sich auf eine sehr wohltuende Weise vom Rest der USA, den ich kenne. Auf dem Weg Richtung Norden fängt es dann zusätzlich zur Kälte auch noch zu regnen an und in Jackson sehe ich vor mir den schwärzesten Himmel, den ich jemals am Tage gesehen habe. Der Himmel wirkt extrem bedrohlich und an einer Tankstelle erfahre ich, dass für Jackson und die Gemeinden nördlich davon, eine Tornadowarnung ausgegeben wurde. Sehr ungewöhnlich für diese Gegend! Eine Familie aus Texas, mit der ich an der Tankstelle ins Gespräch komme, sagt, bevor die Warnung im Radio ausgesprochen wurde, dass es für sie wie bei einem Tornado aussieht, aus Texas kennen sie das nämlich und das Radio bestätigt sie kurz darauf.

In der Folge fängt es unglaublich heftig zu regnen an und nach dem Tanken flüchte ich in die örtliche Bibliothek, um ein wenig elektronische Post zu lesen und zu schreiben. Leider fällt wegen des Unwetters der Strom aus und somit bin ich zu untätigem Warten verurteilt. Also stehe ich vor der Bibliothek und starre Löcher in die Luft, versuche dabei, Passanten nach Übernachtungsmöglichkeiten oder billigen Zeltplätzen oder Motels zu befragen. Aber es gibt keine Zeltplätze und auch keine günstigen Motels. Die Weiterfahrt nach Norden ist unmöglich wegen der Tornadowarnung und dem heftigen Regen und nach Osten in Richtung Lake Tahoe hat es einen halben Meter Neuschnee auf der deswegen gesperrten Passhöhe, keine Möglichkeit, mit dem Motorrad durchzukommen.

Ich kann nicht weiter, aber auch nicht bleiben, da ich mir die Motels nicht leisten kann! In meinem Dilemma fällt mir das Schild eines Schuhmachers auf, ich beschließe, dort mein Reparaturglück zu suchen, ohne wirklich daran zu glauben, dass mir geholfen werden kann. Zu meiner Überraschung kann Rob Swanson mir aber doch gründlich helfen! Er ist ein gestandener Schuhmacher mit eigenem, historischem Maschinenpark zur Schuhreparatur. Seine Geräte wirken wie aus dem Museum, aber sie funktionieren großartig! Er sagt, er kann die Schuhe bis zum nächsten Tag machen, eigentlich sofort, aber sie müssten erst trocknen, damit der Kleber später hält. Das reicht, um mich zu überzeugen, dass ich mir doch eine Übernachtung hier leisten kann. Ich frage Rob, ob er mir bei der Suche nach einem Motel helfen kann und nach kurzer Suche berät er sich mit seiner Frau Nancy und sie laden mich zu sich nach Hause ein! Ich darf im Zimmer ihres Sohnes übernachten und sie bekochen mich und wollen einfach nur ein paar Geschichten hören. Rob erzählt mir von der Schumachermisere (oben beschrieben) und dass er der letzte seiner Zunft weit und breit ist und nach seiner Pensionierung (er ist Mitte 40) wird es seinen Service in dieser Gegend nicht mehr geben. Die Swansons (so heißen Rob und Nancy) sind wunderbare Gastgeber, sie sind unglaublich warmherzig und freundlich und wieder wünsche ich mir, etwas von ihrer Gastfreundschaft zu lernen!

Rob hat ein Faible für alte Autos und er hat eine 67 Corvette Sting Ray in der Garage, die er selbst restauriert hat. Ein wunderschönes Auto! Ein Freund von ihm (Roger Faddis) hat einen zum Street Rod umgebauten Studebaker, der ebenfalls unglaublich ist. Roger hat auch eine ganz frühe Honda CB 750 im perfekten, restaurierten Zustand und eine Unmenge Anekdoten, die sich um das Benzin im Blut und die erlebten Geschichten in der Auto- und Motorradszene in Kalifornien drehen. Rob und ich werden herrlich unterhalten! Außer das Rob meine Schuhe repariert (er hat sie dann doch noch am gleichen Tag gemacht), vermittelt er mir auch den Kontakt zu einem guten Mechaniker, der mir die Ventile einstellen kann. Jim Giuffra ist ein wirklicher Fachmann und im Handumdrehen hat er die Ventile eingestellt und so ist die Honda diesbezüglich jetzt fit für den Rest der Reise.

In Jackson bin ich in eine kleine kalifornische Oase geraten, wo das Leben nach US Manier noch so funktioniert, wie man es sich in Klischees vorstellt. Toller Ort! Als Nebenbemerkung ist noch zu erwähnen, dass mir der Hund der Swansons das Zelt zerrissen hat, aber ich bin so froh über alles andere, dass es mich nicht im geringsten stört. Um es wieder gut zu machen (was wirklich nicht nötig gewesen wäre), schenken mir Swanson zwei paar warme Socken, die mir später während der Reise und auch noch

Jackson, Kalifornien

hier in Deutschland beste Dienste erweisen! Danke Swansons!
Der Abschied von Jackson fällt schwer, aber nach zwei Nächten bei Rob und Nancy scheint die Sonne, der Pass nach Osten zum Lake Tahoe ist wieder frei und so ziehe ich weiter. Von Jackson geht die Route 88 steil bergauf und bald fahre ich in einer traumhaften Winterlandschaft mit einem von dicken Schnee überzogenem Wald. Die Straße windet sich bergauf, die Sonne scheint, es ist bitterkalt (die niedrigsten Temperaturen der ganzen Reise), aber sensationell schön. Es geht vorbei an tiefblauen, fast schwarzen Gebirgsseen, die umliegenden Berge sind alle weiß, es ist einfach großartig, die Kälte macht absolut nichts aus!
Ziel dieser Etappe ist Truckee, wo ich Laurence und Nicole wiedersehen möchte, die ich beim Wildwasserfahren auf dem Futaleufu in Chile kennen gelernt hatte. Ich verfahre mich ein wenig, aber wegen der schönen Umgebung stört mich kein Kilometer, den ich deswegen zu viel fahre. Lake Tahoe ist hübsch, im Vergleich zu den Bergseen in Chile oder Argentinien kann er allerdings nicht ganz mithalten. So kann ich verschmerzen, dass Truckee nicht direkt am See gelegen ist, sondern etwas westlich davon. In Truckee treffe ich tatsächlich auf Laurence und Nicole und sie laden mich ein, in ihrem Haus zu übernachten. Ich nehme an und gleich ergibt sich für mich daraus eine kleine Beschäftigung, ich passe auf die Katze einer weiteren Untermieterin auf, während die drei eine Tour machen. So habe ich das wunderschöne Haus für mich alleine und für 5 Tage erhole ich mich gründlich, gehe zum Sport in ein sehr schönes Fitnessstudio in toller Lage (ein Schwimmbad mit Bergpanorama ist auch vorhanden) und mache einfach nix. Ich treffe auf Doug, einen Zimmermann, der ebenfalls eine Transalp hat, was für die USA recht selten ist, da es dieses Modell dort nur ein oder zwei Jahre zu kaufen gab. 1990 war der letzte Jahrgang, so ist Doug an der 99er natürlich sehr interessiert. Wir machen eine kleine Ausfahrt in die Umgebung, die auch wirklich sehr nett ist!
Einen weiteren Ausflug mache ich nach Reno, das viel kleiner ist, als ich dachte, aber nach eigenem Bekunden ist es ja die größte kleine Stadt auf der Welt, vielleicht kommt das hin!?
Laurence und Nicole will ich eigentlich weiter nördlich zum Wildwasserfahren wieder treffen, aber nach den letzten Tagen, wo ich so langsam unterwegs war, will ich jetzt endlich wieder vorankommen und beschließe, die Tour ausfallen zu lassen.

Was ich unbedingt machen will, ist über die Golden Gate Brücke fahren, so fahre ich per Interstate von Truckee nach San Francisco. Von Kalt geht es nach ziemlich Warm in Sacramento zu wieder ziemlich Kühl in San Francisco, ich erlebe also innerhalb von Stunden diverse „Klimazonen". Auf dem Weg dahin sehe ich auf einem großen Geländewagen einen für diese Tage sehr typischen Ausdruck US-amerikanischer Lebenshaltung.

Golden Gate Brücke, San Francisco

Nach dem Anschlag auf das World Trade Center in New York ging und geht ja eine unausstehliche Patriotismus- (eher Nationalismus!) Welle durch die Bevölkerung. Nun, auf dem Auto ist heckfensterfüllend eine US-Flagge montiert (nicht unüblich) und darunter, als Ausruf US-amerikanischer Beschränktheit der Grund, warum nur wenige Völker dieser Tage Sympathie für US-Bürger aufbringen: „FEAR THIS!".
Statt die Leute dazu zu bringen, die USA zu mögen, möchten die US-Amerikaner, dass man sich vor ihnen fürchtet. Eine wunderbare Grundlage für gute Beziehungen! Ich hoffe, dass die Amis das eines Tages verstehen und an ihrer Außendarstellung etwas (drastisch!) arbeiten!
Wie auch immer, Richtung San Francisco wird das Wetter feucht und kühl, wenig angenehm! Ich finde eine etwas ungemütliche Jugendherberge, in der ich nicht mehr als eine Nacht verbringen

möchte, fahre des Abends ein wenig in der Stadt herum, finde die Stadt dieses Mal schöner als bei meinem letzten Besuch 1994, auch wenn ich bei einem grottenschlechten Chinesen in Chinatown ein furchtbares Essen zu mir nehme und fahre schon am nächsten Tag weiter. Bevor ich die Stadt verlasse, bewege ich aber natürlich die Honda die berühmte Lombardstreet herunter, diese mit engen Windungen gesegnete Straße, die so oft in irgendwelchen Filmen auftaucht. Sie und die Golden Gate Brücke sind wohl die wichtigsten Wahrzeichen dieser Stadt.

Aus der Stadt heraus verfahre ich mich natürlich erstmal und lande in den teuren Nachbarschaften von Sausalito und einigen anderen kleinen Ansiedlungen, die fast wie Jackson wirken, nur viel teurer. Hier kann man sehen, wo die Leute mit Computergeld hingegangen sind zum Leben. Auch kann man hier wohl viele Ex-Hippies sehen, die mittlerweile zu Geld gekommen sind.

Weiter nördlich in Mendocino ist das ähnlich, allerdings scheint dort alles etwas günstiger, auch wenn es für Normalsterbliche wohl immer noch unerreichbar ist.

Die Küstenstraße nördlich von San Francisco ist ausgesprochen unterhaltsam. Eine Menge Kuven, zu dieser Jahreszeit so gut wie kein Verkehr und auch wenn es immer noch sehr kühl ist so direkt an der Küste, macht das Fahren sehr großen Spaß. Viele Einheimische fahren lieber über die Interstate 101 nach Norden, um die Kurven zu vermeiden, aber ich bin genau deswegen auf dem berühmten Highway No. 1. Allerdings kommt man wirklich nur sehr langsam voran. Auch, wenn kaum Ortschaften da sind, die einen zwingen langsam zu fahren, bremsen einen die steten Kurven auf eine sehr geringe Durchschnittsgeschwindigkeit.

Nicht weit von San Francisco suche ich mir dann also einen Zeltplatz, die dort gar nicht so zahlreich vorhanden sind, wie ich mir das gewünscht habe. Aber ich finde einen großartigen, der geschützt vom starken Wind in einem kleinen Wäldchen fast direkt am Meer liegt. Er ist sehr gemütlich und nachdem ich an einer Tankstelle ein mageres Mahl bestehend aus Chips und Cola erstanden habe, entspanne ich einen Abend in wunderbarer Abgeschiedenheit. Am nächsten Morgen, kurz nach meinem „Frühstück" (Kekse), kann ich ein recht großes Reh beim Herumstreifen in weniger als 10 m beobachten. Das Idyll ist mal wieder perfekt!

Die Weiterfahrt ist spaßig und anstrengend zugleich, die Kurven werden auf Dauer zu einer Herausforderung. Etwa 40 km vor Leggett, welches etwas landeinwärts gelegen ist, verlässt Highway No. 1 die Küste und schlängelt sich durch eine hügelige Landschaft ostwärts. Dieses Stück Straße ist zusammen mit dem einen Streckenabschnitt in Panama und einem weiteren in Südecuador das allergroßartigste Stück Straße, das ich jemals befahren habe. Genau kein Verkehr, Sonnenschein, perfekt ausgebaute Straße durch eine fantastische Waldlandschaft (man nähert sich hier dem großartigen Redwood Forest!) und auf den gesamten Kilometern bis Leggett Kurve an Kurve, keine einzige Gerade, es ist unbeschreiblich! 1994, als Matthias und ich mit einem Auto hier lang fuhren, wurden wir von einem Motorradfahrer überholt, damals sagte ich, dass ich eines Tages mit einem Motorrad wieder hier sein würde und tatsächlich, es ist wahr geworden! Ich fahre hier lang und kann es nicht glauben, ich bin ein Glückskind!

Da wo 101 und 1 sich treffen, ist der „Tunneltree", ein Mammutbaum, in den ein Tunnel gehauen wurde, durch den man durchfahren kann, natürlich fahre ich mit der Honda auch durch, so wie 1994 mit dem Auto. Dort mache ich eine kleine Pause an einem wieder einmal klischeehaft idyllischen See, es fällt mir schwer mich dort loszureißen, aber vor mir liegt noch die „Avenue of the Giants", eine Straße entlang den mächtigsten der Mammutbäume, diesen unwirklich großen Bäumen, die

Avenue of the Giants, Kalifornien

auch, wie so vieles anderes, einfach unbeschreiblich schön sind. Man muss sie in voller Größe mit eigenen Augen vor Ort erleben, um ihre ganze Pracht zu erkennen. Auch hier war ich 1994 schon und damals war ich deutlich beeindruckter als dieses Mal, aber immer noch sind diese Bäume etwas ganz Besonderes!

Dass sich mein Erleben der Bäume verändert hat, bedrückt mich ein wenig, erkenne ich doch, dass sich mit der Fülle der großartigen Dinge, die ich gesehen habe, eine gewisse Abnutzung bzw. Abstumpfung einstellt. Scheinbar ist meine Aufnahmefähigkeit an Großartigkeiten nicht unbegrenzt.

Ich verweile vergleichsweise kurz, um bald mein Etappenziel Eureka zu erreichen. Die Straße bis Eureka ist die breit ausgebaute 101, so macht das Fahren nicht all zu viel Freude, aber immerhin ist wenig Verkehr. Eureka ist viel größer, als ich es in Erinnerung habe und ich finde – nichts Neues – keine günstige Bleibe. Eigentlich fühle ich mich nach Bett und Fernsehen, aber die Preise sind zu hoch und trotz des Regens richte ich mich auf einem immer noch teuren Zeltplatz (20 USD) ein. Auch ist es immer noch empfindlich kühl, aber so ist Nordkalifornien an der Küste eben.

Am Folgetag geht es weiter an der Küste nach Norden, ich streife den Redwood National Park, der mehr tolle Mammutbäume beheimatet und folge der 101, die hier immer noch Autobahncharakter hat. Ab Crescent City kommt sie glücklicherweise wieder ohne Fahrbahnteilung aus.

In Crescent City lerne ich an einer Tankstelle Winthorp und einen befreundeten Motorradfahrer kennen, zwei Geschäftsleute Anfang 40, die auf einer Wochenendtour sind. Winthorp lädt mich zu sich nach Lake Oswego bei Portland ein, ein Angebot, das ich annehmen werde. Die beiden sind in Crescent City am südlichsten Punkt ihrer Ausfahrt und unsere beiden Routen weisen nach Norden, allerdings werden die zwei eine andere, schnellere Route wählen. Später erfahre ich, dass kurz nachdem wir uns trennen, der Freund mit seiner Honda CB1100XX in einer Kurve die Kontrolle verliert und verunfallt. Glücklicherweise hat er eine erstklassige Schutzausrüstung, so tut er sich fast nichts. Gut war auch, dass er ein komplettes Koffersystem montiert hatte, das seinen Beinen beim Aufprall an der Leitplanke einen Überlebensraum geschaffen hat. Bei unserem Treffen hatten wir uns noch über die für eine Wochenendtour völlig überdimensionierten und überteuren Koffer lustig gemacht. Im Nachhinein hat wohl selten jemand 1500 USD so gut angelegt! Das Alles erfahre ich aber erst bei meiner Ankunft in Lake Oswego. Vorher fahre ich die Küste hoch bis Licoln City. Die Strecke ist nicht mehr so spannend wie weiter südlich, auch wenn die Landschaft von rauer Schönheit ist, aber ich komme immerhin gut voran. Ich erschleiche mir eine kostenlose Nacht auf einem Zeltplatz in den Oregon Dunes, einem Naturschutzgebiet für die Dünen von Oregon. Das Naturschutzgebiet wird auch von Motorsportlern für ihre Buggies, Crossmotorräder und ATVs genutzt. Ein etwas unsensibler Umgang mit einer schützenswerten Umgebung, aber so sind sie halt, die Amis.

Ein erwähnenswertes Ereignis auf dieser Strecke ist die Begegnung mit einem Polizisten: Die ganze Strecke bin ich wie üblich konstant zu schnell unterwegs und das Überholverbot mittels durchgezogener Linie ignoriere ich schon seit San Francisco konsequent. Irgendwann sehe ich vor mir ein kurviges Stück Straße. So etwas begegne ich normalerweise mit gesteigerter Geschwindigkeit, um mehr Freude am Streckenverlauf zu haben. In diesem Fall sind vor mir aber drei schrecklich langsam fahrende Autos. Folgerichtig überhole ich sie trotz durchgezogener Linie und einer anschließenden Kurve, die sich aber bestens einsehen lässt. Ich genieße die paar Kurven und fahre danach mit erlaubten 30 Meilen/Stunde in die nächste Ortschaft ein. Ich denke mir nichts böses, als mich der Dorfpolizist anhält. Interessanterweise hält er mir mein Verhalten beim Überholen der drei Fahrzeuge vor bzw. fragt mich, ob ich mich so verhalten habe. Ich gebe es zu und er verrät mir, dass ihn einer der Insassen der drei Fahrzeuge vom Mobiltelefon aus angerufen hat, damit er sich mich vorknöpft! Muss man sich mal vorstellen!

Er droht mir, mich ins Gefängnis zu werfen (er sagt, er dürfe das aufgrund der Schwere der Beschuldigung), aber er geht auf meine demütigen Entschuldigung ein und entlässt mich mit den Worten: „You gotta know: People here have cellphones and they are not afraid to use them!". Sensationeller Spruch, ich werde ihm ewig dafür dankbar sein, dass ich Adressat dieser Ansprache war!

In Lincoln City fahre ich ostwärts Richtung Portland, sofort wird es deutlich wärmer, also angenehmer und ich freue mich auf das Wiedersehen mit Winthorp Jeanfreau. Als ich in

Lake Oswego ankomme, finde ich die Adresse recht schnell, die Beschreibung ist sehr genau. Etwas erstaunt bin ich, dass Winthorp 5 (!) Kinder hat. Seine Frau ist sehr nett und irgendwie ist das alles etwas anders, als ich von einem Motorradfahrer, der so lausbübisch wirkte wie Winthorp, erwarte. Sofort werde ich voll in die Familie integriert, ich kann in einem Büro, das an die Garage anschließt, übernachten, kann dort das Internet nutzen, ich darf auf Firmenkosten nach Deutschland telefonieren und mich entspannen.

Win „beordert" seine Angestellte Ivy dazu, mir Portland zu zeigen und sie, Vanessa, eine Freundin von Ivy, und ich verbringen eine vergnügliche Zeit in Portland und Umgebung. Ich darf mit Wins BMW 1100GS fahren, seinen Lexus bewegen und mich wie zu Hause fühlen. Die Gastfreundschaft ist umwerfend. Wins Mutter Suzanne, die verwitwet alleine in Portland wohnt, ist eine vergnügliche ältere Frau, die sehr unterhaltsam ist. Suzanne ist Tochter eines Ölmagnaten aus den Südstaaten, die schon in einigen Teilen dieser Welt gelebt hat und viel von und über die Welt weiß. Ihre Haltung zu ihren Landsleuten ist überaus kritisch, was meine kritische Sicht der US-Amerikaner bestärkt. Die Jeanfreaus schämen sich jedenfalls für die Außenpolitik ihres Landes.

Aber wir unterhalten uns nicht nur über Politik, auch meine Reisegeschichten darf ich loswerden. In den vier Tagen meines Bleibens lerne ich eine Menge über das Familienkonzept von Win, der ein Mormone durch und durch ist. Trotz seiner Religiosität akzeptiert er meinen Atheismus vollkommen. Ich muss mich wegen nichts rechtfertigen.

Einmal die Woche machen sie einen Familiengebetsabend, an dem ich einmal teilnehmen soll, was ein tolles Erlebnis für mich ist. Ich knie im Verlauf dieses Abends mit der Familie auf dem Boden des Wohnzimmers und erlebe, wie diese Familie ihren Zusammenhalt festigt. Trotzdem dieses Verhalten mir gänzlich fremd ist, kann ich doch nichts kritikwürdiges daran erkennen! Vielmehr bin ich überwältigt von dem Vertrauen, das mir entgegengebracht wird! Vielleicht werde ich ein wenig davon lernen können!?

Portland selbst ist eine Überraschung. 1994 war es mir nicht besonders aufgefallen, aber dieses Mal stelle ich fest, das es eine gute Größe (vergleichbar Frankfurt, also eher klein) hat und dennoch nicht provinziell wirkt. Dort gibt es zum Beispiel eines der großartigsten Buchgeschäfte, das ich kenne, das Powells Bookstore, in dem man Bücher neu und gebraucht in verschiedenen Erhaltungsgraden zu unterschiedlichen Preisen erstehen kann. Folglich gehe ich mit 5 Büchern aus dem Laden heraus! Die Umgebung von Portland ist auch richtig schön, der Columbia Gorge, ein Teil des Columbia Flußes, der einem See ähnelt, samt der wunderbar grünen Umgebung ist beliebtes Naherholungsziel und wirklich sympathisch. Zur Küste ist es auch nicht weit. Portland liegt richtig gut in der Landschaft!

So verbringe ich dort alles in allem vier großartige Tage und der Abschied fällt mir sehr schwer, zumal Win mir angeboten hat, den kompletten Sommer dort zu verbringen! Sehr verlockend, aber ich ziehe doch weiter. Eine für mich unglaubliche Geschichte möchte ich noch erwähnen: Claire, die älteste Tochter von Win (etwa 12), ist ein wenig von mir eingenommen, obwohl ich so viel älter bin. Sie will mir einen Gefallen tun und wäscht mein Motorrad, während ich in der Stadt unterwegs bin! Ich bin völlig sprachlos, als ich zurückkehre und schäme mich ein wenig, weil ich überhaupt nicht weiß, wie ich Claire dafür danken soll. Win rät mir einfach „Danke!" zu sagen, was ich beim gemeinsamen Abendessen auch tue, aber immer noch habe ich das Gefühl, nicht adäquat reagiert zu haben. Aber wie könnte ich?

Überraschend ist für mich, wie selbstverständlich Win es findet, dass ein Mädchen von 12 Jahren ein Motorrad putzt! Ich hätte das wahrscheinlich nicht zugelassen, aber Win konnte nichts schlechtes daran erkennen.

Eine gute Sache bei der Putzaktion ist, dass man nach Entfernung der Schmutzschicht erkennen kann, dass der Kupplungszug dort, wo er im Motorgehäuse mündet, anfängt, dünn zu werden und zu reißen droht. Mir wäre das nie aufgefallen und auch wenn ich glaube, dass der Zug noch bis Alaska durchgehalten hätte, entschließe ich mich zu einem Wechsel. Das ist übrigens das einzige, was als Reparatur durchgehen könnte. Obwohl ein Kupplungszug auch eher ein Verschleißteil ist!

Der Abschied von den Jeanfreaus ist richtig schwer, aber Alaska ruft! Als nächstes will ich eigentlich in Seattle nächtigen, aber auf den Weg weiter nach Norden mache ich einen ordentlichen Umweg zum Mt. St.Helens, dem berühmten Vulkan, der 1981 so gewaltig explodiert ist. Auch ihn habe ich ähnlich wie die Mammutbäume deutlich spektakulärer in Erinnerung, aber immer noch ist er ein gewaltiger Anblick und glücklicherweise kann ich ihn dieses Mal, allerdings nach ein paar Stunden Warten, völlig ohne Wolken in und um den Krater bewundern. Am Berg ist es mal wieder ganz schön kühl, aber zurück im Tal ist es auch schnell wieder wärmer. Bis nach Seattle schaffe ich es an diesem Abend nicht mehr. Mit Einbruch der Dunkelheit gönne ich mir ein Motelzimmer mit Fernsehen in Centralia für teures Geld. Der Grund, dass ich einen Fernseher benötige, ist der Be-

ginn der Fußballweltmeisterschaft und an diesem Abend spielt die deutsche Mannschaft! Das Zimmer kostet zwar 40 USD, aber das ist mir der Fernseher wert! An das Spiel kann ich mich nicht erinnern, an Centralia allerdings schon, es ist durch und durch unerwähnenswert.

Also auf nach Seattle, dort suche ich erfolglos eine billige Bleibe, erfolglos einen Kupplungszug (mehrere Tage Lieferzeit) und erfolglos eine Fähre nach Vancouver Island. Da möchte ich als nächstes eigentlich hin, aber ohne neuen Kupplungszug will ich nicht viel weiter und ohne Fähre komme ich sowieso von Seattle nicht dahin. Also auf nach Vancouver!

Kanada (5.-20.6.2002)

Hammering Man, Seattle

So mache ich in Seattle nur ein paar Bilder mit der Honda vor dem Hammering Man, den wir fast genauso auch in Frankfurt/Main haben, und ziehe schon weiter. Die Fahrt ist unspektakulär und wieder Richtung Dämmerung komme ich an die kanadische Grenze, kann problemlos passieren und suche in White Rock, unmittelbar an der Grenze, einen Zeltplatz. In Kanada ist gleich alles anders, endlich wieder Kilometer-Schilder, die Leute sind gleich anders drauf und irgendwie ist es einfach angenehmer als in den USA. Warum das so ist, kann ich nicht sagen!?

Von White Rock aus versuche ich einen Händler mit meinem Kupplungszug zu finden, aber keiner hat eins vorrätig. Auch hier ist die Transalp nur bis 1990 importiert worden und Reparaturkits für Züge gibt es nicht, hier wird getauscht (wie in den USA)! Nach einer Nacht in White Rock erreiche ich zügig Vancouver, quartiere mich dort eine Nacht in einer schäbigen Jugendherberge ein und suche den örtlichen Hondahändler auf, wo ich das Kabel und einen Luftfilter bestelle. Für den nächsten Tag mache ich einen Termin für einen Ölwechsel, es ist mal wieder an der Zeit.

Der erste Abend verläuft eher ruhig, dafür finde ich am nächsten Tag eine großartige, supermoderne und saubere Jugendherberge in einem angenehmen Stadtteil im Westen des Stadtzentrums. Ich ziehe also um, fahre dann zur Werkstatt und überraschen-

derweise ist das Kupplungskabel über Nacht von Toronto nach Vancouver geliefert worden! Fantastisch! Der Ölwechsel ist auch schnell gemacht und so ist die Honda wieder im Bestzustand und fertig für den Rest des Weges.

Zurück in der Jugendherberge lerne ich Kerry kennen, er hat eine Garage direkt hinter der Jugendherberge, in der er eine wunderschöne Yamaha RD250 von 1972 und eine Moto Guzzi 850T aufbewahrt. Während ich an meinem Motorrad etwas aufräume, schraubt er an seiner RD250, die sich im Neuzustand präsentiert. Mein bewundernder Kommentar führt zu einem sehr angenehmen Gespräch über Gott und die Welt und wir beschließen, uns am Abend zu treffen, um auszugehen. Die RD250 ist übrigens im unrestaurierten Originalzustand, sie hat nur etwas über 8000 km auf der Uhr, kurz, sie ist eine Sensation! Kerry entpuppt sich als extrem netter, gebildeter Mensch, er ist Pilot, erfüllt aber keins der gängigen Klischees über Piloten (was gut ist). Ich habe in Kerry einen Freund gewonnen, den ich nicht missen möchte. Ich treffe Kerry ein paar Mal zum Ausgehen, auch gehen wir einmal zusammen in sein Fitnessstudio trainieren. So was mache ich ja immer gerne! Ich kann ihn sogar einige

Sachen über den Sport lehren, die er hoffentlich langfristig umsetzen kann. Zu Kerry gibt es eine extrem tragische Geschichte zu erzählen, die sich etwa zwei Wochen nach meiner Abfahrt aus Vancouver ereignet hat: Kerrys Freundin, mit der er seit drei Jahren zusammen war und die er spätestens 2003 heiraten wollte, kommt bei einem Verkehrsunfall ums Leben. Kerry hatte während unserer Begegnungen immer wieder von ihr erzählt und betont, wie glücklich er ist, dass er sie hat, da es auf der ganzen Welt keine bessere Frau für ihn gibt. Er hat sie abgöttisch geliebt, was an der Art und Weise, wie er von ihr erzählt hat, sehr deutlich wurde. Da Kerry einer der nettesten (im positivsten Sinne!) und bescheidensten (genauso im positivsten Sinne!) Menschen ist, die mir jemals begegnet sind, empfinde ich das als extrem ungerecht. Ich wünsche dieses Schicksaal keinem, aber Kerry ist wirklich der letzte, der so etwas erleben sollte! Ich hoffe sehr, dass Kerry eines Tages den Schmerz verwunden haben wird und wieder eine Frau findet, die ihn verdient!

Außer Kerry habe ich in Vancouver noch ein paar weitere Motorradfahrer getroffen, zum einem Michael, einen BMW-Fahrer, der mich auf der Straße anspricht, als ich meine Kette spanne, mit ihm gehe ich Essen und wir tauschen Reiseerfahrungen aus – sehr nett – und zwei Jungs aus Brasilien, die die gleiche Route gefahren sind wie ich, allerdings in nur 4 Monaten, deutlich schneller als ich. Sie haben weniger Zeit und hetzen etwas. Wir verabreden ein Treffen weiter nördlich in British Columbia, um dann ein wenig gemeinsam zu fahren, allerdings werde ich von ihnen nie wieder etwas hören, wer weiß, was ihnen geschehen ist!?

Auch sonst sind in der Jugendherberge einige nette Leute, u.a. noch Stefan Legler, den ich im Oktober 2002 in Frankfurt wiedertreffe, wo er am Frankfurt Marathon teilnimmt. Das wollte ich auch, leider bin ich zu diesem Zeitpunkt krank. Nach (den üblichen) vier vergnüglichen Tagen in Vancouver treibt es mich weiter, Vancouver Island ruft. Hier beginnt mal wieder ein wenig Abenteuer, denn ich weiß nicht, ob auf der Fähre, die ich von Port Hardy auf Vancouver nach Prince Rupert auf dem Festland nehmen möchte, ein Platz ist. Sie ist ausgebucht und ich kann laut Reiseagentur nur hinfahren und schauen, ob ich mich draufquetschen kann. Das war es aber auch schon an Abenteuer, ansonsten ist es nur ab und an ein wenig frisch, sonst nix.

Von Tsawassen nehme ich also eine kleine Fähre nach Swartz Bay auf Vancouver Island, von dort die Straße nach Victoria, das sich im englischen Stil präsentiert, was aber, wie ich nachlese, alles künstlich auf „very british" getrimmt ist. Eine Art Disneyland sozusagen, trotzdem recht nett! Ich suche eine Jugendherberge mit Fernseher, da an diesem Abend das Weltmeisterschaftsspiel Deutschland-Irland stattfindet, finde aber nichts zufriedenstellendes, also verlasse ich Victoria schon nach einer Stunde wieder und fahre weiter Richtung Norden bis kurz nach Nanaimo. Es dämmert mal wieder als ich mich für ein günstiges Motel entscheide, das ESPN hat. Zur Abwechslung nicht im Schlafsaal schlafen, ist auch ganz nett, insofern verschmerze ich den immer noch hohen Preis für das Zimmer.

Mit Doritos und Schokolade bewaffnet bereite ich mich auf die Nacht vor und erlebe ein ordentliches Spiel, das die Deutschen überraschenderweise dominieren, welches dann aber doch im Unentschieden endet. Viel zu spät kann ich dann schlafen und viel zu früh muss ich am nächsten Tag das Zimmer wieder räumen, die geplante Etappe nach Tofino an der Westküste von Vancouver Island ist aber nicht sehr lang, insofern bin ich trotz meiner großen Müdigkeit nicht unmutig.

Die Strecke von Parksville quer über die Insel ist sehr schön, ich mache häufige Pausen, um die Natur zu genießen und auch die Straße selbst ist nett kurvig und abwechslungsreich. Tofino ist ein kleines, hübsches, leider sinnlos teures Nest, das für Walbeobachtungsfahrten und Surfen bekannt ist. Wie man bei der Kälte (auch im Sommer) Wellen reiten kann, ist mir zwar ein Rätsel, aber ich sehe tatsächlich Leute, die entsprechend ausgerüstet sind und Wellenbretter zumindest im Ort herumtragen. Ich freue mich auf einen gemütlichen Abend in Tofino, dummerweise habe ich die Herbergsführer, die ein vorheriges Reservieren anraten, nicht ernst genommen und eben nicht reserviert. Leider ist alles belegt, obwohl auf der Straße sehr wenig los ist, und ich komme nicht unter. Außerhalb der Ortsgrenzen gibt es Zeltplätze, die sind aber weder schön noch preiswert, also entschließe ich mich zur Rückfahrt auf die Ostseite der Insel. Zurück in Parksville finde ich einen großartigen, leeren und billigen Platz zum Zelten. Der Betreiber ist ein Deutscher, der schon seit vielen Jahren in Kanada lebt und sich dort sehr wohlfühlt. Begegnungen dieser Art mit Deutschen im Ausland werfen in mir immer die Frage auf, ob ich mit meinem Büroleben in Deutschland wirklich eins bin. Immer mehr glaube ich, dass das nicht der Fall ist!

Die Nacht schlafe ich gut und ausdauernd und am nächsten Morgen mache ich mich auf den Weg nach Port Hardy, wo die Fähre, auf der ich hoffentlich unterkomme, am Folgetag abfährt. Der Weg dahin ist wesentlich weiter, als ich das vorher abgesehen hatte, so brauche ich fast den ganzen Tag. Einen kleinen Abstecher leiste ich mir trotzdem nach Telegraph Cove, einem winzigen Nest, dass vor etwa hundert Jahren als Wal- und Fischfangbasis gegründet wurde (wenn ich mich richtig erinnere).

Es ist fast gänzlich auf Stelzen in einer winzigen Bucht gebaut und die Wege zwischen den wenigen Häusern sind alle Holzstege! Nur drei oder vier Häuser stehen auf richtigem Grund, aber auch diese Häuser sind nur über den Holzweg zu erreichen. Das Gesamtbild der sehr hübschen Häuser ist überwältigend charmant und so ist Telegraph Cove einer der ganz speziellen Orte auf meiner Reise. Von hier kann man Walbeobachtungstouren machen, die mir aber wieder mal zu teuer sind. Schade! Ein Schmankerl ist noch ein alter rostiger Pritschenwagen (Pick-Up Truck), der vor vielen Jahren dort abgestellt wurde und jetzt mit der „Installation" verwachsen ist. Da die Häuser alle schön in Schuss sind, fällt der baufällige Wagen natürlich sehr auf, aber alles passt trotzdem einfach gut zusammen. Nach einer Stunde herumhängen und Ruhe genießen lege ich die letzten Kilometer nach Port Hardy zurück, orientiere mich, um zu wissen, wo die Fähre abfährt und wie weit es von dort zum Ortskern ist und suche einen Zeltplatz.

Ich wähle den, der direkt am Ortsausgang liegt, von dort sind es etwa 6 km zur Fähre, das ist akzeptabel. Port Hardy selbst ist unspektakulär, ich fühle mich irgendwie an die Orte im südlichen Südamerika erinnert, die zum Teil sehr zweckdienlich und dementsprechend eher schmucklos gebaut sind. Auf dem Zeltplatz ist es dafür sehr heiter, der Betreiber lässt dort etliche Kaninchen frei herumlaufen, die ihre Scheu vor dem Menschen weitestgehend verloren haben. Viele sind ganz jung (es ist Frühling) und schon irgendwie sehr süß. Ich finde es jedenfalls nett, im offenen Zelt zu liegen (meins hat große Öffnungen nach beiden Seiten) und dauernd von Kaninchen besucht zu werden!

5.30 Uhr am Morgen stehe ich dann am Fahrkartenschalter für

die Fähre und ich darf mir ein Stand-by Ticket kaufen. Vor mir ist schon ein Fahrzeug, ein Pärchen aus Holland hat auch keinen festen Platz und vertraut ebenfalls darauf, dass einige gebuchte Gäste nicht kommen. Wir kommen ins Gespräch, ich bekomme einen Kaffee gekocht und so vergeht die Zeit bis zur Beladung der Fähre (so gegen 8 Uhr) fast wie im Flug. Tatsächlich darf ich als Motorradfahrer als einer der Ersten auf die Fähre, was ich natürlich prima finde, für die Holländer läuft das anders, sie müssen fast bis zum Schluss warten und sind glücklicherweise der vorletzte Wagen, der auf die Fähre darf. Auf der Fähre ist auch Rick mit seiner Freundin, sie fahren auf einer BMW und machen eine „kleine" Tour durch British Columbia von etwa 3500 km in knapp drei Tagen! Zu fünft sitzen wir an Deck und genießen die fantastische Aussicht bei wunderbarem Wetter. Die Sonne scheint, die Temperaturen sind sehr angenehm und nach der kurzen Nacht kann man den Tag wunderbar entspannt genießen. Einfach prima! Die Fahrt vergeht wie im Flug und als wir in Prince Rupert ankommen, ist es schon dunkel. Mit Rick und Freundin belegen wir mit zwei Zelten einen Zeltplatz, es ist fast der letzte, der noch frei ist, der Rest ist belegt mit Reisenden, die früh am Morgen mit der Fähre abfahren, mit der wir gekommen sind.

So ist es gut, dass wir mit den Motorrädern fast als erste von Bord fahren, so konnten wir den Platz noch ergattern. Dabei hätte mein Herunterkommen von der Fähre fast nicht geklappt (Rick war als aller erster runtergefahren). Direkt vor mir stand als zweites oder drittes Fahrzeug ein riesiges Wohnmobil, dass links und recht nur wenige Zentimeter Platz zu den anderen beiden Fahrzeugen in der zweiten Fahrzeugreihe ließ. So wie das Wohnmobil stand, blockierte es alle anderen Fahrzeuge, es musste also als nächstes Fahrzeug von Bord. Leider war die Batterie tot und es sprang nicht an. Ein paar mal hat sie müde den Anlasser gedreht und dann den Betrieb eingestellt.

Die Arbeiter der Fähre und alle Gäste inklusive mir fürchten die totale Katastrophe! Das Ding schieben ist unmöglich, es aus dem Weg rangieren mangels Platz auch. Wir stecken fest. Ein paar Leute machen sich auf die Suche nach einer Batterie, aber niemand hat etwas passendes. Nach etwa 20 Minuten bangen Wartens versucht die Frau des alten Ehepaars unmotiviert noch einmal, den Motor anzuwerfen und was die ganze Zeit von

Batterie und Anlasser ignoriert wurde, führt völlig überraschen zum Erfolg! Warum, ist nicht nachzuvollziehen! Vermutlich hat mein Glück für ein Wunder gesorgt, als es merkte, wie dringend ich in meinen Schlafsack wollte!
Das Aufatmen von Arbeitern und Gästen ist jedenfalls bestimmt bis nach Hawaii zu hören, das Poltern der Steine, die von Herzen fallen, auch. Binnen Sekunden bin ich vom Boot runter und auf dem Zeltplatz angekommen, wo Rick schon alles klar gemacht hat. Er lädt mich für die Nacht ein, die Kosten zu übernehmen, was ich natürlich gerne akzeptiere.
Rick erklärt mir auch gleich, was ich beim Zelten in Sachen Bären beachten muss. Zuerst nehme ich das nicht so ernst, als er aber dann seine Sachen, die für Bären interessant sind, in einen Baum hängt, werde auch ich vorsichtig. Und schrecklich unentspannt! Zwar ist es nach meinem ersten, kurzen Intermezzo mit Bären in Kalifornien schon die zweite Nacht in „Bear Country", nur hier hatte ich noch nicht wieder damit gerechnet und so bin ich innerlich noch nicht darauf vorbereitet.
Ich schlafe trotzdem ganz gut und am Morgen, als Rick und seine Freundin aufbrechen, beschließe ich, es ihnen gleich zu tun, was deutlich früher als für mich üblich ist. Allerdings beschließe ich, vom für den Zeltplatz gesparten Geld ausgiebig frühstücken zu gehen, so verliere ich die gewonnene Zeit wieder. Aber dann geht es los, die Fahrt nach Osten entlang des Skeena Rivers ist sehr angenehm. Die Straße windet sich teils eng am Fluss entlang und ist in gutem Zustand. Das Fahren ist unterhaltsam, auch wenn es doch recht kühl und windig ist. Irgendwann erreiche ich Terrace, einem größeren Ort, an dessen Ortseingang ich gleich einen örtlichen Polizisten kennen lerne. Ich fahre etwa 40 km/h zu schnell, was der natürlich nicht witzig findet, aber er akzeptiert meine Entschuldigung („Ich bin so überwältigt von der Schönheit der Landschaft, dass ich das Limit übersehen habe...") und lässt es mit einer gründlichen Ermahnung bewenden. Glück gehabt! Fortan fahre ich aber auch etwas vorsichtiger, zumindest bis zur Ortsgrenze.
In Kitwanga erreiche ich die Abzweigung zum Cassiar-Stewart-Highway (Nr. 37), der nach Norden eine Verbindung zum Alaska-Highway herstellt. Aus allen möglichen Erzählungen erwarte ich eine Schotterpiste mittelprächtigen Zustands, er ist aber fast komplett geteert und die wenigen Schotterstücke sind in

so ausgezeichneten Zustand, dass man leicht 110 km/h und mehr fahren kann. Das Bergpanorama ist schön, wenn auch nicht spektakulär, aber die Temperaturen sind im Vergleich zur Küste deutlich gestiegen und so bereitet das Fahren ein weiteres Mal viel Freude. Gar nicht weit hinter Kitwanga sehe ich meine ersten kanadischen Bären. Es sind zwei Junge und eines davon ist schneeweiß! Zuerst denke ich, es ist ein Schaf, aber dann sehe den braunen und ich realisiere, dass ich einen der extrem seltenen Komodean-Bären zu sehen bekomme. Diese Bären sind keine Albinos, sondern eine genetische Eigenart dieser Gegend, doch selbst viele Einheimische haben angeblich noch nie einen gesehen! Vermutlich will mich jemand dafür kompensieren, dass ich mit Walen nie Glück habe. Bevor ich anhalten kann, um sie mit ausreichend Abstand zu beobachten, sind sie aber im Wald verschwunden.

Bald danach erreiche ich die Abzweigung zur Straße nach Stewart und Hyder. Diese Straße soll landschaftlich großartig sein, aber ich bin mir zuerst nicht sicher, ob ich die fast 70 km bis zum Ende der Strasse fahren soll. Nach etwa einer halben Stunde abwägen von Für und Wider fahre ich dann doch in die Sackgasse. Die Strecke ist wirklich schön, auch die Straßenführung, aber bemerkenswerter sind doch die weiteren Bären, die ich auf dieser Straße zu sehen bekomme. Auf den Weg von der Abzweigung nach Stewart ist es nur einer, auf dem Rückweg zur Kreuzung aber schon zwei, einer davon ist ein riesenhafter Grizzly!

Im weiteren Verlauf der Fahrt an diesem Tag sehe ich noch weitere sechs Bären, so dass ich insgesamt elf Bären zu Gesicht bekomme. Bei einigen muss ich scharf bremsen, damit ich sie nicht umfahre, weil sie völlig unvermittelt aus dem Grün am Straßenrand auf die Strasse laufen. Schon lustig! Die Bären kommen vermutlich wegen der Sonne an die Straße, um sich dort aufzuwärmen. Auch kann man überall Bärexkrement herumliegen sehen. Ich bin im „Bear-Country", kein Zweifel!

Aber noch kurz zurück nach Stewart und Hyder. Zwischen beiden Orten verläuft die Grenze zwischen den USA und Kanada. Weder Stewart noch Hyder sind besonders hübsch, aber ich beschließe, kurz nach Hyder (Alaska, USA) einzureisen, damit ich zumindest meine Feuerland-Alaska-Reise komplett habe. Sollte jetzt noch was passieren, habe ich zumindest meine ursprüngliche Mission erfüllt, auch wenn der eigentliche Zielort noch ein paar tausend Kilometer weiter ist!

Mein Tag geht in Iskut zu Ende, einem „Ort" am Cassiar-Stewart-Highway, der nur aus ein paar Hütten und einer Jugendherberge besteht. Ich hatte schon früher halten wollen, aber nichts gefunden, wo so etwas wie Zivilisation in der Nähe war. Wegen der großen, braunen und schwarzen Pelzträger habe ich aber das Bedürfnis, nicht in völliger Abgeschiedenheit zu nächtigen. Zumal ich an diesem Tag ja genug Bären gesehen habe! Die Jugendherberge ist leider geschlossen, aber ich darf auf dem Zeltplatz unterhalb nächtigen, er ist direkt am Ufer eines fantastischen Sees gelegen und das Bergpanorama zusammen mit dem ruhigen, dunklen Wasser ist superschön. Das durch diesen schönen Zeltplatz ein paar Tage vorher ein riesiger Grizzly gelaufen ist, erfahre ich erst beim Abendessen in der kleinen Gaststätte oben an der Straße. Aber ändern kann ich sowieso nichts, also entferne ich alles Riechende aus dem Zelt und hänge es in Bäume weit weg von meinem Zelt. Ich überlebe die Nacht unverletzt und am Morgen mache ich meine täglichen Liegstütze auf einem kleinen Steg, der in den See hineinreicht, so dass ich 270 Grad um mich herum Wasser habe. Großartig! Es ist superstill und ich verstehe, warum Menschen in Kanus steigen und tagelang in der Gegend herumfahren, um alleine mit der Natur zu sein! Eines Tages werde ich das auch tun.

So fällt der Abschied schwer, aber ich will weiter. In der gleichen Gaststätte genieße ich ein leckeres Frühstück mit den supernetten

Gaststättenbetreibern. Es ist noch keine Hochsaison und sie haben noch Zeit, mit den Gästen (in diesem Fall mir) nett zu plaudern. Ab Iskut wird die Landschaft etwas langweiliger, aber die Straße ist gut, so komme ich auch gut voran. Westlich von Watson Lake erreiche ich die Kreuzung zum Alaska-Highway, wo ich eine ausgedehnte Pause mache. Während der Rast hält ein Gold-Wing-Fahrer mit deutschem Kennzeichen. Es ist ein US-Amerikaner, der in Deutschland für die US-Armee arbeitet. Er ist auf einer Monstertour, auf der er in wenigen Tagen weit über 10.000 km zurücklegt (LA-Alaska und zurück mit Umwegen). Er ist mit Freunden unterwegs, die zu diesem Zeitpunkt aber woanders sind. Nach kurzem Gespräch fährt er weiter und ich tue es ihm gleich.

Etwas westlich von der Kreuzung sehe ich in einem Tümpel in der Entfernung einen Elch stehen. Erst fahre ich weiter, dann drehe ich um und versuche näher an ihn heran zukommen, schließlich ist es mein allererster Elch. Viele Leute hatten mich vor Elchen gewarnt, ich würde sie überall sehen, leider bleibt es der einzige, den ich auf meiner Reise zu Gesicht bekomme. Da ich ihn nicht wirklich aus der Nähe sehen kann, finde ich das sehr schade! Wahrscheinlich sind Elche und Wale verwandt und sie haben sich gegen mich verschworen!

Weiter geht die Fahrt bis Whitehorse, wo ich in einer netten Jugendherberge unterkomme, in der ich drei Tage bleibe. Ich nutze die größte Stadt des Yukon (immerhin 15.000 Einwohner, glaube ich) zum Entspannen, dem Kauf eines neuen Benzinkanisters, etwas Sport in einem netten Fitnessstudio und zum Fußball schauen. Hier tritt mittlerweile auch mitten in der Nacht keine völlige Dunkelheit mehr ein, es ist immer nur Dämmerung und der Himmel präsentiert sich nachts zum Teil in großartigsten Farben. Das Schlafen fällt mir mit dem Licht zwar sehr schwer, aber schön ist das schon mit dem Himmel!

In der Jugendherberge treffe ich, wie erwähnt, wieder auf den Münsteraner, den ich zuletzt am Grand Canyon gesehen hatte. Trotzdem er sein Motorrad auf dem Cassiar-Stewart-Highway weggeworfen und irreparabel verbogen hat, ist er einigermaßen guter Laune. Immerhin ist er völlig unverletzt geblieben, was im Zweifel den Ärger über das verlorene Mopped kompensiert!

Außerdem treffe ich dort ein paar Sachsen, die zu sechst mit dem Kanu den Yukon heruntergefahren sind. Sie sind sehr nett und wir verplaudern ein wenig Zeit.

Einen Tag früher als üblich, nämlich nach drei Tagen, fahre ich ab Richtung Dawson City, der zweitgrößten Stadt des Yukon (immerhin doch auch noch 2000 Einwohner!). Hier ist es nachts noch heller als in Whitehorse und wenn man zwei Uhr morgens aus dem Spielsalon kommt, ist es wie bei uns gegen 21.30 Uhr im Sommer. Absolut sensationell! Dawson ist eine kleine Westernstadt wie aus dem Bilderbuch, tatsächlich sind alle Gebäude völlig original und man bekommt einen guten Eindruck davon, wie eine Goldgräberstadt um 1900 so ausgesehen hat. Es lebt pur vom Tourismus, ist aber trotzdem sehr charmant geblieben!

Der Zeltplatz, auf dem ich unterkomme, ist auf der gegenüberliegenden Seite des Yukon, nur durch eine Fähre zu erreichen, die rund um die Uhr in Betrieb ist und nichts kostet. Klasse! Auf dem Zeltplatz gibt es kein fließendes Wasser und keinen Strom, was ich etwas gewöhnungsbedürftig finde, aber auch das ist zu überleben. Auf dem Platz sind ein paar lustige Typen, u.a. ein Deutscher, der zur Reisendenlegende geworden ist, weil er mit einer Pump-Gun auf einen kleinen Nager geschossen hat, um sich etwas zu Essen zu besorgen. Ob das jetzt eine positive Legende ist, lasse ich mal offen. Zusammen haben wir aber alle ordentlich Spaß, so vergammeln sich zwei Tage in Dawson sehr kurzweilig. Ich bleibe einen weiteren Tag, weil ich hoffe, dass das Wetter trocken wird und ich sicherer über den „Highway at the top of the world" fahren kann, der vermeintlich bei Nässe vor allem auf zwei Rädern nicht zu passieren ist, aber auch am Folgetag regnet es. Nichtsdestotrotz beschließe ich, gegen die Warnung des Jugendherbergs-Betreibers (auch ein Deutscher), loszufahren. Wieder einmal stellt sich die Beschaffenheit der Straße als absolut passabel heraus, auch wenn sie wegen der Nässe tatsächlich ganz leicht rutschig ist. Das Panorama an der Straße, die auf dem Rücken einer Hügelkette verläuft, ist großartig, auch oder vielleicht weil bedrohliche Regenwolken den Himmel dominieren und es ist kalt, aber das macht gar nichts!

Alaska (20.6.–7.7.2002)

Die Straße quert die Grenze zwischen den USA und Kanada und es findet sich dort der nördlichste Grenzübergang der USA. Der Grenzübertritt ist problemlos, auch wenn ich mit meinen klammen Fingern Schwierigkeiten habe, die Papiere zu präsentieren.

An der Grenze treffe ich einen US-Amerikaner, der auf einer KLR650 unterwegs ist, er ist auch auf einer kleineren Rundreise von den „Lower 48" und er fährt trotz der Kälte in Jeans. Ein Wahnsinniger! Ich würde erfrieren.
Etwas weiter, in „Chicken" (um diesen Ortsnamen dreht sich eine lustige Legende: Angeblich konnten die Einwohner den ursprünglichen Namen nicht aussprechen und sie haben es dann „Chicken" genannt, die genaueren Umstände warum ausgerechnet ein Huhn als Namensgeber gewählt wurde, weiß ich aber nicht mehr) treffe ich auf eine Gruppe von über 20 Motorradfahrern, alle aus Anchorage und Fairbanks, die auf den Weg nach Prince Rupert sind. Natürlich kommen wir ins Gespräch und einige zeigen sich beeindruckt von meiner Tour und können nicht glauben, dass meine serienmäßige Transalp das mitgemacht hat, die meisten von ihnen sind nämlich überzeugte BMWler. Unser Intermezzo ist kurz, wir brechen gemeinsam auf, sie fahren nach Osten, ich nach Südwesten. Bald erreiche ich wieder den Alaska Highway, der Asphalt hat mich wieder. Von der Tetlin Junction nach Fairbanks passiert nicht viel, die Fahrt ist eintönig und ab der Delta Junction, wo Highway 4 auf den Alaska Highway trifft, herrscht wieder mehr Verkehr und das Fahren macht keinen Spaß mehr. Dann erreiche ich Fairbanks, wo ich mir mal wieder ein Motel mit Fernseher suche (König Fußball!), was teuer ist, aber mittlerweile bin ich ob des insgesamt unangenehmen Preisniveaus etwas abgestumpft.
Fairbanks ist unspannend, es gibt keine oder ganz wenig historische Bausubstanz und so wenig zu sehen. Einzig erwähnenswert ist ein historischer Zug, der schön restauriert Touristen durch die Gegend kutschiert. Er besteht aus einer großen Menge Wagen, ist also ellenlang und sorgt so am Bahnhof von Fairbanks für eine beeindruckende Kulisse in kräftigem Blau und Gelb.
Von Fairbanks plane ich eigentlich die Weiterfahrt nach Prudhoe Bay, einer der nördlichsten Ansiedlungen der USA an der Beaufortsee und jedenfalls das Ende der nördlichsten Straße der USA, aber die Berichte über den Zustand der Straße lassen mich an dem Vorhaben zweifeln. Eigentlich wollte ich so was ja nicht mehr glauben, tue es aber doch und auch hier wird sich leider herausstellen, dass die Berichte wieder einmal völliger Blödsinn waren.

Leider finde ich das in einem Mietwagen heraus, den ich statt meines Moppeds für die Tour genommen habe. Das hat aber auch noch den Grund, dass ich mit Jemandem, den ich in einer Jugendherberge getroffen habe, zusammen fahren kann. Da ich wegen der Fußballnacht supermüde bin, kann ich nämlich kaum fahren und lasse ihn fahren. Der Tag, an dem wir losfahren ist der Tag der Sommersonnenwende, insofern müssen (bzw. wollen) wir fahren, damit wir am Polarkreis die Mitternachtssonne am längsten Tag erleben können. Eine Pause zum Erholen wäre zwar netter, aber man kann ja nicht alles haben.

Polarkreis

Wie geschrieben, ist die Straße in hervorragendem Zustand und so könnte man auch mit dem Mietwagen (obwohl verboten) nach Prudhoe Bay fahren, allerdings entpuppt sich mein Mitfahrer als extremster Vollidiot, so dass ich es nicht auf mich nehmen möchte, zwei weitere Tage, die für dieses Unternehmen anfallen würden, mit diesem Deppen im Auto zu sitzen. So beerdige ich diesen Traum.

Mit dem Wetter während der Sommersonnenwende haben wir auch Pech, es ist bewölkt und die Sonne ist fast nicht zu sehen. Zumindest nicht am tiefsten Punkt ihrer „Reise", wo sie immer noch deutlich über dem Horizont zu sehen sein würde. Aber immerhin habe ich die Sommersonnenwende innerhalb des nördlichen Polarkreises mitgemacht, insofern habe ich keine Beschwerden. Außerdem ist in dieser Gegend das Bergpanorama doch sehr ansehnlich. Und ich verbringe eine Nacht mit dem Zelt mitten auf dem Polarkreis, was für mich auch etwas Besonderes ist.

Trotzdem bin ich etwas enttäuscht darüber, dass es nicht bis nach Prudhoe Bay gelangt hat, als ich mit dem Idioten nach Fairbanks zurückkehre, wo ich mich zügig von ihm verabschiede und froh bin, ihn los zu sein. Er hat es vermutlich ähnlich empfunden.

Kleines Schmankerl am Rande dieses kleinen Ausflugs ist die Yukon-Taufe, die ich vollzogen habe. Und zwar wurde mir erklärt, dass man beim Überqueren des Yukon sich in denselben „erleichtern" soll. Dieser kleinen Tradition komme ich gerne nach, so etwas kann man ja nicht wirklich auslassen! Ob ich deswegen jetzt Mitglied in irgendeinem Klub bin, kann ich nicht sagen!?

Zurück in Fairbanks schlafe ich eine weitere Nacht auf einem Zeltplatz und nach einem sehr langsamen Start in den Tag, an dem ich erfolglos versuche, in der „University of Alaska" schwimmen zu gehen (es ist Sonntag und geschlossen), bewege ich mich am Nachmittag in Richtung Anchorage.

Nachzutragen ist für Alaskas Zentrum noch, dass alle Berichte über Mückenplagen absolut untertrieben sind. Die Menge Mücken ist schlicht irrsinnig groß. Jeder Zentimeter entblößter Haut ist augenblicklich von Myriaden von Mücken besetzt. Es ist unmöglich sie zu vertreiben, wenn man kein Schutznetz oder ein sehr wirksames Mückenschutzmittel hat. Allerdings bilde ich mir ein, dass ein Mittel, welches wirksam genug ist, diese vielen Mücken in Schach zu halten, schwerste Nebenwirkungen haben muss! Das Netz scheint also das Mittel der Wahl zu sein! So viel zur Mückenplage, man könnte allerdings seitenweise darüber lamentieren.

Weiter geht es auf der Fahrt. Unweit von Fairbanks, in Nenana, schlage ich wegen heftiger Müdigkeit neben dem Touristenbüro des kleinen Ortes mein Zelt auf. Ein Mitarbeiter des Touristenbüros, ein sehr netter älterer Herr, überlässt mir den Schlüssel für das Toilettenhäuschen, damit ich mit allem versorgt bin. Bezahlen darf ich nichts, tolle Gastfreundschaft! Der Untergrund ist eine schöne weiche Wiese und ich schlafe sehr komfortabel und, da ich sehr müde bin wegen der letzten Tage, recht ausdau-

ernd bis spät in den Vormittag hinein. Für den Tag plane ich den Besuch des Mount McKinley im Denali Nationalpark, den Parkeingang erreiche ich auch bald, aber leider muss ich feststellen, dass es dort von anderen Besuchern nur so wimmelt, das Wetter sehr mäßig und der Berg vollkommen in Wolken gehüllt ist.
Der Parkeingang ist einige Dutzend Kilometer vom McKinley entfernt und um näher zu gelangen, müsste ich die Honda abstellen und in einen Bus steigen, der hin und zurück viele Stunden unterwegs ist. Da eine Wetterbesserung nicht in Sicht ist und mir die vielen Menschen auf die Nerven gehen, entscheide ich mich dafür, meinen Denali-Besuch zu beenden. Eigentlich schade, aber wolkenverhangene Berge habe ich schon genug gesehen.

Denali-Highway

Geplant hatte ich generell auch die Fahrt über den Denali-Highway und die steht als nächstes an. Wieder habe ich schreckliches über den Zustand der Piste gehört, wieder mal ist sie in großartigem Zustand, fast so gut zu fahren wie reiner Asphalt. Einziges Hindernis auf dem Weg ist das wirklich großartige Panorama, das einen dauernd zum Anhalten und Staunen zwingt: Wenn man von West nach Ost fährt, liegt auf der linken Seite eine schneebedeckte, fantastische Bergkette. Sie zieht sich entlang der gesamten hundertsoundsoviel Kilometer des Denali-Highway und ist mal mehr und mal weniger spektakulär, aber immer einen Blick wert. Die Straße selbst verläuft auf einer kleiner Erhöhung, ähnlich einem Damm, und links und rechts schaut man erst mal nach untern in saftige Wiesen, Seen und Bäche. Toll!

Bei Paxson, welches eigentlich nur aus einem Hotel (verlassen?) und einer Tankstelle besteht, mündet der Denali-Highway in Route 4. Ab Paxson suche ich nach einer Schlafmöglichkeit, da es dank meiner Bummelei auf dem Denali-Highway schon leicht spät ist. Etwa 20 km südlich finde ich eine Raststätte am Straßenrand, die auch ein paar Zeltplätze am Rande eines kleinen Baches haben. Für günstige 5 USD schlage ich das Zelt auf und verbringe einen entspannten Abend damit, Mücken zu verjagen. Von denen gibt es hier auch eine ganze Menge. Am Folgetag ist Anchorage mein Tagesziel, gleichzeitig das wahrscheinliche Endziel meiner Reise. Als ich am morgen losfahre ist mir das noch nicht wirklich klar, aber genau genommen ist es das auch nicht, als ich ankomme! Die Fahrt geht laut Reiseführer durch großartige Landschaft mit fantastischen Bergen, außer Regen und Wolken sehe ich allerdings mal wieder herzlich wenig, der Glenn Highway hütet sein Geheimnis vor mir. Kenne ich ja schon!

Die Ausläufer von Anchorage erstrecken sich viele Kilometer in die Landschaft und gehen scheinbar in andere Ortschaften über, insgesamt ist es aber trotz der Zersiedelung immer noch recht hübsch. Am Ortseingang passiere ich den örtlichen Honda-Händler, bei dem ich direkt anhalte und ein Rücklicht (welches ich ja an der mexikanisch-belizianischen Grenze kaputtgetreten hatte) ordere, schließlich will ich das Motorrad einigermaßen intakt verkaufen. Information über Verkaufsmöglichkeiten erhalte ich dort nicht, allerdings die Adresse des Department of Motorvehicles, das mir zu den Importbestimmungen Auskunft geben kann, ist ja auch schon was! Dann gilt es eine Unterkunft zu finden, was sich als gar nicht so einfach erweist. „Downtown" ist es nicht wirklich hübsch und die verfügbaren Herbergen machen keinen wirklich netten Eindruck, so dass ich meine Kreise größer ziehe. Anchorage hat eine ziemlich große Grundfläche und in die grüne Umgebung ist es recht weit, so dass ich meinen unterwegs gefassten Plan, außerhalb zu Zelten bald aufgebe und durch einen glücklichen Zufall lande ich beim „Youth Hostal on Spenard Street", bei dem es möglich ist, im Garten zu zelten, was ich bis zu meinem Abflug aus Anchorage dann auch tue (zu diesem Zeitpunkt weiß ich allerdings noch nicht, dass ich tatsächlich aus Anchorage nach Hause fliege).

Diese Jugendherberge ist wirklich sehr nett und ich bin froh, sie gefunden zu haben. Damit setzt sich mein Glück bei der Auswahl von Herbergen fort, aber Glück gehört eben auch dazu! Die nächsten Tage verbringe ich damit, auszuspannen, herauszufinden, dass es fast unmöglich ist, das Motorrad hier zu verkaufen und mit der Organisation der Flüge für mich und das Motorrad nach Hause. Eigentlich gibt es noch die Möglichkeit, von hier nach New York zu fahren und das Ticket wahrzunehmen, das ich bereits besitze, aber ich fühle mich gründlich ausgelaugt und habe nicht so recht Lust, weiterzufahren. Abgesehen von den Folgen für meine Geldbörse!

So buche ich einen Condor-Flug von Anchorage über Zürich nach Frankfurt und einen Direktflug für mein Motorrad (auch das verursacht sehr schmerzhafte Kosten von 860 USD!). Das Motorrad hatte ich für den geplanten Verkauf richtig schön saubergemacht, das war rückblickend überflüssig, aber schaden konnte es ja nicht, hat mich nur einen Tag gekostet! Ansonsten verbringe ich die Zeit mit Gammeln, Kino und Fußballschauen. Kurz vor meiner Heimreise sehe ich noch die Niederlage der Deutschen gegen die Brasilianer im Endspiel, morgens um 4 Uhr in einem öden Diner irgendwo in Anchorage, fernab von den feiernden Massen in Deutschland oder Brasilien. Es ist das erste Mal, dass ich eine feiernde Fußballmeute nett fände! Die ganze Zeit in Anchorage plane ich auch noch eine Fahrt nach Seward und Homer, südlich von Anchorage auf der Kenai-Peninsula, aber bis zu meinem Abflug kann ich mich dazu nicht wirklich aufraffen. So entspanne ich mich sehr erfolgreich in Anchorage und gegen Ende meines 9 (?)-tägigen Aufenthalts verspüre ich dann doch Lust, die Strecke nach New York zurückzulegen und Kanada intensiver kennen zu lernen.

Aber alles ist für die Rückreise arrangiert und das Flugticket ist nicht stornierbar, so füge ich mich und fliege am 7.7. nach Frankfurt, nachdem ich am gleichen Tag das Motorrad auf eine Palette gezurrt habe. Alles erscheint an diesem Tag sehr unwirklich, das Abenteuer ist vorbei, die Rückkehr in den Alltag steht an. Ich kann es noch nicht realisieren und die Zeit, die seit Beginn meiner Reise vergangen ist, erscheint mir lächerlich kurz, ich kann mich an fast jeden Moment im Detail erinnern, als ob es gestern war. Nie und nimmer war ich sieben Monate unterwegs!

Während des Fluges bin ich sehr traurig, auch wenn ich mich freuen sollte, Freundin, Freunde und Familie wiederzusehen. Es überwiegt der Schwermut darüber, dass die Reise zu Ende ist. Zusammenfassend kann ich sagen, dass ich eine fantastische Fahrt unternommen habe, auf der ich sehr viel Glück hatte, ein Motorrad, das auf wundersame Weise problemfrei geblieben ist, viele sehr nette Menschen kennen gelernt und ein paar Freunde gewonnen habe. Ich habe gut daran getan, die Reise zu unternehmen, auch wenn mein Leben danach ordentlich aus den Fugen geraten ist. Die Rückkehr ins Berufsleben ist ein mittelschweres Desaster, aber auch hier wird sich etwas finden.

Manchmal kann ich nicht glauben, dass ich tatsächlich derjenige war, der dieses Erlebnis hatte, es erscheint unwirklich oder wie die Erzählung eines anderen, aber dann sehe ich die Honda im Garten und dann weiß ich, dass ich es doch war.

Kleiner Leitfaden oder
Die praktische Seite der Fahrt

Dieser Reisebericht taugt nicht wirklich als Leitfaden für den Motorradreisenden, wer sich aber dennoch ein paar Hinweise über den Reisealltag erhofft, soll hier nicht enttäuscht werden!

Geld

Da ich alles, was ich mache, immer möglichst einfach gestalte, vertraue ich im amerikanischen Doppelkontinent immer auf Plastikgeld. An den meisten Geldautomaten fast aller Banken in Lateinamerika ist es möglich, mit der EC-Karte samt Geheimnummer lokale Währung oder auch US-Dollar abzuheben. Das gilt meistens bis in die entlegensten kleinen Ortschaften, nur in Uyuni in Bolivien bin ich damit gescheitert. In den seltenen Fällen, wo eine EC-Karte nicht funktioniert, ist in 99,9 % (außer Uyuni) die Kreditkarte (Master- oder Visakarte) erfolgreich.

In den USA und Kanada gibt es häufiger Banken, an denen die EC-Karte nicht funktioniert, aber Kreditkarte geht immer. Und mit ein wenig suchen ist bei anderen Banken auch immer ein EC-Automat aufzutreiben.

Bargeld nehme ich immer nur maximal 50 USD mit, für Unwägbarkeiten unterwegs, bei Ankunft am Zielflughafen gehe ich dann immer direkt an den Bankomat.

Reiseschecks ignoriere ich grundsätzlich, die Unterschreiben-müssen-Geschichte oder die Suche nach einer Institution, die ihn einlöst, ist mir zu aufwendig.

Die Kreditkarte nutze ich häufig, wenn ich in Restaurants esse oder irgend etwas an Flügen oder Touren oder Hotels buche. Das ist fast grundsätzlich in ganz Amerika von Feuerland bis Alaska möglich und dann fällt ja auch nicht die hässliche Kreditkartengebühr an, die beim Bargeld abheben zu entrichten ist.

Reisemedizin

Ich habe immer Kopfschmerztabletten und etwas gegen Durchfall dabei. Natürlich auch Pflaster und ein Nagelnecessaire. Apotheken gibt es in all diesen Ländern auch, so delegiere ich die Lagerhaltung für weitere Eventualitäten aus meinem Rucksack heraus!

Kamera

Üblicherweise habe ich keine Kamera dabei! Meine Philosophie sieht folgendermaßen aus: Überall, wo ich hinkomme, war schon mal ein Profi mit Profi-Ausrüstung und Profi-Zeit, der also erstklassige Bilder der Umgebung liefert. Für die persönlichen „Schnappschüsse" von Menschen, die der Profi natürlich nicht anfertigen kann, taugt das Gehirn oder eine billige Kamera. Dieses Mal hatte ich aber eine völlig altmodische batterieunabhängige Spiegelreflexkamera, die sicher die besten Bilder liefert, aber schwer ist und im Falle eines Diebstahls einen großen finanziellen Verlust darstellt.

Aus heutiger Sicht würde ich, wenn überhaupt, also eine günstige Sucherkamera mitnehmen oder, wenn ich Bilder per Epost verschicken wollte, eine Digicam (sind ja mittlerweile auch ganz günstig).

Motorradkleidung

Ich bin mit einer richtigen Lederjacke und einer billigen Textilhose mit Protektoren gefahren. Im Gelände zusätzlich noch mit einer Protektorenweste unter der Lederjacke. Meine Stiefel waren geschnürte Lederstiefel. Ski-Handschuhe hatte ich für die kalten Tage, für die warmen Tage ganz einfache dünne Lederhandschuhe. Kurz: So würde ich das NICHT noch einmal veranstalten! Gute Stiefel sind essentiell! Für eine solche Fahrt muss man anständige Cross-Stiefel fahren, alles andere ist einfach zu gefährlich, man hat nicht immer so viel Glück wie ich! Ordentliche Motorrad-Handschuhe müssen auch sein, im Falle des (wahrscheinlichen) Sturzes sollten die Hände außerordentlich gut geschützt sein! Jacke und Hose haben funktioniert und waren auch sicher, aber mit einer zeitgemäßen Textil-Tourenbekleidung lassen sich die heißen Tage sicher besser ertragen.

Als Helm empfehle ich (speziell für Brillenträger) einen aufklappbaren Integralhelm. Wenn man jeden Tag den Helm oft auf und ab setzen muss, nervt es, einen engen Helm wiederholt über den Kopf zu ziehen. Speziell, wenn man in sandigen Gegenden dann Sand im Helminneren hat, das reizt die Gesichtshaut nämlich immens! Und bei Hitze mit offenem Helm zu fahren ist natürlich auch nicht unangenehm.

Eine Sturmhaube ist für die kalten Tage eine Pflichtübung, ich hatte zwei, eine normale für den Sommer und leicht kühle Tage und eine aus Neopren, die großzügig einen Schutz für Hals und Nacken integriert, die bei sehr kalten Tagen zum Zuge kam.

Motorradausrüstung

Würde ich heute den erfahren Piloten abschauen: Stabile Alu-Koffer, die von oben beladen werden können, vielleicht, wenn vom Platz noch nötig, einen Tankrucksack und einen kleinen Rucksack, in dem man für den Tag benötigte Sachen verstauen kann. Diesen kann man während der Fahrt hinten auf dem Gepäckträger verzurren.

Im dem Fall, dass mich Schäden an der Plastikverkleidung stören würden, würde ich die Verkleidung abmontieren und zu Hause lagern. Schön muss die Maschine für so eine Fahrt ja nicht sein. Ein Windschild würde ich beibehalten bzw. ein großes, auf meine Körpergröße abgestimmtes aus dem Zubehörhandel montieren.

Meine Verkleidung hat nämlich durch die Stürze ordentlich gelitten und der Ersatz ist in der Regel sehr teuer.

Motorradersatzteile

Eine ordentliche Kollektion von speziellen Verschleißteilen gehört für mich an Bord, das hat sich als sehr nützlich erwiesen! Man muss natürlich Platz und Gewicht berücksichtigen, aber im Zweifel würde ich eher auf Klamotten verzichten. Reifenmontiereisen nehme ich das nächste Mal auch mit, ohne würde ich nicht mehr losfahren. Und vorher das Reifenwechseln auch schon mal üben! Ein Reifenspray kann aber (wie auch bei mir bewiesen) ordentliche Flickdienste leisten.

Ernährung

Bei mir ein ganz dunkles Kapitel, ich kann kaum kochen und selbst Pasta kann ich ohne Fertiggerichte nicht passabel zubereiten. So bin ich meistens günstig essen gegangen, obwohl ich beim Verzehr von lokalen Spezialitäten das Gegenteil von experimentierfreudig bin. Glücklicherweise gibt es fast überall Hühnchen mit Beilage. Frühstück bestand viel zu häufig aus Schokolade oder mehr oder weniger leckeren Keksen. Was Tankstellen halt so bieten. Oft gab es auch Tankstellen-Abendessen: eine Tüte Chips und Cola. Ausgezeichnet!

Wenn man gerne kocht und sich entsprechend vorbereitet, kann man in Supermärkten immer alles bekommen, was man für ein schmackhaftes Mal benötigt, ich kann aber einkaufen schon nicht leiden und habe es entsprechend meist bleiben lassen.
Wenn man alleine unterwegs ist, macht Kochen aber sowieso keinen Spaß, richtig!? Ab USA war ich dann sehr regelmäßiger Kunde der ganzen schrecklichen Fast-Food-Ketten.

Körperertüchtigung

Wenn man Wert darauf legt, fit zu bleiben, ist es mit wenigen Minuten am Tag möglich, ordentlich in Form zu bleiben. Ich habe jeden Tag zwischen 100 und 120 Liegestützen in mehreren Sätzen gemacht, was hervorragend für die Oberkörper-Muskulatur funktioniert hat. Für Ausdauersportler ist das Sprungseil ein tolles Sportgerät, das überhaupt keinen Platz weg nimmt und außerordentlich anstrengend ist. Laufschuhe gehören dann auch ins Gepäck, die kann man auch tragen, wenn man (wie ich) mal ins Fitnessstudio gehen möchte. Meiner Meinung nach lernt man da oft sehr nette Menschen außerhalb der touristischen Gelegenheiten kennen und erhält einen anderen Blickwinkel auf die Lebenseinstellung der jeweiligen Anwohner. In Chile habe ich einen Herren kennen gelernt, der mit dem Sportgerät Badehose sehr regelmäßig von Fairbanks bis nach Chile trainiert hat. Auch er war genau so fit wie zu Hause! Es gibt also eine Menge Möglichkeiten, etwas für den Körper zu tun, wenn man das möchte!

Kommunikation mit Daheimgebliebenen

Ist überall per Internet-Cafés möglich, selbst im letzten Winkel in der Wüste oder im Dschungel (ausgenommen Uyuni!). Oft mit modernerer Technologie als wir von der Telekom zur Verfügung haben! In den USA sind Internet-Cafés selten, dort geht man zu den öffentlichen Büchereien, wo das Benutzen des Netzes zumeist kostenlos, aber dafür oft mit Wartezeiten verbunden ist

Campingausrüstung

Auch wenn man keine Trekking-Touren plant, gehört ein ordentliches Zelt dazu, man hat schlicht mehr Möglichkeiten, Übernachtungsmöglichkeiten zu finden und oft kann man mit dem Zelt Geld sparen. Und noch viel öfter kann man mit dem Zelt näher an die Natur heran rücken. Mein Kuppelzelt hat sich bestens bewährt.

Sonstiges

Nichts mitnehmen, was irgend einen finanziellen Wert darstellt! Man nimmt sich die Sorge um teuren Tand und kann sich entspannen, wenn man sein Gepäck mal irgendwo unterstellen muss und im Falle eines Diebstahls sind billige Klamotten immer sehr leicht zu ersetzen. Überall!

Ganz wichtig ist, offenen Auges zu reisen und nicht einfach die vorgefassten und bereits vielfach verdauten Meinungen und Hinweise der anderen Rucksackreisenden zu übernehmen. Die meisten wiederholen nur, was in den Reiseführern steht oder was andere ihnen erzählt haben, da sie oft nicht in der Lage sind, sich selbst eine unabhängige Meinung zu bilden. Viel zu oft habe ich erlebt, dass Kommentare aus Reiseführern oder von anderen Reisenden aus meiner Sicht riesiger Blödsinn waren. Nicht immer, aber es ist schon fast die Regel.

Bei den Reiseführern empfehle ich für Südamerika das „South-American-Handbook" vom Footprint-Verlag, aus meiner Sicht taugt der sehr populäre „Lonely-Planet" für Südamerika überhaupt nicht!

Der Footprint für Mittelamerika und Mexiko ist so lala, gute Alternativen kenne ich nicht. Nordamerika habe ich nur nach Landkarte bereist, einen Reiseführer hatte ich erst wieder für Alaska, in dem Fall den „Let's go", den ich ganz ordentlich fand.

Als Kartenmaterial hatte ich die World-Map-Reihe aus dem RV Reise- und Verkehrsverlag, München. Diese Karten sind amerikaweit erhältlich, falls man sie nicht hier erstehen möchte.

Epilog

Nach Ende einer solchen Reise stellt sich unweigerlich die Frage, wie der Wiedereintritt in das richtige Leben funktioniert. Meine Sicht der Dinge diesbezüglich möchte ich für zwei Zeitpunkte zu beschreiben versuchen. Einmal für etwa vier Wochen nach Rückkehr und einmal jetzt kurz vor Drucklegung, etwa 14 Monate später.

Das soziale Umfeld

Es hat durch die Pause keinen Schaden genommen und präsentiert sich nach der Reise nicht anders als vorher. Es ist also kein negativer Einfluss erkennbar.

Technische Gesichtspunkte

Vor meiner Abreise war mein Mietvertrag in einen Ruhezustand übergegangen, der mit meiner Rückkehr beendet war, ein Domizil war also sofort wieder vorhanden. Nach zwei Tagen Sachen sortieren im Elternhaus konnte ich meine Wohnung wieder beziehen. Dieser Teil war also sehr einfach, eine mehrwöchige (oder –monatige) Wohnungssuche fiel glücklicherweise aus.

Die Honda kam nach etwas einer Woche in Frankfurt an, die Zollformalitäten waren wenig kompliziert, ich hatte sie also sofort wieder auf der Straße, was in Anbetracht des Sommers sehr angenehm war, eine kleine Entschädigung dafür, dass ich sie in den USA nicht verkaufen konnte, was ja nicht geringe Kosten nach sich zog (Flugticket für das Motorrad, Inspektion und Überholung für das weitere Fahren in Deutschland). Den nächsten TÜV-Termin überstand die Honda dann übrigens völlig problemlos, was mich nach meinen Erfahrungen aber auch nicht erstaunte. Motorrad-Händler Rapp war über die Leistung der Transalp im übrigen auch nicht weiter verwundert, klar, ist ja 'ne Honda!

Sehr heiter gestaltete sich der Wiedereintritt in den deutschen Straßenverkehr. Mit dem Motorrad war das kein Problem, nach dem Meistern des Stadtverkehrs von Mexico Stadt auch nicht überraschend. Das Autofahren dagegen stellte eine riesengroße Herausforderung für mich dar. Nicht mehr über dem Verkehr thronend, fehlte mir der gewohnte Überblick und daraus resultierte eine gewisse Unsicherheit. Auch die Verkehrsdichte war weitaus höher als von Nordamerika (exklusive Mexico Stadt natürlich) gewohnt und irgendwie schien jeder andere furchtbar schnell unterwegs zu sein, kurz, ich war im Auto komplett überfordert mit dem Geschehen auf den hiesigen Straßen! Folglich fuhr ich gegen meine Gewohnheit sehr langsam und defensiv und blieb häufig unter den erlaubten Geschwindigkeiten, was für mich (sehr) untypisch ist. Die Gewöhnung an den dichten Verkehr und die Rückkehr zu meinen alten Fahrstil war aber nach etwa drei Wochen schon wieder vollzogen. Leider!

Beruflich

Der Wiedereintritt in den Beruf gestaltete sich schwieriger (und tut es bis heute, siehe weiter unten). Von meinem Arbeitgeber wurde in Aussicht gestellt, dass bei Bedarf der ursprünglich vereinbarte Zeitraum für den Ausstieg verkürzt werden kann. Da ich nur kapp sieben Monate unterwegs war, hatte ich bis zum geplanten Wiedereinstiegstermin noch knapp fünf Monate. Das war mir zu lang, weshalb ich anfragte, ob es Bedarf nach meiner Arbeitskraft gibt. Leider war das nicht der Fall, der Wiedereintritt konnte nicht vorgezogen werden!
Zur Überbrückung der Zeit wollte ich zur Aufbesserung meiner Bezüge kellnern gehen, da der Sommer aber schon voll im Gange war, waren die Stellen für die Saison in den Gastronomiebetrieben, in denen ich anfragte, bereits alle vergeben. So blieb ich erst einmal beschäftigungslos!

Seelische Verfassung

Jetzt zum entscheidenden und wahrscheinlich auch interessantesten Teil der Rückkehr, meiner seelischen Verfassung. Die zentralen Fragen hierbei lauten natürlich: Wie hat sich das eigene Weltbild nach sieben Monaten Ausstieg verändert und ist die Rückkehr in das gleiche Leben wie zuvor möglich und erträglich? Meine eigene Erwartung war, dass sich da bei mir nicht furchtbar viel verändert hat, da ich ja schon einmal drei Monate in Südamerika war. Nach vier Wochen begann sich aber schon abzuzeichnen, dass ich mich da ordentlich geirrt habe, mehr erfuhr ich aber erst im Laufe der Zeit.

Heute im September 2003 muss ich sagen, dass speziell im Bereich Broterwerb die Unsicherheit und Orientierungslosigkeit ein unangenehmes Maß erreicht hat. Von etwa August bis Ende November hatte ich mich auf unterschiedlichste Stellen aus der Zeitung beworben, die Auswahl traf ich dabei nicht danach, was ich gerne machen wollte, sondern wo ich vermutete, dass mein Profil einigermaßen passen könnte. Die Reaktion war ernüchternd, ein einziges Gespräch resultierte aus meinen Bewerbungen! Welches nicht mit einem Angebot endete.

Eine Alternative zu diesem Bewerbungsschema hatte ich leider keine, da ich für mich nicht definieren konnte, was ich eigentlich gerne mache. Mit Reisen kann man leider nicht so leicht Geld verdienen. Und sonst fiel mir auch nichts ein!

Klassischerweise tut das dem Gemüt nicht gut und ich verfiel in eine gewisse Hat-ja-sowieso-keinen-Sinn-Mentalität und ergab mich meinem Schicksal, in die Unternehmensberatung zurückzukehren. Schicksal deswegen, weil die Vorstellung, wieder viele Überstunden an einem fernen Ort leisten zu müssen und nur am Wochenende zu Hause zu sein, mir schlicht nicht mehr gefiel. Das Nomadenleben auf Reisen ist schön, hier wollte ich nicht mehr aus dem Koffer leben!

Aber in Ermangelung von Alternativen hatte ich keine Wahl. Außerdem hatte ich u.a. durch meine Reise ziemlich genau 30.000 € Schulden angehäuft. Diese Schulden hatte ich zwar bei meinen Eltern, sie waren aber doch ganz reell und sie verpflichteten mich, auch in Zukunft einen Beruf auszuüben, der ein einigermaßen hohes Einkommen sichert!

So kehrte ich im Dezember ins Beraterleben zurück, was leider wenig erbaulich war, da immer noch kein Bedarf nach meiner Arbeitskraft existierte. So befasste ich mich mit Lückenfüller-Tätigkeiten, die wenig befriedigend waren und kurz gefasst, ich verfiel in eine Depression.

Dann kam mir das Glück mal wieder zupass, denn in diese Zeit fiel als großer Lichtblick die Einladung zu einer Fernseh-Quizsendung (Danke SAT.1!), in der ich Ende Januar 30.000 € gewann, was exakt dem erwähnten Schuldenbetrag entsprach. Mit einem Mal war ich also dieses Damoklesschwert los. Als es sich dann im März ergab, dass die Beratung auf mich verzichten konnte, war ich zumindest aus finanzieller Hinsicht nicht sehr hart getroffen.

Zu diesem Zeitpunkt war ich auch noch geneigt, anzunehmen, dass mir bis Juli einfällt, was ich beruflich anfangen möchte, hier aber ist die Orientierungslosigkeit geblieben.

Der Grund dafür – und hier kommt jetzt wohl das veränderte Weltbild ins Spiel – ist, dass ich mir weniger denn je vorstellen kann, jeden Tag unendlich lange in ein Büro zu rennen, in dem ich mich um Sachen kümmern muss, deren Relevanz für den für mich interessanten Teil der Welt so gar nicht gegeben ist. Ob ich jetzt im Internet Aktien handeln kann oder nicht (ein Projekt, an dem ich als Berater mitgearbeitet habe), ist mir persönlich herzlich egal.

Das Leben ist zwar bekanntlich kein Wunschkonzert und als bekennender Realist baue ich mir keine Luftschlösser, aber Zeit, die ich mit etwas verbringe, was mich nervt, ist unwiederbringlich für das Falsche verloren gegangen und ich bin nicht mehr ohne weiteres bereit, das hinzunehmen. Schließlich habe ich erleben dürfen, wie es ist, einen langen Zeitraum (fast) gänzlich mit schönen Sachen, die ich gänzlich freiwillig tue, zuzubringen.

Da die Tätigkeiten, für die ich vermeintlich qualifiziert bin, mir gar keinen Spaß mehr machen (mir ist zumindest immer noch keine eingefallen) stecke ich also in einem unangenehmen Dilemma. Abgesehen davon, dass ich am Arbeitsmarkt immer noch keine Nachfrage nach meiner Person entdecken kann. Einige Versuche, die Branche zu wechseln, stieß auf wenig Gegenliebe bei potentiellen Arbeitgebern.

So bin ich heute arbeitslos, was mir zwar die Zeit gibt, dieses Buch fertigzustellen, was aber mittelfristig natürlich keine befriedigende Lösung darstellt. Insgesamt ist mein Status also eher unbefriedigend, auch wenn ich das Stadium der Depression verlassen habe. Daran hat allerdings der großartige Sommer einen nicht kleinen Anteil.

Dieses bescheidene Resümee beantwortet die Frage nach dem Wiedereintritt recht deutlich, er kann nach klassischen Karrieregesichtspunkten als gescheitert angesehen werden!

Die daraus resultierende Frage, ob ich es wieder machen würde, beantworte ich dennoch uneingeschränkt mit Ja!

Das altbekannte Argument, dass mir die Erfahrungen keiner mehr nehmen kann, trifft nach meinem Dafürhalten den Nagel recht genau auf den Kopf. Außerdem mag ich meine leicht veränderte Rangliste der relevanten Dinge für mein Leben. Ob ich das in ein paar Jahren, wenn ich beruflich vielleicht immer noch nicht wieder auf die Beine gekommen bin, auch noch so sehe, sei dahin gestellt. Nie werde ich mir allerdings vorwerfen können, diesen Traum nicht umgesetzt zu haben!

Dummerweise nährt die Erkenntnis, dass so eine Reise problemlos zu machen ist, den Durst nach weiteren Abenteuern dieser Art.

Mal gucken, was kommt ...

Michael Packebusch

Danksagung

An dieser Stelle möchte ich meinen herzlichen Dank an Katha, Sandra und Pippo vom **VORHANG AUF** Verlag zum Ausdruck bringen, ohne die es dieses Buch gar nicht gegeben hätte. Pippo hatte die Idee, mein nur für mich selbst verfasstes Manuskript zum Buch zu machen und Katha hatte die daraus resultierende Layout-Arbeit.

Dank auch an meine Eltern, die für meine ausgefallenen Ideen immer wieder Verständnis aufbringen und meiner damaligen Freundin und ihrer Tochter, die mir ihr Vertrauen geschenkt haben.

Vielen Dank!